El beso cruel de la reina
y otros relatos

Ricardo Vacca-Rodríguez

ISBN-13: 978-1-63065-156-5

PUKIYARI EDITORES
www.pukiyari.com

A los bomberos italianos, franceses y peruanos fusilados durante el saqueo y destrucción por el ejército chileno del balneario de Chorrillos (Perú, 1881) durante la genocida Guerra del Salitre.

Índice

LA FICCIÓN Y LA PSICOLOGÍA EN EL LIBRO DE RICARDO VACCA-RODRÍGUEZ

"Todo lo que puedas imaginar es real".
--Pablo Ruiz Picasso

Hace cierto tiempo llegó a mis manos el libro de relatos de Ricardo Vacca-Rodriguez, "Bendito pecado y otras fascinaciones", lo leí y, en base al interés literario que me generó y las connotaciones psicológicas que encontré en sus diversas narraciones, me sentí impulsado a escribir un comentario literario al que llamé "Aspectos psicológicos en el libro de Ricardo Vacca" (enero 2022), el cual fue difundido en las redes sociales.

Transcurrido un año, observo que su producción literaria continua vigente. Esta vez tengo en mis manos su reciente obra "El beso cruel de la reina y otros relatos" (2023) mediante el cual sigo constatando la influencia que tiene su profesión de psicólogo en su narrativa. Su lectura me conduce a contactar con personajes complejos, así como las circunstancias en los que estos se desenvuelven. Esto me induce a preguntarme: ¿Sus personajes forman parte de su quehacer como psicólogo o son producto de ese mundo que separa con una línea tan difusa la realidad y la ficción? Esta pregunta intentaremos aclararla más adelante. Por ahora el punto a observar es que si bien Ricardo Vacca-Rodríguez mantiene su voz de escritor dentro de su producción literaria, es innegable (al igual que en su anterior libro) su falta de desconexión de la otra mitad de su ser: el de psicólogo. Eso lo observamos en relatos como "Las campanas del sábado", donde su personaje principal, Jaime, parte de una realidad que emula a muchas personas que presentan trastornos de autocontrol en su esfera cognitiva y emocional en tal alto grado que impactan su vida sexual. La psicología evolutiva está también presente en las historias presentadas en el relato "El beso cruel de la reina" en donde sus personajes, esta vez adolescentes, manifiestan temas como el alcoholismo, la depresión, el suicidio, el amor y el desamor en sus diversas formas, permitiendo que el narrador presente por medio de ellos los problemas psicosociales que aquejan a las diversas sociedades.

Es así que Ricardo Vacca-Rodríguez, con un lenguaje fluido y coloquial, nos permite transitar por la vida de sus personajes, los cuales de manera desaforada recorren diversas esferas del sexo, la culpa, la simonía, el placer versus el displacer, la urgente necesidad de fuga de su letal realidad, los conflictos y la búsqueda hacia el encuentro de su mismidad. Las transgresiones de sus integrantes en la esfera eclesiástica que originan conflictos y debacles en la intrapsiquis de los individuos, también están presentes en su obra. Pero ¿cuál sería el vínculo entre la psicología, la ficción y la literatura en Ricardo Vacca-Rodríguez? Esta interrogante me ha conducido a elaborar los siguientes apuntes referentes a este tópico que tiene múltiples aristas y amplitud.

1) LA FICCIÓN EN RICARDO VACCA-RODRÍGUEZ

Todas las personas de alguna u otra manera viven alternando la realidad en que viven con un mundo de ficción, sin percatarse que ingresan y salen de estos de una manera tan sencilla como saltar un charco en la pista. El soñar despierto, diseñar proyectos, imaginarse viajes, tener fantasías sexuales y un sinnúmero de entelequias, es una forma de crear ficción. Desde luego que no lo es desde un punto de vista literario. La ficción, de una manera más elaborada, es mostrar al observador la simulación de una realidad que construyen sus autores. En la actualidad hallamos diversas formas en las que puede plasmarse la ficción. Encontramos que puede existir mediante guiones que lleven a obras televisivas, cinematográficas o teatrales, obras literarias presentadas en libros, e incluso los comics y los video juegos, cuyos personajes a veces extraídos de la propia realidad son ficcionados haciéndolos actuar en diversas circunstancias.

En lo que se refiere a la literatura, la narración es el género predominante para introducirse en el universo de la ficción. Sin embargo, narración y ficción no son equivalentes, ni siquiera sinónimos, dado que no toda ficción es una narración ni tampoco toda narrativa es siempre ficticia. En la narración, la ficción tiende a reproducir la realidad basándose en el 'Principio de verosimilitud". Esto difiere de las obras históricas que copian los acontecimientos que han ocurrido. La ficción narra aquello que simula ha sucedido o que podría ocurrir. En su obra "Ars poética", Aristóteles (335 A.C) enuncia que "la literatura no debe ser la copia del mundo real, sino la imitación de las acciones que realizan los hombres". Esta propuesta permite que lo "Verosímil Irreal" sea uno de los instrumentos en la literatura y desarrolle la ficción en los diversos géneros que aborda.

Según la narratología, un elemento importante para que la ficción se produzca es que el lector se sumerja en la obra suspendiendo o fraccionando el juicio de su realidad e ingresando al universo de ficción que le propone la trama. Caso contrario, un lector sumamente consciente de la irrealidad de la obra, o en todo caso conocedor obseso de su propia realidad, dificultosamente podría compatibilizar con la trama, y menos aún empatizar con sus personajes, ya que asumiría una actitud cuestionadora. Dentro de la literatura existen varios tipos de ficción que incluyen mitos, cuentos de hadas, ficción histórica, ciencia ficción, ficción realista y fantasía. Ciertas categorías de literatura pueden a la vez adaptarse a historias de ficción. Los escritores suelen utilizar más la ficción realista, narrando acontecimientos de la vida real que podrían ocurrir o haciendo que parezcan como si hubieran ocurrido.

2) LA FICCIÓN REALISTA EN EL LIBRO "EL BESO CRUEL DE LA REINA"

En general las obras de Ricardo Vacca-Rodríguez se desarrollan siguiendo el modelo de Ficción Realista. Los personajes extraídos, de la vida real o de su imaginación, y trasladados a sus relatos en diferentes planos históricos o temporales desempeñan roles o actividades posibles en un mundo irreal, pero tal vez también en el real. Por ejemplo, "Las campanas del sábado" trata de un adolescente que, después de haber sido maltratado por el *bullying* escolar, un padre desamoroso, provenir de una familia disfuncional y otros accidentes propios de su etapa evolutiva, al llegar a su juventud es atrapado por una adicción al sexo que va pervirtiéndose más y más a través de una serie de comportamientos desenfrenados que van debilitando sus mecanismos de autocontrol y lo conducen a su auto destrucción. Para lograr sus propósitos seduce a mujeres y las convierte en cómplices furtivos de sus excesos. Jaime, que así se llama el personaje, desde temprana edad inicia la búsqueda y descubrimiento de sensaciones intensas que lo hacen profundizar más en el sexo llegando a realizar prácticas que ponen en riesgo su vida y la de su pareja sexual.

El escritor Bertolt Brecht plantea que "es necesario acentuar la irrealidad en una obra de teatro, exagerando la distancia entre ficción y realidad, provocando en el espectador un juicio crítico y racional de la acción, en vez de una implicación emocional e irracional". En otras palabras, que dicha obra cause una reacción proactiva incitando una praxis al introducirse en la trama y empatizar con sus personajes o motivándose a intervenir a un cambio en algún aspecto de la propia realidad del espectador o lector.

En toda obra de ficción es imprescindible que una vez que sea concebida por su autor mantenga la congruencia interna. En el libro "Heterocósmica: ficción y palabras posibles" (1997), el crítico literario checo Lubomír Doležel uno de los fundadores de la "Teoría de los mundos posibles", enuncia que "toda ficción crea un mundo semánticamente distinto al mundo real, construido específicamente por cada texto de ficción. A ese mundo sólo se puede acceder a través de dicho texto, de tal modo que, de una manera arbitraria, puede alterar o eliminar algunas de las leyes físicas o naturales que rigen el mundo real, tal como ocurre en la literatura de ciencia ficción o en la novela fantástica". En el ensayo "Teodicea sobre la bondad de Dios, la libertad del hombre y el origen del mal", Gottfried Wilhelm Leibniz propone que "en una obra literaria, también se pueden conservar alguno de estos elementos, construyendo un mundo semejante -mas no idéntico- al real, pero, alterando sus leyes relevantes".

Bajo estos criterios, el lector puede realizar juicios de verdad o falsedad de las aseveraciones que se realizan en la literatura de ficción. Serían entonces verdaderos aquellos enunciados que cumplen con las reglas propias del mundo posible creado por la ficción y falsos aquellos que las infringen. El tipo de verdad que se maneja en un relato de ficción basado en la teoría de "Mundos Posibles" es compatible con el "Principio Coherentista", es decir que toda afirmación escrita en dicha obra será verdadera, al interior de un mundo probable que, puede ser a la vez en una película, o cualquier expresión artística, en el que se conciba un mundo distinto al real mientras mantenga la coherencia con la estructura del relato y el resto de las afirmaciones que se hagan respecto a ese mundo.

3) DENTRO DEL PRINCIPIO "COHERENTISTA" Y DE "IDENTIDAD"

En la parte del libro que Ricardo Vacca-Rodríguez llama "Relatos oníricos" nos introduce a universos poblados de imágenes y seres mágicos en los cuales todo es posible. En uno de ellos, dos personajes provenientes del universo "Perfume de cangreja" se encuentran por vez primera en los patios de su universidad y después de una larga caminata entre los eucaliptos del campus universitario, se pierden en su propia historia y mientras se descubren y redescubren van construyendo poco a poco su propio universo que los coloca en situaciones insólitas como pareja. En él, se aman, odian, violentan, rechazan, asombran, emergen imágenes increíbles y se maravillan con el entorno donde conviven sin lograr discernir si es un sueño o una certeza en su vida. Después de algunos acontecimientos inusitados, ocurre una inminente separación y él huye. Luego de una búsqueda incesante por parte de ella, logra reencontrarlo y vuelven a recobrar su vida desconociendo a cuál de los universos han retornado.

De igual manera, en su segundo relato, "Sandalias de azufre", el personaje (el autor jamás menciona su nombre, porque lo más importante es lo que le ocurre) ingresa a un universo de narcosis que lo conduce a convivir con personajes que, dentro o fuera de él, existen, sin que pueda discernir cuál de los planos en los cuales existe es el real. Nuestro protagonista inicia su aventura espiando detrás de unas rocas a un ser mágico que realiza extraños ensalmos detrás de una fogata en la arena, quien al descubrirlo lo seduce en una noche plagada de misterio y fantasmogénesis. Nuestro personaje es impedido de librarse de ese encantamiento nocturnal. Al amanecer se recobra de aquella cópula simbiótica y se descubre semidesnudo, errando por las callejuelas de un puerto ignoto, buscando a aquel ser extraño de quien se ha quedado encantado. En su trajín se topa con pescadores, gente quimérica, playas insondables, lugares insólitos. En su largo caminar logra llegar hasta unas rocas negras detrás de las cuales se escuchan extraños lamentos, límite al cual ningún habitante se atreve a traspasar. Cada mañana él se pregunta en qué mundo ha despertado.

Este es otro de los elementos en el cual se basa la literatura de ficción de Ricardo Vacca-Rodríguez, la "Teoría de los Mundos Posibles" manteniendo a través de su obra el "Principio de Identidad", mediante el cual se puede identificar a cualquier personaje con su nombre propio, (característica principal o apelativo), ubicándolo en su correspondiente coordenada espacio-temporal. Dicho principio nos permite, según el filósofo estadounidense S. Kripke, identificar a diversos personajes en todos los espacios y por ende en cualquier obra de ficción en las que aparezca.

Basado en los postulados de este filósofo, el personaje Kumer V, proveniente de su anterior libro "Bendito Pecado y otras fascinaciones" (2021) se vuelve a presentar en el actual "El beso cruel de la reina" (2023), habiendo iniciado esta zaga con el libro "En los trenes también viaja la melancolía" (2018). El protagonista es un joven psicólogo que, desde la época de estudiante, a pesar de su vida de bohemia, iconoclasta e integrante de un grupo de Reggae, logra destacar y dar solución a diversos acontecimientos extraños y a veces cruentos tanto en lo profesional como en su vida de relación y a la vez responder a preguntas que surgen en su joven y aun frágil plano existencial.

En algún momento nuestro protagonista es sacudido por las crisis sociales y económicas de su país, dirigido por sucesivos gobiernos corruptos y colocándolo en una miserable condición. El límite de esto lo obliga a realizar una serie de actividades impensadas para sacar adelante a su familia (esposa sin trabajo y a su bebé recién nacida). A este personaje lo podemos identificar con el mismo perfil aun en circunstancias disímiles en otros relatos en los cuales el escritor vuelve a presentarlo en circunstancias completamente diferentes. Y al igual como lo haría en la década del 50 y 60 en la cinematografía estadounidense el célebre director de cine Alfred Hitchcock, quien no solo dirigía sus películas, sino que solía aparecer de manera inadvertida en alguna de las escenas de la obra, así nuestro escritor hace aparecer a su personaje Kumer V en ciertos episodios imponiendo su perfil ya característico mostrado en otras de sus obras. En algunas de sus narraciones el papel que desempeña lo convierte en un personaje "Nominado Motivado" porque su presencia no solo lo designa nominalmente, sino que también llega a representar o significar un protagonista que domina y vence a los antagonistas.

Caso similar sucede con la zaga de libros del escritor cubano Leonardo Padura, "Pasado Perfecto" (1989), "Vientos de cuaresma" (1992), "Máscaras" (1995), "Paisaje de otoño" (1998), "La cola de la serpiente" (2001), "Adiós, Hemingway" (2001), "La neblina del ayer" (2003), "Herejes" (2013). El protagonista, Mario Conde, detective de la policía, hombre díscolo, agobiado por su pasado de frustración, vive recordando los episodios de su vida de constantes fracasos que lo conducen al alcoholismo. Sin embargo, a pesar de su vida desordenada, indisciplina y frecuentes borracheras posee cualidades perceptivas y una capacidad de análisis que le permiten sindicar sospechosos y descubrir culpables en casi la totalidad de sus casos, lo cual asombra a sus jefes y colegas que nada tienen que objetarle a pesar de su condición de borrachín, amante impenitente de prostitutas e ícono de los marginales de la ciudad. Mario Conde se presenta en ocho de sus novelas, siendo perfectamente identificable, en cuanto a su identidad, el lugar y la época en las cuales se desarrolla cada una de las historias.

4) LOS "MUNDOS PARALELOS" EN LA FICCIÓN DE RICARDO VACCA-RODRÍGUEZ

En otra parte de su libro, nuestro autor, aplicando la teoría del "Mundo Paralelo", nos muestra en su más extenso relato, "Los tres gritos", tres microhistorias que se alternan entre sí, integrándose en algún momento a la trama principal. Inclusive personajes que coexisten y que aparecen y desaparecen desarrollando su propia mini historia semejando entes fantasmales en un "Efecto Matrioska" que logra que el relato sea más fascinante.

Esta trama se desarrolla cuando el personaje principal, Kumer V, llega a un pueblo enclavado en la cordillera de los Andes y colindante con el mar. Desde su llegada le comienzan a ocurrir acontecimientos sobrenaturales, apariciones, diálogos con personas sorprendentes, encuentros con personajes que no solo le aterran, sino que le maravillan. En su condición de psicólogo, intenta darles explicación a todos estos sucesos. A diario hay algo extraño que le ocurre. Nuestro personaje recurre a muchas fuentes para obtener una respuesta coherente, racional, en su condición de científico de la conducta. Su intensa búsqueda lo conduce a investigar en la historia de la genocida Guerra del Salitre y las masacres a la población civil que realizó el ejército invasor, hallando en dicha guerra parte de sus respuestas. Sin embargo, nuevos y extraños acontecimientos continúan sucediendo en otros ámbitos de su quehacer diario que él, como explorador de la realidad, no desaprovecha, sino que más bien se involucra e intenta responder.

Estas historias me plantean una interrogante: ¿Son los sugestivos relatos que nos presenta el autor destilados de sus propias vivencias o de experiencias que en su condición de psicólogo ha vivido, o son producto de la ficción construida como escritor? Y me formulo esta pregunta porque, en lo referente a la construcción literaria, los escritores a veces eligen contar cosas intimas o muy personales, pero mimetizadas, disfrazadas en anómalas circunstancias e incluso en la voz o diálogos de personajes que integran un perfil completamente diferente al de su autor. Según la ensayista y crítica colombiana Carolina Sanín, en su obra "Todo en otra parte" (2017), en la literatura, la experiencia o vivencias del propio escritor innumerables veces suelen prevalecer y estar por encima de la ficción, aunque sean textos o acontecimientos en su mayoría productos de la ficción.

En la época actual, el discurso de ficción ha tomado una posición omnipresente habiendo introducido sus contenidos en una variedad de formas y circunstancias superando el antiguo y limitado imaginario popular. Uno de los fenómenos psicosociales que está ocurriendo, el cual ha sido estudiado por psicólogos cognitivos (Keith Oaley, Marc Raymond, Richard O'hara), pero a la vez por la narratología, son las diversas conductas y sistemas de pensamiento que desarrollan los "fans" (o fanáticos seguidores) de ciertos personajes proveniente de libros, películas, series de televisión, videojuegos, incluso, originados en personajes extraídos de la vida real. Estos tipos de "fans" interiorizan lo que ocurre en ese "Mundo Posible" en el cual vive su personaje, incorporando normas, forma de vida y sistema de conductas, de tal manera que lo introyectado lo trasladan en la práctica a su vida diaria elicitando a la vez nuevas ficciones, en el mismo mundo en que vive el personaje, sin percatarse de que ellos están también construyendo otro parecido que difunden paralelamente en sus redes sociales.

A este fenómeno los estudiosos lo han denominado la "Teoría del Mundo Paralelo". Algunos otros han escrito obras basado en este concepto al cual llaman "Multiverso Literario" (Edwin Abbott, Jack Williamson, H. P. Lovecraft, Mario Bellatin, Jorge Luis Borges). El crítico literario David Roas en su obra "Lo fantástico como desestabilización de lo real: elementos para una definición" ha enunciado que "…los límites entre lo posible y lo imposible son mucho más difusos hoy en día de lo que se pensaba hasta la irrupción de la teoría cuántica en nuestras vidas. Se suponía que esta iba a explicar y responder preguntas y, al contrario, han surgido más que están sin contestar y que innumerables veces las hallamos en las diversas obras literarias que ni la ciencia ni la filosofía se atreven a escribir".

La literatura de ficción podría ser considerada un espacio de consciencia el cual circula de mente en mente. Es decir, que al leer una obra se está consumiendo una pieza de esta consciencia de la cual el lector se apropia, fomentando la empatía a diversos niveles de conciencia. Al leer, se elaboran ideas y conceptos acerca de los personajes. Se infieren sus vivencias, motivaciones o emociones y el lector las traslada a su vida real. En otras palabras, Ricardo Vacca-Rodriguez logra abducir al lector desde su mundo real hacia los universos que nos propone en su libro, lo cual no es una tarea tan difícil para él, pues en ella cumple su doble rol de escritor/psicólogo. Por ello no solo moviliza una galería de figuras literarias, sino que a la vez activa mecanismos emocionales y cognitivos en el lector logrando que su literatura sea más atractiva y sus personajes generen empatía.

Sin embargo, aquellos complejos mecanismos que, tal como Ricardo Vacca-Rodríguez, algunos escritores suelen usar en sus obras literarias, han sido muchas veces ignorados o hasta soslayados por la ciencia porque consideran únicamente a la literatura como un instrumento de divertimento, como una de las tantas formas superficiales de entretener. El psicólogo cognitivo Keith Oatley (2017) en su libro "Tendencias en Ciencias Cognitivas" propone que la literatura tiene un propósito importante: "Simula situaciones que nos permiten entender a los otros (y a nosotros mismos), algo que aumenta nuestra capacidad de empatía". Raymond Mar & Budelmann, F. en la obra "Imaginando mundos posibles" (2018), enuncian que "el leer literatura de ficción enriquece el poder de la mente de los lectores, quienes incluso pueden aumentar sus niveles de empatía hacia etnias, razas y culturas específicas al leer ficción. Lo que resulta distintivo acerca de los humanos es que hacemos transacciones sociales con otras personas – amigos, amantes, conocidos – que no están preprogramados por instinto. La ficción puede aumentar y ayudarnos a comprender nuestra experiencia social". El psicólogo soviético, Lev Vygotsky, en una de sus obras enuncia que la importante función de la literatura es que al "leer se logra expandir el horizonte de experiencias personales pues el lector experimenta múltiples vivencias a la vez que amplía la información de otras realidades sean estas provenientes de la ficción o no".

Raymond Mar, doctor en Psicología de la Universidad de York (Canadá), estudió la actividad cerebral de cincuenta sujetos mientras leían obras de acción e intensa actividad sexual; en otro momento, los mismos sujetos fueron evaluados leyendo obras de suspenso y misterio. Su actividad cerebral fue diferente en ambos casos. De esto concluyó que al leer la historia de un personaje se establece una relación empática tan estrecha que es como si el lector la estuviera viviendo él mismo. Este experimento ha sido replicado en poblaciones diferentes por otros estudiosos obteniendo similares resultados. El escritor William Styron (Pulitzer, 1967) propone que "un buen libro de literatura debería dejarte con muchas experiencias y algo agotado al final de su lectura; y eso principalmente porque vives varias vidas mientras lees".

5) VIAJES DE UNIVERSO EN UNIVERSO

A través de su libro "El beso cruel de la reina", Ricardo Vacca-Rodriguez nos hace viajar por varios universos y diferentes realidades, contactándonos con múltiples personajes y llevándonos a vivir realidades que calificarían de distopias. El manejo que hace de una serie de figuras literarias y mecanismos psicológicos conduce a que el lector sea movilizado en una variedad de reacciones o respuestas y a establecer una relación empática con sus personajes.

Y termino mencionando al escritor Umberto Eco quien, en su libro "Obra abierta" (1992) enunció que "Los escritores no necesitan narrar las situaciones exhaustivamente [en sus obras] para hacer surgir la imaginación de lectores – sólo necesitan sugerir una escena". Y es que al estar frente a una obra de arte el observador interpreta de una forma independiente y personal dicha obra. En este caso al leer el libro de relatos de Ricardo Vacca-Rodriguez, el lector podrá interpretarlo a su manera e incluso reescribir estas historias en su propio "Mundo Paralelo", convirtiéndose en su coautor. Este sería otro episodio de ficción, os invito a esta aventura.

Mg. Percy Grandez Pastor
Psicólogo- cognitivo, clínico y forense
Especialista en adicciones y adolescentes en conflicto
Docente en la Facultad de Psicología, Universidad de Lima

I
Sobre los pasos de Kumer V

"La vida no tiene sentido a menos que se viva con la voluntad de llevar al límite los deseos".
--Paul Gauguin

EL BESO CRUEL DE LA REINA

"Estos labios que saben a despedida,
a vinagre en las heridas, a pañuelo de estación".
--Joaquín Sabina

UNO

Ella recién había cumplido veinticinco años. Su piel era bronceada y tenía el aroma de una promesa de verano. Sus ojos eran grises como el color de los metales de la arena. El diminuto lunar en su mejilla derecha, cerca de sus labios, semejaba una media luna. Parecía que un secreto ritmo marcaba sus pasos cuando caminaba por las calientes calles de la ciudad. Era la época en que la mayoría de los muchachos del barrio teníamos entre catorce a dieciséis años y lo que conocíamos del mundo podía caber en nuestras mochilas. Por las tardes, al regresar de la escuela y antes de llegar a nuestras casas, solíamos reunirnos a la entrada de la cantina del Chino Yara para escuchar baladas, conversar de las chicas y de la vida que aún nos faltaba recorrer; pero, más que eso, era para recrearnos al mirarla cuando ella retornaba de su trabajo, vestida con su uniforme, calzando sus zapatos azules y llevando su carterita negra con el asa tipo bandolera cruzándole el pecho, resaltándole sus senos, esas bellezas que nos sentaban de maravillas en cualquier estación del año. No nos saludaba, es decir, nunca nos contestó un saludo, solo respondía sonriéndonos, moviendo la cabeza de arriba abajo. La imaginábamos una virgen que nos entregaba la hostia con su sonrisa y nos sentíamos bendecidos. Después de eso, al regresar a nuestras casas, notábamos un cambio gracias a ese fugaz encuentro, percibíamos el verano más amarillo y la noche conspiraba a nuestro favor pintándonos una luna azul en la ventana de nuestros dormitorios. Las veces que nos reuníamos en la esquina del barrio a platicar, comentábamos que ella no pertenecía a nuestra realidad; era un personaje que vivía en nuestro barrio pero que fue importado de otra historia, semejante a que en la pintura de la *Última Cena* entre los apóstoles estuviera sentada la Caperucita Roja discutiendo con Judas el Iscariote de la eficiencia de la vacuna contra el Covid-19.

Nuestro barrio estaba conformado por múltiples casas de un solo piso, salvo cuatro o cinco que tenían dos, y a mitad de la cuadra se erguía una vivienda de tres pisos que, por ser la más alta, le llamábamos "el edificio". Estaban habitadas, la mayoría, por gente de clase media. Existían además, a lo largo de la cuadra, cuatro o cinco extensos pasadizos a los cuales llamábamos "callejones", cuyos interiores se distribuían en muchos apartamentos de tan solo una o dos habitaciones en los que vivía numerosa gente de muy bajos recursos económicos; desde trabajadores que considerábamos buenas personas, hasta desocupados, vagos, muchachos que abandonando la escuela se convirtieron en drogadictos, al igual que algunos adultos y jóvenes que ya estaban en plena carrera delictiva. Era frecuente ver en la entrada de dichos callejones a la patrulla policial en busca de alguien por haber cometido alguna fechoría. A lo largo de la cuadra existían, dispersos con coloridos y vistosos letreros comerciales en sus puertas y paredes exteriores, tres bodegas, una farmacia, el cafetín de don Cuasimodo, la sastrería con el letrero L. Paredes, la panadería del italiano Marcello y la entrañable cantina, donde vendían licor y otros productos, del Chino Yara, que en verdad no era chino sino japonés; ubicada al fondo de su pequeño local, una moderna rocola de luminosos colores hacía las delicias de nosotros, que solíamos reunirnos en la entrada a escuchar los eternos boleros de Los Panchos, Julio Jaramillo y los *rocks* de moda. Por ser menores no nos permitían el ingreso, así que desde la puerta disfrutábamos de nuestra diversión. Ese era nuestro barrio, en él crecimos, vivimos aventuras y hasta convivimos con gente que se hizo famosa por sus reconocidas obras, tanto dentro como fuera de la ley.

Allí vivía ella. Se llamaba Lourdes y de nuestro grupo todos la considerábamos la reina del barrio. Vivía con sus padres en una modesta vivienda frente a la mía. A determinada hora solía espiarla a través de las persianas cuando ella se paraba en el umbral de su puerta con su pantalón blanco, su blusa y sandalias negras. No me importaba sentirme como aquel estúpido que intenta afinar las cuerdas de una guitarra inexistente. La atisbaba sumergido en la niebla de mi fantasía; porque no es cierto que uno fantasee con las personas, son ellas las que toman la forma de nuestra fantasía. Me deleitaba mirándola mientras ella esperaba a su galán de turno o simplemente salía para respirar aire fresco o lucir su escultural silueta ante los automovilistas que solían sobreparar sus vehículos y lanzarle atrevidos piropos.

Cierta vez, un novio de lentes oscuros, de los innumerables que desfilaban por su puerta, uno que conducía un auto deportivo, cuando fue a comprar cigarros en la cantina del Chino Yara se jactó ante nosotros de los innumerables besos que le había dado:

—Sus labios son tibios, se entregan al besar y su aliento es riquísimo, es como si en vez de chicle hubiera masticado flores —dijo mientras encendía su cigarro.

Sentimos que sus palabras provenían de un ladrón que en cada beso se robaba un pedazo de nuestro barrio. En otra oportunidad, mientras el mismo joven de lentes oscuros esperaba a que Lourdes saliera de su casa, ingresó a la cantina, parecía que estaba algo bebido, y nos manifestó a cuatro de nosotros que nos deleitábamos escuchando un bolero:

—Lourdes es riquísima, cuando penetro su cuerpo, se mueve como epiléptica y no deseo salir nunca.

Tuvimos que sujetar al Loco Tago, que se le quería ir encima para golpearlo.

—¡Yo lo masacro! ¡Yo destrozo a este maricón! —gritaba.

El joven salió de prisa y mientras cruzaba la avenida nos gritó:

—¡Misios de mierda! —Y echó a correr con dirección a su auto deportivo.

Desde entonces odiamos a ese joven de cabellos rubios y lentes oscuros. Lo maldecíamos a él y a todos los demás con quienes nuestra reina solía salir en sus autos modernos y que también olían a colonia Pino Silvestre y Acqua Di Gio. Cuando nos reuníamos ocultos de nuestros padres y nos embriagábamos bebiendo vino barato, comenzábamos comentando de fútbol y concluíamos hablando de Lourdes y se convertía en el centro de nuestra conversación. Comentábamos que nuestra reina del barrio los fines de semana era secuestrada por imbéciles que interpretaban en su cuerpo de guitarra un concierto de gemidos. Y así como cada uno teníamos nuestro equipo de fútbol que no permitíamos que nadie insulte, pensábamos que era nuestro deber defenderla y rescatarla de los autos de aquellos hombres que insultaban nuestro barrio y que tampoco la merecían. Cada fin de semana, al ver que Lourdes bajaba de algún auto, sentíamos en el pecho una nueva cicatriz, ella era aquella brillante navaja que iba perdiendo su brillo.

DOS

Un domingo por la noche nos enteramos. Ella retornaba en el auto de su novio ocasional de las playas del sur y los jóvenes del otro vehículo, que no se detuvieron ante la luz roja del semáforo, estaban embriagados. Desde entonces, su perfil de reina se convirtió en un recuerdo masticado por la memoria. Todo cambió después de ese accidente; en su familia, en nuestro barrio, y en cada uno de nosotros. Ella veía la vida con nada más que el ojo izquierdo que le quedaba. Sus maravillosas piernas doradas, que nos hicieron suspirar tanto, colgaban inmóviles en su sillita de ruedas. Se convirtieron en delgadas sombras que pendían desde el horizonte de su tragedia. Sus senos eternos, que encajaban en cualquier estación el año, quedaron ocultos detrás de su mapa de cicatrices.

Desde aquel día se convirtió en una triste figura. Extrañábamos su presencia recorriendo las veredas del barrio, dibujando su silueta en la entrada de su casa. Los muchachos nos pusimos de acuerdo y pretendimos varias veces visitarla y jamás nos recibió. Solíamos llevarle revistas, flores, libros; y era su mamá quien los recibía, agradeciéndonos. Cierta vez, por el día de San Valentín, se nos ocurrió a cinco de nosotros ir a visitarla; nos pusimos de acuerdo con Cristóbal para que lleve su guitarra, nosotros nos aprovisionamos con maracas, clave y hasta el bongó del papá de Tavo para cantarle algo y alegrarla por el Día de la Amistad. Con todo el esfuerzo, tampoco nos recibió. La mamá salió a agradecernos desde la ventana:

—Mi hijita Lourdes les agradece su visita, muchachos, pero no está dispuesta. Ya tomó su medicina y está a punto de dormir, gracias por sus regalitos.

Recibió la tarjeta, los chocolates y una gorra con el escudo del equipo del barrio con las siglas SPL. A punto de llorar y antes de cerrar la ventana nos alcanzó a decir:

—Que Dios los bendiga, y sigan siendo excelentes muchachos.

Y como suele decirse, literalmente nos fuimos con nuestra música a otra parte. Sin embargo, en otra oportunidad recibió a la mamá de Tago, supongo que lo hizo porque ambas asistían a la misma iglesia y pertenecían a la misma cofradía de la Virgen del Carmen. Ella nos dijo que ingresó a su dormitorio en penumbra, solo la alumbraba una pequeña lámpara en su mesita de noche. Lourdes la saludó desde su cama con una sonrisa sin dientes que la sobresaltó, pero lo disimuló protegiéndose en las sombras. Flotaba en el ambiente ese olor agridulce que tiene la angustia. Permaneció menos de cinco minutos. La mamá la despidió aduciendo que su hija necesitaba descansar pues había tomado un medicamento a base de codeína.

Lourdes jamás volvió a recorrer las calles incitando al movimiento de las estatuas. Pero intuíamos que, desde su lecho, cada amanecer, escarbaba la vida en busca de algún recuerdo que le causara, aunque fuera, una efímera alegría. Estábamos seguros de que una luna de sal se despeñaba cada noche entre sus escasos dientes y las lágrimas bajaban arañando las paredes de su dormitorio inundando su sueño. En el barrio, cuando los muchachos nos reuníamos los sábados en la esquina, antes o después de nuestro partido de fulbito, solíamos hablar de ella, de sus piernas divinas, de su sonrisa robada al misterio, de sus nalgas que al caminar llevaban todo el ritmo de La Fania y el sonido del bongó de Roberto Roena. Hablábamos de ella y a veces en vez de ir a jugar pelota, terminábamos bebiendo algún licor en el parque. Pero a partir de ese fatídico accidente empezamos a sentir que algo faltaba en el barrio, podría decirse que el panorama urbano jamás estuvo completo de nuevo.

Luego entendimos que no es la muerte la que mata los recuerdos; ni tampoco es la llegada del amanecer la que disuelve los sueños, sino el olvido. A diferencia de nuestra infancia, en donde parecía que el tiempo transcurría lento, durante nuestra adolescencia tuvimos la sensación de que todo sucedió demasiado pronto y, sin percatarnos, dejamos de hablar de nuestra reina del barrio. Fueron ocupando nuestras conversaciones la política, el fútbol, nuestro futuro, las mujeres. No obstante, cuando alguien decía su nombre, recordábamos que en el barrio también tuvimos nuestra reina, como la tienen los ingleses o los noruegos, cuyo nombre era Lourdes y que fue la novia de todos nosotros. Apenas mencionaban su nombre, yo sentía que un cuervo rojo me picoteaba violentamente el pecho mientras escuchaba maravillado las historias de nuestro pasado con los ojos húmedos de vida.

TRES

Poco a poco los muchachos del barrio fueron construyendo su propio destino. Varios fueron admitidos a los diversos institutos armados, otros a la universidad. Sin embargo, algunos de ellos, hartos de estudiar, optaron por trabajar. Cuatro del grupo intentaron ingresar a la Escuela de Oficiales de la Policía, solo lo logró el Flaco Kike; creo yo porque su mamá era amiga de la esposa de un coronel, y encima entró con uno de los primeros puestos, caso insólito pues siempre fue flojo para los estudios. Fico, que durante cuatro años había estudiado inglés, se sirvió del lenguaje para graduarse de chef en Estados Unidos. Ferna, que sabía algo de francés, viajó a Winkler, Canadá, con un contrato de trabajo y se inició trabajando como mozo y poco a poco avanzó hasta llegar a ser administrador en un renombrado hotel. Dante ingresó a la escuela de Medicina. Cristóbal trabajaba en una agencia de aduana y, como era buen guitarrista, de vez en cuando aparecía en la televisión acompañando a algún bolerista de moda. Ismael estudió Computación y estaba bien posicionado en una compañía española de teléfonos. Tago estudió para laboratorista y trabajaba en un hospital. Alfonso postuló a la Escuela de Aviación, aunque debido a su miopía incipiente, no fue aceptado; pero como era bueno con los números, pudo encontrar un puesto en la oficina de estadística de un municipio.

Otro de los muchachos, Ángel, quien solía repetirnos que sería marino, ingresó a la Marina de Guerra y sus viejitos le hicieron una gran fiesta a la cual fuimos algunos del barrio. A los dos años, después de graduarse de alférez, se casó con una chica de la cual era novio desde que tenía dieciséis años. Su matrimonio fue apoteósico, con cruce de espadas en la capilla naval, recuerdo que un capitán de fragata fue su padrino. La pareja fue aparentemente feliz durante año y medio. Su hermano menor nos relató que según el reglamento de la Marina él tenía que realizar guardia callejera como policía militar dos veces al mes con un subalterno. Uno de esos días, estando de guardia, se le ocurrió ir a su casa y al llegar sorprendió a su esposa teniendo relaciones íntimas con un hombre. Después de amenazar a ambos con su arma, optó por dispararse un tiro en la cabeza y murió delante de ellos. Ángel recién había cumplido veintiséis años, fue el primero de los muchachos del barrio en irse al otro mundo y entonces descubrimos que para morir no hay edad, que uno también puede decidir la fecha de su muerte; por él aprendimos que si no se tiene nada por qué vivir, quién diablos es la gente para contradecirlo. Por Ángel comprendimos que suicidarse era reconocer que lo peor le estaba ocurriendo en ese momento.

Tres de los del grupo, entre ellos el Colorao Casareto, continuaron con la "yerba" y de allí con los jarabes de codeína y las pastillas, que por desdicha ya circulaban en el barrio, y que fueron introducidas por uno de los mayores, el Chato Arana. Aprendieron a mezclar un sinnúmero de medicamentos para drogarse y les llamaban "los químicos". Supimos que estuvieron internados en la Comunidad Terapéutica para Adictos, LCD un par de veces. Uno de ellos, el Colorao Casareto, terminó en prisión y los otros dos se extraviaron en los laberintos de la vida y el humo de la pasta básica de cocaína. A cinco de los del grupo les perdimos el rastro en definitiva cuando se mudaron del barrio. Uno se enlistó en el servicio militar y, como era muy indisciplinado, fugó un día del cuartel y se convirtió en desertor; los otros se fueron de casa y no se les vio más.

Otro detalle fue que aquel joven rubio de gafas oscuras y auto plateado que aquella vez el Loco Tago quiso masacrar a golpes, fue visto merodeando varias veces por el barrio. Pacho, uno de los más jóvenes del grupo, lo reconoció y, bajo los efectos del alcohol y quizá alguna droga, se le cruzó en la pista, detuvo su auto y lo amenazó con romperle los vidrios a pedradas si es que lo veía nuevamente rondando la casa de Lourdes. Pacho era el último de tres hermanos y comenzó muy niño a consumir pastillas y jarabes y luego continuó con otras drogas más peligrosas. En el barrio se había ganado el sobrenombre de el "paquetero mayor" porque para obtener dinero y comprarlas para su consumo las estaba comercializando y era el enlace con traficantes de más peso.

El tiempo hace que las personas que alguna vez creímos importantes se conviertan, de forma imperceptible, en sombras y así entren a transitar en el traspatio del olvido. Personajes en fotografías amarillentas con los cuales posamos sonrientes y que creímos se volverían eternos, se convierten en nombres y momentos que no logramos recordar. Nos vamos alejando de la gente dejando una polvareda detrás de los ojos mientras una telaraña baja lenta y deja imborrables líneas en el rostro. Así ocurrió con Lourdes y de ella no se habló más. Su imagen permanecía como un sapo chapoteando en la lluvia del pasado. Sin embargo, estoy seguro de que los muchachos del barrio nunca la olvidamos. Porque a esa edad cada uno tiene una maravillosa fantasía que como una astilla penetra en el corazón y, aunque no la sentimos a diario, de pronto nos sorprende una punzada que nos hace encogernos y preguntarnos: *¿Quién me ha clavado este suspiro?* Y al bajar la vista vemos un rostro semejante a una flor de ceniza en el centro del pecho.

CUATRO

Mi madre nos sorprendió con su muerte, un aneurisma cerebral acabó con su vida. Cinco meses después, falleció mi padre. Creo que la ausencia de ella lo invadió y entre sus dedos cual tiempo líquido se le escurrió la vida. La casa de mis padres en el barrio la vendí. Para mí fue muy difícil tomar esa decisión. Vender esa casa era enterrarlos por segunda vez. Durante todos esos trámites previos a la venta, iba al barrio y me encontraba a veces con alguno de los muchachos de aquel entonces, ahora convertidos en adultos, incluso algunos casados y con hijos. Al concluir la venta y entregar la casa no retorné más al barrio. Aquella tarde caminé y caminé por aquella avenida que innumerables veces de adolescente recorrí y llegué a la pequeña cantina a la que llamábamos "la cámara del gas", me emborraché y lloré. Sentado en nuestra mesa de siempre sentía que una mano me empujaba desde lo alto de una escalera y yo rodaba escalón tras escalón sin saber cuándo llegaría al piso. Fue un jueves imborrable aquel en el que, sin desearlo, asistí al segundo entierro de mis viejitos.

***

Cierta mañana, mientras viajaba en el tren rumbo a mi trabajo, conocí a una atractiva e interesante chica. Ella era profesora de salsa y ritmos tropicales y en poco tiempo me convertí en su alumno preferido (en realidad tomé el clásico papel del alumno que se enamora de su maestra). Nuestra amistad prosiguió su curso hasta que ella también encontró el amor conmigo y, un año más tarde, contrajimos matrimonio. Planeamos nuestra vida de tal manera que transcurrido año y medio tuvimos una bebé a la cual le pusimos de nombre Lourdes.

Así fui cumpliendo varios de mis objetivos. El primero de ellos, casarme con una mujer maravillosa con la cual congeniara, lo logré con mi mujer. La acompañaba a sus clases en su instituto de danza, salíamos a bailar cada fin de semana y ella iba conmigo al gimnasio haciendo más agradables mis sesiones de físico culturismo. Yo deseaba que mi primera hija fuera mujercita y tuve una linda bebé, vivíamos en un apartamento que siempre deseé cerca de la playa, concluí mis estudios en la universidad y trabajaba de psicólogo asistente en una clínica psiquiátrica privada. Aprovechando mis horarios, inicié mis estudios para la maestría que tanto necesitaba. Era estable en lo económico, social y profesional. Tenía proyectos para un viaje de estudios y una propuesta de trabajo en el extranjero para cuando concluyera mi maestría. Mi esposa renunció a su trabajo en el Instituto Nacional de Danzas para cuidar a la pequeña Lourdes. Esa estabilidad, que duró cerca de cinco años, la quebró un hecho fortuito. Se produjeron elecciones nacionales y subió a gobernar uno de los partidos políticos más corruptos que ha tenido mi país, el Partido Aprista Nacional. Una de las medidas político-económicas tomadas por el nuevo presidente y sus secuaces para acomodarse en el gobierno fue la devaluación drástica de la moneda.

Los ahorros en dólares que tenía en el banco de pronto fueron convertidos por el gobierno a la moneda nacional y perdí las tres cuartas partes del valor de ese dinero. Subieron las subsistencias de forma abrupta. Debido a esa crisis, el seguro social no pudo continuar pagando los tratamientos de los pacientes internados en la clínica privada en la cual trabajaba, los seguros de salud elevaron sus costos y hubo un despido masivo de trabajadores en un sinnúmero de empresas. Por ser uno de los más jóvenes del personal y tener solo cinco años de antigüedad, fui uno de los primeros que integró la nómina de despedidos en la clínica. Después, todo sucedió demasiado rápido. Los compromisos familiares contraídos comenzaron a agobiarme. Una bebé que alimentar, una esposa que no trabajaba, el pago del apartamento, la alimentación de nosotros tres, las tarjetas de crédito pendientes, el costo de los servicios de electricidad, teléfono… mi situación se tornó inmanejable. Día tras día salía a tocar puertas en busca de trabajo. En los hospitales, universidades y otros centros, los contratos estaban restringidos y solo empleaban a los miembros del partido del gobierno y yo no lo era, es más, lo aborrecía pues conocía su historia de corrupción. Mis ahorros disminuyeron más rápido de lo que tenía calculado. Para solventar los gastos recurrí a la venta de mis prendas personales, mis dos relojes, mi sortija de promoción, hasta empecé a malbaratar los ejemplares atesorados de mi colección de libros. Diariamente me amanecía escribiendo cuatro o cinco currículos y muy temprano salía a entregarlos en ministerios, clínicas, hospitales, universidades, empresas, escuelas. En mis diarias salidas, con el objetivo de ahorrar evitaba tomar el bus y le decía a mi esposa que almorzaría en la calle para impedir que invirtiera dinero en mí, sentía que esa comida no me pertenecía y se la estaba quitando de la boca a mi bebé y a mi mujer. En la calle almorzaba plátanos y pan, que era lo más barato, y bebía agua de la llave del jardín del parque. Regresaba al atardecer a reiniciar mi rutina escribiendo currículos, por lo cual me volví un experto redactor. Amanecía y empezaba mis largas caminatas de tocar puertas de instituciones, amigos y desconocidos, y por la noche retornaba a mi casa más derrotado que el día anterior. Hubo veces en que ya no teniendo dónde ir recurría a la familiar banca de aquel parque que ya se había convertido en una especie de oficina donde escribía los borradores de mis currículos, programaba qué puertas tocar al día siguiente en busca de trabajo y donde en ocasiones me quedaba dormido de agotamiento. Innumerables veces sentado en dicha banca me taladraba el cerebro pensando: ¿Qué hacer? ¿Cómo obtener dinero? A algunos de mis compañeros de la universidad les estaba ocurriendo lo mismo, la diferencia radicaba en que ellos eran solteros. La desesperación me condujo a vender el reloj heredado de mi padre, luego mi cadena y el crucifijo de oro, obsequio de mi madre al cumplir los veintiún años, también algunos frascos de colonias que aún tenía intactos pues fueron regalos recibidos en mi reciente cumpleaños. Poco a poco me iba deshaciendo de mis objetos personales que para mí significaban mucho. En algún momento vendí mis nueve tomos de enciclopedias de psicoanálisis, la colección completa de las *Tradiciones Nacionales*, mis cuatro mejores ternos, mis camisas y mis zapatillas para largas caminatas. No quedaba de otra. En vista de que el tiempo transcurría y yo seguía inmerso en mi frustración, comencé a explorar en busca de trabajos fuera de mi área de experiencia y apuntando cada vez más bajo. Ya no buscaba una plaza para psicólogo, profesor o profesiones afines, estaba decidido a aceptar cualquier propuesta. Busqué de obrero en construcción civil, chofer para taxi, ayudante para mecánico de autos o en estaciones de gasolina, ayudante de cocina, pero tampoco encontré. Mucha gente, al igual que yo, deambulaba semejando pálidos fantasmas en busca de trabajo. Cierta vez, de forma casual, supe que estaban necesitando un portero en una escuela y allá me dirigí. La fila era larga, ochenta o tal vez cien postulantes varones y mujeres de todas las edades. Yo estaba seguro de que obtendría el puesto y saldría de esa miseria. Reunía las condiciones. Al llegar mi turno, casi anocheciendo, optimista me senté frente a aquella mujer con cara de sargento quien leyó mi currículo en casi diez segundos. ¡Me rechazó! Busqué y rebusqué algún argumento para rebatir su decisión. Poco me faltaba rogarle de rodillas, argumenté:

—Soy psicólogo y puedo trabajar de auxiliar de disciplina, en una oficina de administración, de profesor de Psicología u otras asignaturas; creo estar capacitado para cualquier puesto, tengo estudios universitarios.

Ella parecía escucharme mientras bebía impasible su taza de café. Luego empezó a manipular papeles sobre su escritorio, en algún momento abrió su cartera, sacó un pequeño espejo se vio los labios y se los repintó, luego me quedó mirando como sorprendida de que todavía continuara sentado en aquella silla.

—¡Usted esta sobrecalificado! —dijo levantando la voz.

—Pero señora…

—¡Señorita! —me corrigió.

—Señorita, tenga en cuenta que…

—Lo que necesitamos es un portero para el turno de tarde, usted no encaja para el trabajo ¿Está claro? —sentenció aquella mujer. No tenía nada que hacer allí. Me puse de pie—. Que pase el siguiente —escuché a mis espaldas.

Salí y me aprecié extraviado en esa ciudad que meses atrás sentí haber conquistado. Llegué a la esquina y pateé una gran lata de basura, luego di un puñetazo en la pared y eso ni siquiera me produjo dolor. En mi pecho explotaba una enorme impotencia. Me dirigí a lo único que sentí en ese momento mío, aquella solitaria banca de parque. Me senté y lloré. Ignoraba si era llanto lo que me desgarraba la garganta o la miseria que había hallado una boca para llorar una desgracia que no creía que me correspondía. No podía retornar, una vez más, a mi casa vencido y sin tener qué decir. Esperé a que oscureciera y caminé y caminé, no sabía qué hora era, me había quedado sin reloj, pero no importaba, ¿qué puede importarle la hora a un derrotado, a un ser coronado por la miseria?

CINCO

Era mediodía cuando terminé de entregar una buena cantidad de mis currículos en las direcciones que consideré mi cuota del día y fui al encuentro de mi familiar banca del parque. Apenas me acomodé empecé a anotar en mi cuaderno los lugares donde entregaría currículos al día siguiente. De pronto sentí la sensación agobiante del calor y el hambre, así que levantándome de prisa fui a la llave de agua y bebí. Me di cuenta de que a veces el agua adquiere esa sensación maravillosa que se encuentra en un beso. Avanzaba la hora y el sol desde lo alto cumplía con enérgica función su labor de broncear los cuerpos de aquellos que todo lo tienen, incluido el tiempo para no hacer nada, y volver más frustrados a los que todo les falta. Me mojé la cara y el cabello y regresé a mi banca. Un hombre con su saco colgado en el brazo pasó delante mío abanicándose el rostro con un periódico. No me percaté el momento en que una mujer se acercó y me entregó una atractiva tarjeta rosada, propaganda de un centro de diversión para mujeres, en cuya parte superior en letras azules decía: "El Lado Oculto de la Luna" y en la parte de atrás una breve explicación. Allí asistía un público mayoritario de mujeres y, como espectáculo, varones jóvenes bailaban en un escenario como *strippers*. Nunca había tenido interés en asistir a alguno de esos eventos, ni siquiera aquellos en donde las mujeres danzan agarrándose, sobándose en un tubo y desnudándose. Leí y releí la tarjeta. Me quedé pensando, era una idea descabellada, lo sabía, pero también lo era mi alternativa, tenía el agua hasta el cuello y no podía permitir que cubriera mi cabeza. El Lado Oculto de la Luna, evalué y creí reunir las condiciones mínimas: era joven, de piel trigueña, sexualmente bien dotado, cuerpo atlético, abundante cabello, y exhibía destreza al bailar. Mi esposa no tenía que enterarse y yo asumía que ni le importaría. Me era urgente tomar una decisión y la tomé. Esa noche, en el baño de mi casa, a solas ensayé para la supuesta entrevista. Bailé desnudo; me contorsionaba, me sentía un imbécil frente a aquel espejo, revolcándome en el piso, necesitaba verme *sexy* y no sabía si lo estaba logrando. Me esmeraba presentando mis mejores ángulos, adoptando las poses más sensuales y las que yo consideraba eróticas. Por momentos me veía como aquellos estúpidos que salen de modelos en la televisión realizando morisquetas y poses amariconadas, pero no me importaba, tenía que superar lo que hasta el momento era, un perdedor. Esa noche me desvelé pensando en la música que utilizaría, en la entrevista y la danza que mostraría al encargado de ese antro. Me levanté muy de mañana, me duché y afeité de manera muy prolija todo mi cuerpo, en especial aquellas partes que necesitaba lucir. Llevé en mi mochila mi inseparable *tablet* y me dirigí hacia aquel lugar. El local estaba ubicado en un elegante distrito de la ciudad. Me atendió un muchacho más joven que yo, anotó mi nombre e indicó que permaneciera en una pequeña sala. Me sentía vulgar, un mundano sentado junto a esos dos jóvenes que también esperaban su turno. Nadie hablaba, los tres nos mirábamos de pies a cabeza, como rivales próximos a trepar a un *ring*. No tardaron mucho en llamarme. Me recibió un hombre de unos cuarentaicinco a cincuenta años, de saco verde, cara grasosa y cuerpo regordete.

—¿Buscas trabajo? —me dijo, mientras se limaba las uñas sentado detrás de un gran escritorio cubierto con papeles en desorden—. ¿Qué sabes hacer? Nosotros somos una empresa de prestigio y no aceptamos espectáculos mediocres. A ver muchacho: ¡Impresióname!

Sus palabras eran un desafío. Desde luego que tenía que impresionar a ese gordo fofo y amariconado. Entre su petulancia y mi necesidad había millas de distancia que debía de recorrer en minutos para obtener un trabajo de nudista, bailarín, danzante, o lo que fuere, pero tenía que salir de ese antro con un contrato en la mano. Simulando profesionalismo y seguridad, con parsimonia saqué la *tablet* de mi mochila, busqué la música seleccionada, me ubiqué delante del gordo y comencé a danzar lento al compás de un ritmo afroperuano en donde se distinguía la percusión. Acentuando cada movimiento, me despojé con lentitud de la camisa, la correa, los zapatos, y las medias; pero antes de que lo hiciera con el pantalón, lo escuché decir:

—¡Basta! Que pase el siguiente.

Me quedé consternado, aunque lo disimulé. Comencé a vestirme lento mientras pensaba en alguna alternativa, una atractiva propuesta que a ese gordo grasoso le pareciera interesante y que me permitiera salir con una fecha para una siguiente cita.

—Estoy ensayando un acto que creo nunca se ha visto en un espectáculo de este tipo. Necesito presentárselo, pero no ahora; antes, necesito ultimar la mezcla musical, que es uno de los elementos importantes. Pero voy a proponerle algo para demostrarle la calidad y seguridad que tengo de mi trabajo. Yo no cobraré nada el día de mi presentación ante el público. Si es un éxito, usted me contrataría por tres meses mínimo y yo pondría el precio. ¿De acuerdo?

—¡NO! —fue su respuesta. El «¡No!» fue súbito y salió de su boca como si me lanzara un escupitajo—. El mío es un local de categoría y prestigio y no puedo presentar cualquier adefesio porque...

—Hagamos lo siguiente —le interrumpí—, yo estoy seguro de que mi espectáculo va a ser un éxito. Le propongo que, si es un fracaso, yo le pagaré la mitad de las entradas de esa noche. Puedo firmarle incluso algún documento comprometiéndome.

—¿Tan seguro está usted?

—Sí, lo estoy. ¿Firmamos o no?

—Todavía no. Primero... Dígame de qué se trata. Como empresario, no me puedo lanzar a cualquier aventurilla y más aun tratándose de un ilustre desconocido, un don nadie.

—Usted no tendría nada que perder dado que la mitad de sus entradas estarían pagadas. Pero, al fin y al cabo, es su dinero y local, usted decide. ¡Tómelo o déjelo! —le arrojé mi propuesta en la cara al gordinflón mientras cerraba mi mochila. Me la estaba jugando, era mi última carta.

—Está bien... está bien... —balbuceó denotando en su voz cierta incertidumbre—. Por esta vez hagamos un compromiso de puño y letra y después lo haremos de acuerdo con la ley.

Su secretario nos acercó un papel, redactamos un par de cláusulas y a los minutos siguientes ya habíamos firmado el documento.

—No se arrepentirá —anoté mientras me dirigía a la puerta de salida.

—Eso espero, porque estoy cansado de espectáculos mediocres —alcancé a escucharlo mientras cerraba la pesada puerta de fierro.

¡Lo logre! Estaba satisfecho, pero a la vez preocupado por el compromiso en el cual me acababa de involucrar. Mi miseria impulsó mi osadía y a la vez me colocó al borde del acantilado. No tocaba de otra que asumir el riesgo. Enrumbé a mi casa, ya se me ocurriría algo, me dije en el trayecto, intentando calmarme. Llegué disimulando mi preocupación. El saludo efusivo de mi esposa fue:

—¿Conseguiste trabajo? Ayer se acabó la leche de la bebé y hoy estuve dándole de la nuestra y está con diarrea. De seguir así, la llevaré mañana a su pediatra. ¿Tienes dinero para la consulta?

—¡Mañana te entrego el dinero! —contesté.

—¿Por qué no ahora?

—¡Mañana! —se lo repetí cortante y me encerré en el único refugio de mi casa que sentía mío, el baño. Mi desesperación estaba al máximo.

Esa noche no dormí. Me levanté temprano, mientras ella permanecía durmiendo, y me llevé mi camiseta original y mi gorra del Barcelona FBC, junto con mi colección de discos de Paul Muriat, Roberto Carlos, los Beach Boys y, muy a mi pesar, los vendí. Mentira, casi los regalé. Retorné y dejé el dinero sobre la mesa del comedor y me marché. Llegué a mi familiar banca del parque frente a la Parroquia Santa Rita de Casia y comencé mi proceso creativo llenado páginas y páginas en mi cuaderno diseñando alternativas para armar mi espectáculo.

Los siguientes dos días los pasé pensando en qué ofrecerle a aquel gordinflón y no se me ocurría nada que valiera la pena. Varias veces estuve a punto de renunciar y echarme a buscar trabajo fuera de la ciudad, tal vez en el campo, o en una mina, pero no tenía contactos y ni siquiera dinero para el viaje, así que me resigné a continuar con mi proyecto como única alternativa. Sentado en aquella banca exploraba las características de los grupos cautivos y la sexualidad femenina estudiados en la universidad. Tenía que volcar dichos conocimientos en mi espectáculo. No en vano había estudiado siete años. Mi atención después la centré en las teorías de los pequeños grupos. Levanté la vista y noté que frente a mí transitaba mucha gente; algunos de ellos tal vez estables en sus vidas; otros quizá integrados al corrupto gobierno de turno y sus instituciones para darse los grandes empachos con el dinero del pueblo; y muchos otros, como yo, sin trabajo. A lo lejos vi decenas de individuos que estaban parados en las esquinas o sentados en las otras bancas y pensé que quizá también fueran desempleados, pero la gran diferencia radicaba en que yo era casado, tenía una bebé, era profesional, hacía cerca de dos meses que comía pan con plátano y bebía agua de la llave del parque y tampoco tenía una mísera moneda para el pasaje de regreso a casa. ¡Nunca la miseria me había castigado tanto! Volví a abrir mi cuaderno y reinicié mis diseños. Tenía que ocurrírseme algo, pero era más que eso: lo consideraba un mandato. ¡Debía de ocurrírseme! Tenía la mente en blanco, estaba bloqueado. Me sentía un hombre que no encajaba en ningún lado en esa gran ciudad. Estaba comprendiendo el por qué la gente se convierte en mendigo e inclusive en ladrón. Por un breve tiempo mi mente quedó en blanco, de pronto me enfoqué en la Parroquia Santa Rita de Casia, que estaba al frente, sus dos altas torres laterales de corte gótico, sus grandes puertas de madera tallada, en una de ellas había una pequeña puerta abierta donde se boceteaba la oscuridad de su interior, la gran estatua de la santa en mármol blanco colocada en el dintel de la entrada, el enorme reloj de números romanos en la torre más alta. Un par de mujeres vestidas de negro abordaron en el atrio a un sacerdote que salía e iniciaron una conversación. El reloj marcaba la una y cincuenta de la tarde. De pronto, algo semejante a un látigo que golpea y sacude entero me estremeció. ¡Lo había encontrado! ¿Cómo no se me ocurrió antes? Lo tenía ante mis narices. «Sorpresas que da la vida», me dije sonriente y satisfecho entre dientes. Reabrí mi cuaderno y escribí una corta reseña y el título de lo que sería mi espectáculo, luego lo fui desarrollando. Tachaba y escribía, tachaba y escribía, y así innumerables veces. Diseñé cómo sería la primera parte, la segunda, la tercera y el cierre. Elaboré mi lista de necesidades, era necesario ahorrar en escenografía, usaría una simple cámara oscura y la matizaría con luces de colores, colocando tal vez un par de luces negras desde el cortinaje superior para resaltar la pequeña parte blanca de lo que sería mi vestuario. Diseñé cerca de treinta escenas y el tiempo probable de cada segmento de mi coreografía. Puse especial atención en mi impactante ingreso al auditorio y sobre todo en el cierre del acto que debería movilizar al público a tal intensidad que lo motivara a integrarse al espectáculo, incitar al contacto físico entre ellos y conmigo, y los llevara a volver al día siguiente y las noches sucesivas. Estaba convencido de que un espectáculo de ese tipo no solo le iba a agradar a ese gordo grasoso, sino que hasta tal vez me concediera un éxito y me ayudara a salir en definitiva de mi condición de fracaso. Fueron tres días que transcurrieron rápido mientras yo planeaba los mínimos detalles de mi actuación sentado en mi familiar banca del parque convertida en mi oficina móvil. Me endeudé comprando los elementos que necesitaría: focos de colores, ropa, el Izotope Ozone 9 para masterizar la música, material para el maquillaje, pensaba que allí estaba por ahora mi futuro mientras que en mi casa las necesidades aumentaban. Tanto así que en una de las tantas discusiones al retornar por la noche mi esposa me gritó:

—En vez de estar paseando por las calles, quédate en casa a cuidar a la bebé y yo salgo a buscar trabajo y de seguro lo encuentro antes que tú. A ti te agrada la vida fácil. Por lo visto, tú no tienes interés.

—¡En un par de días te daré una sorpresa! Iremos a comer al restaurante italiano que tanto te agrada mientras dejamos a tu prima Zoraida cuidando a la bebé —contesté muy seguro de mí mismo.

Ignoro si me escuchó o simplemente no le interesaba hacerlo. Me lanzó la puerta en las narices y se encerró en el dormitorio con la bebé. Desde el comedor la oía llorar y maldecir: «¡Maldita la hora en que me casé!». También sentí los objetos lanzados contra piso y paredes haciéndose trizas. Esa noche no quise incomodarla más y continué, como lo hacía dos o tres veces a la semana, durmiendo en el sofá de la sala.

Aquel día tenía que llegar y llegó. Me había hipotecado tratando de sacar adelante mi espectáculo y necesitaba lograrlo.

Me presenté ese viernes a la hora indicada. El hombre joven que fungía de su secretario me abrió la puerta. El gordo me saludó con su habitual cinismo:

—Cuénteme, amigo, acerca de su acto, cómo va a ser y todo eso... —abundó en preguntas interrogándome por los detalles, pero no le dije una sola palabra acerca de qué se trataba.

—Tan solo confíe en mí y verá. No tendrá nada de qué arrepentirse.

—Ojalá —fue su corta respuesta.

El secretario me informó que por ser viernes el local estaba casi lleno. Mi momento se acercaba. Llamé al sonidista y le di las instrucciones para que a mi señal elevara el volumen de la música al máximo. El encargado de las luces y manejo de la cortina también recibió mis indicaciones. Me sentía seguro, todo un profesional, lo había planeado al detalle y nada podía fallar. Pedí presentarme como acto final, para el cierre; pero el empresario, tal vez dudando del valor de mi espectáculo, me lo negó y me puso penúltimo. El acto que me antecedía era el de una mujer que aparecía bailando entre globos negros que al estallar botaban papel picado, mientras ella se iba desnudando; al concluir la música y reventarse el ultimo globo, ella quedaba completamente desnuda transformada en un hombre. ¿Cómo lo hacía? No me interesaba, yo estaba en otra cosa. Faltando cinco minutos para mi acto ingresé al vestuario y me puse mi atuendo. Salí y el gordinflón casi se cae de espaldas, me miró con gesto de asombro, creo que ni él ni su secretario me reconocieron. A los pocos segundos, las palabras «¡Kumer V, su turno!» me impulsaron a salir deprisa y colocarme a un paso de la cortina cercana al escenario. Las luces se apagaron. En todo el salón comenzó a escucharse una música sacra con órgano, similar a la que se escucha durante las misas en la iglesia, y aparecí yo en el escenario vestido de sacerdote, con capa negra y antifaz. Resaltaba en mi sotana negra el alzacuello blanquísimo que identifica a los sacerdotes. Hubo un silencio sepulcral en el auditorio. Di unos cortos pasos hacia el público, extendí mi brazo y les di la bendición. Algunas mujeres se pusieron de pie al verme, un par de ellas se arrodillaron y persignaron. El público estaba sorprendido, su silencio lo confirmaba. Al cambio de música comencé a danzar al compás de la canción que usó Claudia Scheaffino en la película *Cien mujeres*, al desnudarse bailando ante Hitler y sus oficiales. Las mujeres, y algunos pocos varones, superado su asombro inicial, se pusieron de pie y comenzaron a seguir entre aplausos el ritmo de la música mientras yo me iba deshaciendo de manera lenta de mi camisa negra, la correa, el pantalón, las medias y mis zapatos lanzándolos al aire. La música continuaba y solo cubría mi cuerpo la capa, el alzacuello, mi diminuta ropa interior roja y el antifaz. Durante la danza y movimientos, tumbado en el piso, utilizando la capa cubría y descubría mi cuerpo semidesnudo. La gente poco a poco se había ido acercando y de pie rodeaba el escenario, acompañando la música con las palmas y algunos silbando o vociferando. Yo continuaba, sudoroso, mi danza, acercándome y alejándome de ellas, en tanto que algunas alargaban sus brazos haciendo esfuerzos por tocarme. El volumen de la música se elevaba cada vez más a la par que el griterío y los silbidos. Al elevarse al máximo, los parlantes empezaron a moverse retumbando y el poco público que quedaba sentado abandonó sus asientos y rodeó el escenario. Yo, semi cubriéndome con la capa, me despojé de mi diminuta ropa interior y haciendo con ella un remolino en el aire la arrojé al público. Hubo una aglomeración y griterío en el lado izquierdo pues estaban disputándoselo. De pronto grité: «¡Soy de todas!» y me lancé desde lo alto del escenario sobre las mujeres que me recibieron en sus brazos. ¡El loquerío fue total! La música ensordecedora tronaba haciendo eco por todos lados, las luces blancas y de colores se apagaban y encendían, dos sirenas de diferente tipo sonaban al fondo del escenario mientras ellas corrían hacia mí desde todos lados. Me tocaban, me pellizcaban, estrujaban mi piel, y de pronto me arrancaron la capa, lo cual me hizo perder a la vez el alzacuello. Desnudo entre ellas protegí mi antifaz. El bullicio era total, gritos y sonidos de mesas y sillas que se estrellaban. Yo, en el piso, sentía el cuerpo de las mujeres que me asfixiaban, me sobaban, me estrujaban las nalgas, el pecho, los genitales. ¡No tenía protección! Intenté levantarme, pero me di cuenta de que el peso de ellas y sus brazos me lo impedían. El dolor que me estaban ocasionando en el cuerpo era intenso. En un soberano esfuerzo arranqué una mano que se mantenía sujeta estrujando mis testículos. Sabía que no debía gritar por ayuda, porque lo que estaba ocurriendo era parte del espectáculo, pero se me había ido de las manos y estaba fuera de control. De forma providencial la gente de seguridad vino a mi rescate y protegiéndome con sus cuerpos me sacaron del auditorio rumbo la oficina. A mi espalda escuchaba los aplausos y las voces de «¡Otra, otra, otra!». Algunas mujeres nos persiguieron. El secretario y la gente de seguridad forcejeó con ellas logrando cerrar la puerta. Adentro, el secretario me alcanzó una silla y una botella con agua, la rechacé.

—Dame un trago —le dije.

Pero fue el empresario quien se aproximó al escritorio, llenó un vaso con wiski y me lo alcanzó diciéndome:

—¿Cuánto quiere por su acto?

—¡Déjeme respirar! —contesté, mientras bebía el wiski y pensaba en un guarismo con varios ceros. Mi espectáculo había superado mis expectativas, el riesgo había sido demasiado, pero ¡fue un éxito! Debía de replantear la cifra.

—Soy un hombre de negocios. De una vez ponga el número y firmemos el contrato… pero tenga presente una cosa, su acto tiene que ser solo para El Lado Oculto de la Luna, nosotros tendremos la exclusividad —agregó, levantando la voz, mientras se servía un tercer vaso con su wiski barato.

Me vestí mientras me iba recobrando. Sentía el cuerpo adolorido. Sobre mi piel ya surgían los moretones y en diversas partes del cuerpo iban apareciendo rosáceos pentagramas irregulares producto de los arañazos. Esa noche firmamos el contrato por dos meses a pesar de la insistencia del empresario de hacerlo por medio año. Trabajaría solo los viernes y sábados, sería el número de fondo, el cual tendría un máximo de quince minutos, permanecería durante lo que durara mi acto con mi antifaz y la gente de seguridad estaría alerta para rescatarme de ser necesario. Antes de retirarme y beberme mi segundo wiski, le solicité un adelanto por un mes, el gordinflón accedió sin titubeos. Pedí, además, por precaución, que los agentes de seguridad me acompañaran para salir por la puerta trasera del local. Al abrirla observamos que algunas mujeres, tal vez provenientes del auditorio, merodeaban la salida. No me reconocieron con mi *jean* blanco, lentes y gorra.

Caminé lento hasta llegar a la avenida Morris. Después de tiempo me percataba del cielo con estrellas que parpadeaban y una luna blanca, bella, en cuarto menguante, que alumbraba débilmente dibujando siluetas grises en la vereda. Enrumbé hacia mi casa pensando en mi osadía. Durante todo ese tiempo empecé a hacerme la idea de ser un perdedor, y entonces todo cambió, pero ¿cuánto duraría aquel episodio de éxito total? ¿Importaba? Me dije que en ese momento solo el gran logro debía brillar. Alcancé mi objetivo y me sentía tranquilo caminando las calles, sin esa presión en el pecho que me impulsaba a cada momento a pelear por un poco de aire. Sabía que le gané una batalla al infortunio. Y aunque cada vez se acentuaba más ese dolor y ardor que me latía en múltiples partes del cuerpo, consecuencia de esa refriega con otros cuerpos fruto de mi exitoso espectáculo, lo curioso es que no me importaba para nada.

Hacía mucho tiempo que no tenía un billete de cien en mi billetera. Fui a un supermercado abierto a esa hora y compré leche para mi niña, pollo y carne. Como no lo hacía desde mucho tiempo atrás, detuve un taxi y enrumbé a mi casa. Despertaría a mi esposa y le propondría ir a comer al restaurante italiano Las Cinco Cucharas que tanto le agradaba. Durante el trayecto me preguntaba, *¿qué había ocurrido esa noche mágica? ¿Es tan erótico para ciertas mujeres la imagen de un sacerdote joven que las induce a una intensa excitación? ¿Era aquel lugar el que desencadenaba ese comportamiento desenfrenado? ¿La atracción era a la sotana, o era el lugar en penumbra que exacerbaba sus fantasías?* No pude responder. No estaba en condiciones de elaborar psicologismos ni hipótesis baratas a esa hora. Para mi segunda presentación del día siguiente, y en vista del resultado obtenido, repetiría lo mismo; y para los días sucesivos, ya vería. El cansancio me ganaba, pero la noche aún no concluía.

***

Sentados en el restaurante, yo intentaba disimular el sueño que me consumía. Fui al baño un par de veces a mojarme la cara y el cabello. Necesitaba estar lúcido para hacerle pasar una agradable velada a mi esposa. Al retornar la escuché decirme:

—Te noto muy cansado o ¿me equivoco?

—Te equivocas, solo un poco —le contesté ocultando un bostezo—. Llamemos al mozo y pidamos la comida, no deseo beber mucho, mañana tengo que trabajar —acoté.

—Pero mañana es sábado, día de diversión, no seas aburrido —interpuso.

Corté la conversación aduciendo que así era mi nuevo trabajo. El mozo se acercó e hicimos nuestro pedido de comida y ella, además, su tercer trago de *southern mule* con hielo.

Durante la comida felizmente no me preguntó acerca de mi nuevo trabajo. Mientras degustaba una langosta termidor y bebía su chardonnay, exclamó después de un intenso suspiro: «¡Esto es vida Kumer V, lo demás es angustia!».

SEIS

En los meses siguientes, mi acto en El Lado Oculto de la Luna no solo mantuvo su prestigio, sino que causó tal revuelo y la clientela se expandió tan por encima del lleno total que el dueño del local se vio precisado a aumentar el número de mesas y sillas. En un giro que a mí me pareció extraño, se incrementó el número de varones en el público. Al continuar desarrollando con éxito mi espectáculo, fui ganando experiencia y perfeccionando mi acto en lo técnico y artístico tornándolo más profesional. Cuando quise rediseñar la presentación me vi obligado a contratar a una profesora de danza para que me asesorara con el fin de mejorar la coreografía, tornándola más plástica, variada y con mayor desplazamiento escénico. Eso me exigió que asistiera al gimnasio a seguir clases de *jumping jacks, burpees*, otros ejercicios de cardio para dar una mayor elasticidad a mis músculos y obtener un mejor estado físico, uno que no me permitiese llegar al cansancio. Pusimos especial atención en el inicio y en el cierre del espectáculo. El factor sorpresa era uno de los elementos psicológicos que utilizamos con mayor precisión. Sorprendía al público con mi indumentaria, ingresando por diferentes puertas, repartiendo bendiciones, causando que algunas mujeres de manera espontánea se arrodillaran y algunas hasta se persignaran. A mi coreógrafa se le ocurrió que, si durante mi trayecto al escenario esto no ocurría, dos mujeres previamente contratadas, ubicadas a la entrada, ante mi ingreso se acercarían y arrodillándose besarían mi mano. Agregamos, a la vez, nueva música, dos tipos de sirenas y voces de multitud por los parlantes, a fin de exacerbar el cierre del acto. Cambiamos el cortinaje, la iluminación y disposición de las luces en el escenario. En vista del triunfo que obteníamos cada fin de semana nos vimos precisados a aumentar los días de mis presentaciones. Comencé a trabajar una función jueves y viernes, y dos funciones los sábados. Se contrató más personal, se remodeló el local, la iluminación del salón mejoró, se modificó la disposición de las sillas y mesas en el auditorio, los precios subieron, lo mismo que el *cover*. Se contrató a dos personas de seguridad exclusivas para mi rescate, si lo requería, en los cierres del acto.

Después de cada presentación, el empresario, mediante atractivos argumentos, me proponía que firmara el contrato por un año íntegro, ante lo cual yo resistía. Estaba consciente de que eso no era lo mío y desconocía qué giros podría dar mi vida. Renové el contrato en nueve oportunidades; cada vez exigía un aumento del quince por ciento sobre el contrato anterior, frente a lo cual, y en vista del éxito que se estaba obteniendo, el empresario accedía. Mi nuevo ingreso económico generó una holgura superior a la que me prestó mi trabajo anterior en la clínica, pero con frecuencia pensaba hasta cuándo duraría eso. Mi esposa creía que yo trabajaba haciendo guardias con pacientes privados y en clínicas particulares por las noches y que me pagaban un doble salario con referencia a los turnos diurnos. Por momentos recordaba mis prendas personales y objetos que había dejado empeñados; los cuales, a pesar de varios intentos, no pude recuperar, solo lo logré con el reloj que heredé de mi padre, estas pérdidas me producían una cierta culpabilidad.

El club El Lado Oculto de la Luna estaba situado en un lugar exclusivo de la ciudad y no era ajeno a la opinión pública. En vista de lo novedoso del espectáculo, al poco tiempo hubo cierta conmoción en las revistas de la farándula y programas de espectáculos de la radio y televisión, algunos comentando a favor y otros en contra. En la calle la gente rumoreaba acerca de él y hasta los oídos de mi esposa llegó la noticia de que un sacerdote bailaba desnudo en el *night club* El Lado Oculto de la Luna. Un viernes durante el almuerzo me propuso asistir juntos a verlo. Me negué, aduciendo que ese era el horario de mi trabajo y comentándole a la vez de lo riesgoso que es ir sola a ese tipo de espectáculo no propio para una señora. Mis palabras surtieron efecto, la hicieron desistir. Días después me comentó que dos de sus excompañeras del Instituto Nacional de Danza habían asistido a dicho espectáculo y que le dijeron que fue divertido, lo cual hizo que retomara su interés. Un poco consternado ante la propuesta se me ocurrió decirle: «Iremos un sábado que no tenga guardia en la clínica», lo cual aceptó. La pelota estaba en mi cancha, como decíamos en nuestro barrio, ya vería hacia dónde la pateaba, sabía que el momento llegaría.

SIETE

Cierta vez, de manera providencial, me encontré con Artemio Olarte, un colega que se había especializado en Psicología Publicitaria, quien me dijo que estaba trabajando en la empresa trasnacional Good Strike, la cual se dedicaba a la fabricación y venta de cigarros para varones e iban a lanzar una nueva línea de cigarrillos mentolados para damas. Me manifestó que estaban necesitando con premura un psicólogo para trabajar en el área de publicidad y comunicación social. El sueldo inicial estaba ligeramente por debajo de lo que yo estaba percibiendo como bailarín; sin embargo, este nuevo puesto me llevaría a realizar viajes nacionales e internacionales, recibir viáticos, pagos por movilizarme y otros beneficios que compensarían y hasta tal vez sobrepasarían mi sueldo actual en algún momento.

—Déjame analizarlo, es atractiva la propuesta, te contesto el lunes a primera hora.

Intercambiamos números de teléfono y nos despedimos.

Me era difícil tomar esa decisión. ¿Es que ese tipo vida me tenía absorbido? ¿O acaso era el dinero?, ¿o el sentirme deseado? A pesar de que siempre usé antifaz y para ese público era un personaje anónimo, algo me retenía. ¿Necesitaba las miradas lascivas de las mujeres y las procacidades que me gritaban? ¿Aquellas manos calientes y sudorosas acariciando, estrujando mi piel, lamiendo y besando diversas partes de mi cuerpo? Algo se había movilizado dentro de mí que me dificultaba renunciar. Dicen que la oportunidad pasa una sola vez por tu puerta, el asunto era simple: decir sí o no. O tal vez no era tan simple, sabía que cada respuesta produciría cambios sustanciales en mi vida. Varias horas transcurrieron antes de tomar mi decisión. Ese sábado, antes de mi acto, le informé al empresario que la siguiente semana no renovaría el contrato.

—¿Por qué lo haces? ¡Lo tienes todo! —Estaba sorprendido. Me invitó a ingresar a su oficina, se sirvió un gran vaso con su wiski barato y lo terminó de dos sorbos. Se acercó a mí, apoyó su mano gorda en mi hombro y me dijo—: Escucha lo que te voy a decir, Kumer V, nos ha ido bien estos diez meses. Más que bien, creo que nos ha ido excelente. Te propongo lo siguiente, creo que hasta la fecha no has escuchado una mejor oferta, te ofrezco el doble de lo que estás ganado ahora bajo las siguientes condiciones: Aprovechando el verano, trabajarías en el lujoso local que estoy abriendo en una playa del sur, en el segundo piso habrá un hotel. Aquí en este local de la ciudad trabajarías con tu acto solo los jueves y viernes, pero los sábados y domingos lo harías en el local de la playa del sur. Los otros días hasta las cinco de la tarde trabajarías como mi asistente artístico.

La propuesta era tentadora, le pedí un día para pensarlo. Recordé que hacía diez meses estaba en plena miseria, comiendo pan con plátano y bebiendo agua de manguera de jardín y ahora tenía para elegir entre dos propuestas por demás atractivas, pero así es la vida, uno no puede tener el cien por ciento de todo. El penúltimo sábado de un febrero de verano abandoné en definitiva con intensa melancolía la vida de la farándula y me reinserté a mi profesión de psicólogo hasta la fecha. Por haber trabajado con mi antifaz todo ese tiempo tan solo cinco personas conocieron esa etapa secreta de mi vida. Así como rezaba aquel nombre del club, El Lado Oculto de la Luna, yo también tuve una cara oculta, pero acá en nuestro planeta.

OCHO

Estando en vísperas de cumplir los cuarenta años, lo cual para mí significaba que ya había vivido la mitad de mi existencia, me propuse celebrar mi onomástico de una manera diferente a las anteriores, que fueron familiares y austeras. Para esa ocasión decidí invitar a una reunión en mi casa a los diversos amigos significativos que integraron las diferentes etapas de mi vida.

Fue una ardua tarea reunirlos, y nada más la logré en parte. Lo más complicado fue buscar a los amigos más lejanos. Ubicar a los del barrio, que jugaron un papel en mi etapa de adolescente, fue una intensa actividad. Logré encontrar a Tago, Dante, el Flaco Kike, Alfonso, Ismael y Cristóbal. También asistieron amigos con los cuales cursé la escuela secundaria, excompañeros de la facultad, colegas de mis dos trabajos anteriores, psicólogos con los que estudié mi maestría.

La celebración de mis cuarenta años se convirtió en una reunión inolvidable. Con cada grupo teníamos anécdotas que recordar y personajes que volvían a nuestra memoria como si un viento fresco nos soplara en la cara. En uno de los momentos me separé del resto de los invitados y en un apartado con mis entrañables amigos del barrio comenzamos a nombrar a los demás que integraron nuestro grupo; eran innumerables, a cada momento aparecía una anécdota, una fecha, un rostro, un nombre y alguien tenía que decir algo respecto a él.

—Joselito Echecopar, que siempre decía que sería millonario, al terminar la escuela estuvo trabajando de obrero, auxiliar de oficina, agente de seguridad en tiendas, taxista, renunciando con frecuencia a esos trabajos. «No son trabajos para mí», decía cada vez que renunciaba a un trabajo, y añadía que él deseaba uno de gerente. Solía vestirse elegante y lo poco que ganaba lo usaba en ropa de buena marca. Tenía con frecuencia conflictos con sus padres y sus hermanas, pues no aportaba nada para la casa. Cierta vez, bebiendo en una cantina con unos amigos de su oficina, ingresó un niño y él le compró un *ticket* de la lotería. A la semana se enteró que se había sacado el tercer premio y que este era de dos millones. Después de celebrar el acontecimiento por cerca de dos meses, invirtió gran parte del dinero en comprar un restaurante y al poco tiempo abrió una cafetería. Tenía la idea de comprar un edificio y regalarle un piso a sus padres y uno a cada una de sus dos hermanas. Para eso necesitaba obtener más dinero y comenzó a frecuentar los casinos, pretextando que él tenía suerte para el juego. Allí conoció a Yvonne, se casaron al mes y a los tres meses ella salió embarazada. Como pasaba la mayor cantidad de su tiempo en los casinos, contrató a un administrador para el restaurante mientras seguía despilfarrando el dinero en los juegos de azar. Al poco tiempo el restaurante quebró. Su cuñado le compró la cafetería que le quedaba. Su esposa recibió el dinero y lo echó de la casa cuando su bebé tenía un mes de nacido. Pretendió volver a la casa de los padres y sus hermanas, pero ellas se opusieron y eso generó un conflicto con la madre, quien hizo caso omiso a la decisión de ellos y aceptó a su hijo de regreso en su hogar. En protesta, una de las hermanas se fue de casa. Igual todo ese lío fue por nada, ya que los acreedores eran demasiados y se vio precisado a huir de la ciudad y desapareció. Su vida de millonario le duró cerca de un año.

—Pedro Andrés, que siempre fue aficionado a la literatura, se convirtió en escritor. Publicó un libro de microrrelatos y un par de novelas antes de viajar a París y luego se fue a España. En la actualidad radica en Barcelona, es un académico y tiene cierto éxito como escritor. A fines del siguiente verano pretende mudarse a las Islas Canarias para enseñar Literatura Hispana, esta información la he obtenido de su Facebook —dijo el Flaco Kike mientras cambiaba su copa vacía por otra con vino blanco.

—¿Por qué será que los escritores tienden a irse a Francia y terminan en España, como Vargas Llosa, Watanabe, Echenique y otros? —preguntó Cristóbal.

—Es que allá está la cuna de la cultura, aunque en otras partes del mundo también hay grandes artistas e intelectuales. En Francia y España creo que son más… o al menos creo que son los que están más difundidos entre la cultura occidental. Pero lo que creo es que en Sudamérica o Meso América existen excelentes intelectuales que no son conocidos, pero cuando se van a Europa se tornan célebres, con ellos reza aquel dicho que dice, *"Nadie es profeta en su tierra"* —agregó Dante.

—Ahora me viene a la memoria una buenaza, me refiero a la apuesta de los dos *playboys* del barrio —continuó Cristóbal—. Cuenta, Kumer V, de aquella vez que tú fuiste el capitán del equipo, cuando jugaste con Eduardo y Guido y quitamos al Colorao Casareto de la capitanía por borracho. ¿Recuerdas?

—Claro —respondí—, esa vez yo fui capitán del equipo. Resulta que el hermano del Orejón Willy estudiaba teatro desde adolescente y solía decir en el barrio que iba a ser actor de cine y llegar a Hollywood. Las chicas lo buscaban y creo que tenía enamoradas en cada uno de los barrios de la capital. Ellas decían que era muy guapo y varonil. Desde muy jovencito le creció bigote y se dejaba uno muy delgadito, a lo Pedro Infante. Yo en verdad no lo veía así, pero ellas lo buscaban, por algo sería. La historia comienza con una apuesta que se hizo célebre en el barrio. Estábamos bebiendo nuestras chelas después de haber ganado el clásico partido de fulbito del primero de mayo que jugábamos cada año entre solteros y casados. El nombre del equipo de ellos era Defensor Saco Largo y el de nosotros Sport Pipilín Loco. El nombre original era Sport Puerto Lindo y las chicas del barrio se lo cambiaron porque, según dijeron, el nuevo nombre se adaptaba mejor dado que ellas nos conocían muy bien. Nosotros lo aceptamos a regañadientes. Aquella gloriosa tarde de fútbol, a los casados les dejamos meter su único gol de lástima, para que sus esposas no los echen de la casa. Ese día nos lucimos. El Colorao Casareto estaba hecho un diablo en la cancha, de los nueve goles metió siete. Recuerdo que iba driblando gente desde nuestro arco hasta el contrario; metió dos goles de sombrero, uno de "huachita" e incluso uno de "chalaca". Le salieron tan bien que hasta los del otro equipo lo aplaudieron. Eso sí: la esposa del arquero lo insultaba y las demás esposas le decían que se modere y ella gritaba que todos se estaban burlando de su esposo y que no lo iba a permitir. Después del partido hicimos nuestra colecta para las chelas y nos fuimos a festejar en el jardín de la familia Rossi. En plena celebración, y como producto de los tragos, a César y al hermano de Luz, el Bombero Beto, se les ocurrió hacer una apuesta en donde demostrarían que uno de ellos tenía "más jale" con las mujeres que el otro a partir de cuántas enamoradas podía conseguir cada uno. Nosotros seríamos los jueces y, para constatar los hechos, teníamos que verlos durante el mes besándose en la boca con diferentes chicas en más de una oportunidad y por más de un minuto. El premio sería dos cajas de cerveza, pagadas entre los dos, y beberíamos entre todos los del equipo de fútbol del barrio. Al siguiente mes, en el feriado del siete de junio, se cumplía el plazo convenido y nos volvimos a reunir quince de los dieciocho de aquella vez. Los jueces, que fuimos siete de nosotros, testimoniamos que el Bombero Beto tuvo diez enamoradas durante el mes contra quince de César. Beto objetó, sin pruebas, que los jueces habíamos sido sobornados con trago y casi nos agarramos a golpes. Al final, nuestro Bombero Beto aceptó su derrota, los dos jugadores se dieron la mano y terminamos en una gran borrachera. Desde allí surgió aquella anécdota que cada vez que llegaba César al barrio, escondíamos a nuestras hermanas y hasta a nuestra abuelita, para protegerlas del "pipiléptico" César.

La risa fue general en el grupo, y tan fuerte que los demás invitados en la sala voltearon a mirarnos.

—Pero la historia no termina allí, compañeros, lo que sucedió fue que nuestro "pipiléptico" César, el *playboy* del barrio y el mejor defensa del Sport Pipilín Loco no terminó siendo actor de cine, ni llegó a Hollywood —agregó Alfonso.

Frente a sus palabras todos saltaron a preguntar: «¿Qué? ¡Cuenta, cuenta!». «¿Qué fue? ¿Futbolista, médico, ingeniero?». «¡Cuenta, cuenta, no te la guardes, camarón!».

—Pues les diré que nuestro amigo César, dejó de pronto de jugar fútbol con nosotros, abandonó el taller de mecánica automotriz donde trabajaba medio tiempo e ingresó en definitiva a trabajar en una compañía de teatro. Actuaba en varias obras y a veces se le veía desempeñando un papel secundario o a veces coprotagónico en alguna telenovela. Nos frecuentaba poco, no iba a nuestras reuniones del barrio, ni a las fiestas por el cumpleaños de alguien del grupo. Una mañana, vísperas de un importante campeonato de fulbito contra la gente del barrio frigorífico, fuimos a buscarlo a su casa para que juegue en su clásico puesto de defensa, él era el mejor del barrio en ese puesto. Su mamá, doña Lidia, nos recibió. Siempre recordaré lo que nos dijo: «Ya no vengan más a buscarlo para jugar pelota, muchachos. Él, ya no es más César, ahora se llama Yanina». No hicimos preguntas, el silencio del grupo lo decía todo. Le agradecimos y nos retiramos. Caminamos cabizbajos, supongo que cada uno tenía un tropel de conjeturas en la cabeza. No recuerdo quién propuso ir a beber, compramos una botella de pisco y una soda tamaño familiar y fuimos al jardín de los Rossi. Aquel día no jugamos pelota. Sentíamos estar asistiendo al velorio de un amigo, era como si se hubiera marchado para siempre sin despedirse. Solo nos quedaba el recuerdo de César, el mejor defensa que tuvo nuestro SPL y el mejor *playboy* del barrio; sentimos que esa mañana él murió en los labios de una verdad cruel. Aquella vez, mientras nos emborrachábamos, Emilio, que solía divertirnos con su humor negro, propuso ir a visitar al Bombero Beto, el hermano de Luz, para constatar si le había ocurrido lo mismo que a César y si continuaba llamándose Beto y no Betina... —luego de una pausa, Alfonso agregó—: Ojalá que Yanina sea feliz en lo que se haya convertido y en lo que esté haciendo. Ya de adultos —terminó diciendo— la vida nos enseña muchas cosas y una de ellas es aceptar a nuestros amigos con sus cualidades y defectos... y ambos, César y Yanina, forman parte de nuestra historia.

—Muchachos —añadí—, nuestro barrio fue un lugar privilegiado en el cual aprendimos a escribir, pero a la vez a reescribir el mundo. Fue nuestro espacio de visión, el lugar que nos permitió ingresar a algunos corazones y también que ellos ingresaran al nuestro. Nuestro barrio era un sitio roto, violento, sucio, pobre, pero en él existía todo lo humano. Nos permitió hallar las palabras apropiadas y también identificar nuestros sentimientos. Si hubo alguna vez una epifanía en nuestro barrio, fue que nuestras carencias y hasta nuestra misma pobreza nos dio esa libertad de encontrarnos a nosotros mismos.

—Ya estás hablando en difícil, Kumer V, date cuenta de que ya estamos borrachos, otro día nos lo traduces, compañero —sentenció Cristóbal, lanzando tremenda carcajada.

—Ni tan borrachos, ni tan borrachos —intervino Alfonso—, aún nos faltan muchos tragos. —Esta vez todos reímos al unísono.

—Y, a propósito, ¿Qué habrá sido del Colorao Casareto, alguien sabe algo de él? —preguntó Tago arrastrando las palabras debido a las incontables copas con vino.

—Yo lo recuerdo mucho —respondió Cristóbal—. Juntos participamos en varios campeonatos y jugábamos en pareja, él por el centro y yo de puntero derecho, pero él tiene su propia historia. Resulta que el Colorao Casareto era un excelente futbolista, jugaba un fútbol vistoso y con mucha técnica, disfrutaba burlándose de los jugadores contrarios cuando venían a marcarlo, les hacía "huachitas", "sombreros", la "bicicleta", goles de "chalaca" y casi siempre su equipo ganaba por goleada. ¡Era genial! En la escuela, los alumnos y profesores lo admirábamos. Él era quien solía salir cargado en hombros mientras la gente coreaba después de cada partido: «¡Colorao, Colorao!». Cuando ya estábamos en quinto de secundaria, y nuestra escuela competía con otras a nivel nacional, fueron varios los clubs de fútbol profesional que se lo disputaron para que jugara en la categoría de los juveniles. Pero él era un indisciplinado. Después de cada partido, sea que ganara, que era lo lógico, o perdiera, se iba a beber y, como es lo común, de allí a la droga hay un paso, así que comenzó a consumirla. El profesor de Educación Física nos contó que, una vez vino un delegado del Club Zaragoza FBC de España en busca de talentos y al verlo jugar pretendió llevárselo. Igualito a lo que ocurrió con Sigifredo Martínez, Sigi, que por los años sesenta vino un representante del mismo club de fútbol y se lo llevó a España y triunfó. Pero, según dijeron, en esa oportunidad el Colorao Casareto no aceptó porque consideró las cláusulas de su contrato muy estrictas y tal vez pensaría que no las podría cumplir. Sus padres y su hermana mayor, que después ingresó a la Policía Femenina, le insistieron que aceptara, pero ante tanta insistencia, y después de una fuerte discusión con ellos, se fugó de su casa y estuvo desaparecido por dos semanas y esa fue su perdición. Parece ser que le agradó vivir en la calle sin control; abandonó en definitiva la escuela, sin concluir secundaria, y comenzó a ausentarse de su casa por temporadas. Vivía por cortos periodos en casa de amigos y terminó viviendo en la calle. Su mamá salía a buscarlo en casa de sus amigos varias veces a la semana sin hallarlo. Había oportunidades en que se le veía en campeonatos de fulbito de barrio, jugando con la camiseta de algún equipo ocasional, a cambio de una propina y cervezas. El Colorao Casareto pudo ser un grande del fútbol, pero la calle lo ganó. Se metió a fondo en el consumo de pasta básica de cocaína y eso terminó por perderlo. Cada uno escoge su destino y el que escogió el Colorao fue de lo peor. Ya viviendo en la calle, cierta vez ingresó de madrugada con otro de sus compinches a la oficina de una empresa y robaron computadoras, impresoras y teléfonos, los cuales vendieron para comprar su droga. Como ya sabían cómo hacerlo, en otra oportunidad volvieron a ingresar a la misma empresa, pero esta vez ya estaban alertas los vigilantes y lo capturaron; y por esa lealtad que se tienen los delincuentes, no delató a su cómplice. Así que lo culparon por ese y todos los robos anteriores habidos en dicha empresa, a pesar de no haber participado en ellos. Como tenía diecinueve años y era la primera vez que delinquía, lo sentenciaron a dos años y siete meses de cárcel. Su ingreso al penal fue la segunda parte de su tragedia. Cierta vez, en una celebración por el Día de la Madre que hicimos en el barrio, encontré a la hermana del Colorao; como recordarán, era una morena esbelta y atlética que ingresó posteriormente a la Escuela de Policía; me dijo que ella movió a sus contactos en la cárcel, que eran policías de su promoción, para que lo protegieran. Pero en el submundo de las cárceles eso no funciona así. Ese es el reino de violadores, asesinos y ladrones. A menos de dos meses de haber ingresado, lo agarraron en la ducha dos presos de otro pabellón, lo redujeron y violaron. El Colorao no los denunció, pero a pesar de que llevaban mascaras los identificó. Con el tiempo se hizo amigo de Pilatos, uno de los presos más violentos de la cárcel, condenado por violación, asesinato de empresarios, asalto, sicariato, robo a mano armada y muerte de policías. Un domingo antes de la misa ambos acuchillaron a uno de los violadores y escondieron el cadáver en el horno donde queman la basura; esa misma semana asesinaron al otro de treintaisiete puñaladas con "verduguillo infectado". El Colorao Casareto, en agradecimiento por el favor de su compinche, asumió toda la culpa y lo sentenciaron a trece años más. ¿Ustedes recordaran, compañeros, que hace años, hubo un motín en el Penal el Sexto y varios presos capturaron a rehenes y dentro de ellos a una psicóloga y a varios del personal administrativo? El Colorao Casareto fue uno de los amotinados y salió en los noticieros de la televisión, junto con el sanguinario Pilatos, demandando beneficios para los presos, cambio de autoridades en el penal, reformas en el reglamento interno y exigiendo que a ellos les pusieran un helicóptero con provisiones para salir de la cárcel, acompañados con tres de los presos amotinados, caso contrario continuarían baleando a más rehenes. Los presos les habían quitado previamente las armas a los guardias y al personal de seguridad y baleado a algunos de los administrativos frente a las cámaras de televisión y periodistas para presionar a las autoridades. Mientras sucedían las negociaciones con los presidiarios sublevados, lo cual fue una estrategia para distraerlos, ingresó un escuadrón de fuerzas especiales de la policía y rescató a los rehenes en medio de una intensa balacera, gases lacrimógenos, incendio de las celdas y asesinatos entre los grupos rivales de presos apodados "los provincianos", "los capitalinos", y "los porteños". El Colorao Casareto fue uno de los que murió en esa balacera, junto al sanguinario Pilatos, el traficante de drogas, Mosca Loca, y un joven abogado. Así terminó sus días un muchacho que pudo ser una estrella del fútbol. Lástima por él y por su familia que sufrió mucho —terminó diciendo Cristóbal.

—Sí, es una lástima, pero una cosa no la tengo clara —acotó Kike—, si el Colorao Casareto tenía piel morena, más tirando para negro, ¿de dónde viene ese apodo de Colorao?

—Ah, esa es una historia jocosa —intervino Alfonso, tosiendo, quien al momento mostraba a la vez una cierta carraspera—. Resulta que, en un entrenamiento previo a un campeonato de fútbol, se juntaron en el mismo equipo dos alumnos cuyo apellido era Casareto, uno más bueno que el otro, y el profesor de Educación Física para diferenciarlos lo llamó a uno Colorao Casareto y al otro solo Casareto. Desde allí se quedó con el apodo de Colorao y él lo aceptó de buena gana pues le causó gracia. Sin embargo, ganado por la curiosidad, un día estando en la canchita del gimnasio preguntó: «¿Profe, por qué usted me llama Colorao, si yo soy negro?». «Serás negro, pero eres "colorao" de sangre», fue su respuesta, la risa fue general.

Todos creíamos que le decían Colorao Casareto por aquel excelente mediocampista que jugó para varios clubes profesionales de fútbol y llegó a pertenecer incluso a la selección nacional que era el Colorao Casaretto. Esa información graciosa acerca del apodo de nuestro amigo disipó el recuerdo de su trágica vida.

Al concluir Alfonso dirigiéndose a Dante le preguntó:

—Dante, deseo que me des tu opinión de médico. Yo estoy tomando desde hace tres días ampicilina cada seis horas por tener un dolor fuerte de garganta y además tuve fiebre hace tres días. Tú, como médico, dime: ¿Puedo seguir bebiendo cerveza y tomar ampicilina?

—Sí —le contestó—. Pero heladita, pues, sin helar te puede hacer daño.

La risotada fue unísona, a lo que Alfonso agregó:

—¡Ese es mi médico, carajo, yo no lo cambio por otro!

Las anécdotas iban y venían, pero llegó lo que tenía que llegar. Y es que en la existencia de cada uno habían ocurrido sucesos que pese a haberlos vivido bajo el mismo cielo, en el mismo barrio, e incluso relacionado con la misma persona, cada uno los habíamos vivido con diferente intensidad y manera. Porque en ese barrio nos convertimos en adolescentes, en esos locos maravillosos, irreverentes jóvenes, cuestionadores del Cielo y la

Tierra, descubriendo que en la vida nadie tiene un pacto con la felicidad. Y con las primeras muertes de nuestros familiares o amigos, también descubrimos que todos llevamos en la frente esa invisible fecha de vencimiento. Por eso salíamos a la calle cada día a recibir la vida a pecho abierto, así había ocurrido con Lourdes. Creo que todos la amábamos, pero cada uno a su manera. En su nombre bebíamos, fumábamos, soñábamos y hasta, por qué no decirlo, nos masturbábamos pensando en su gloriosa imagen. Ella ingresaba de manera atrevida a nuestras fantasías y salía dejándonos la sensación de que estuvo en nuestra habitación y se había marchado sin despedirse, dejando la puerta abierta para el siguiente reencuentro.

El Loco Tago fue el primero en disparar y preguntó:

—Muchachos, ¿recuerdan a Lourdes, nuestra reina del barrio? Con ella soñé muchas noches, creo que después del accidente soñé más con ella. Fíjense lo que es la vida, hemos venido convocados por Kumer V para celebrar su cumpleaños y esta reunión la hemos convertido en la noche de las resurrecciones. Escúchenme, esto no se lo había dicho a nadie, a nadie, por Lourdes hice lo que jamás había hecho, ir a misa los domingos a rezar para que se sanara y volviera a recorrer el barrio.

—Ah, Loco... no te conocíamos esa —acotó Dante—. Pero la buenaza fue lo que me contó el Chato Javier. Me dijo que una vez encontró a nuestra reina regresando a su casa y decidió seguirla con mucho disimulo. Voy a intentar recordarlo y contarlo con sus propias palabras, escuchen, escuchen, él me contó que esa vez... «La reina ingresó a la frutería de la cuadra doce de Sáenz Peña y compró una tajada de piña y comenzó a comerla camino a su casa. La degustaba con tal placer que a mí me parecía sentir el olor y sabor de la fruta. Yo la seguía a corta distancia, escudándome con la gente para que no me descubriera. Ella, preocupada con que el jugo no le manchara su uniforme, caminaba distraída. Yo seguía sus pasos a corta distancia, deleitándome con su caminar, hasta intuía ver la forma de su diminuta tanga dibujada debajo de su faldita azul. Al terminar de comer su fruta, se acercó al cesto de basura que hay al final de la cuadra ocho de la avenida Buenos Aires y arrojó la servilleta con el corazón de la piña dentro. Yo no podía perderme esa oportunidad. Me acerqué y, sin importarme la mirada indiscreta de la gente, me incliné dentro del tacho de basura y recogí la servilleta con los restos de la piña y me la fui comiendo, imaginando que sus labios maravillosos se habían posado segundos antes en esa fruta bendita y me limpié la boca con aquella servilleta que antes la había posado en la suya; eso para mí fue lo más cerca que estuve de un beso de Lourdes. Así como la manzana significaba para Eva la tentación, para mí lo era la piña. Desde entonces esa fruta es equivalente a un beso de la reina y cada vez que veo una piña o la como, la recuerdo». Esta es muchachos la gran aventura del Chato Javier —compartió Dante—. Amigos, hagamos un salud por aquellas maravillosas locuras de nuestra adolescencia. Si no las hubiéramos realizado, no tendríamos historia ni nada que contar —concluyó.

—De acuerdo, Dante, esas son las locuras maravillosas que uno hace de adolescente, pero a veces las seguimos haciendo de viejos, pero más despacito —acotó entre carcajadas el Flaco Kike, sirviéndose su sexta copa con vino.

—¿Y recuerdan cuando se les ocurrió llevarle serenata? —intervino Ismael contagiado por las risotadas de Kike, agregando—: Yo no estuve presente porque para ese entonces ya había ingresado a la Escuela de Policía, pero algo me dijeron. Cuenta Dante, cuenta, que tú fuiste el principal de la idea —dijo.

—Bueno, pero primero voy a beberme un trago para refrescar la memoria —dijo Dante entre sonrisas. Luego de hacerlo, continuó—: Resulta que la señora Esperanza, mamá de Alfredo Cervantes, nos contó cierta vez que las integrantes de la cofradía de la iglesia, de la cual era a la vez miembro la mamá de Lourdes, habían mandado a hacer una misa por la salud de su hija porque el día jueves iba a ser su cumpleaños. Recuerdo que nos dijo que cumplía veintisiete añitos. Si esas señoras le hacían una misa, a nosotros nos correspondía la serenata. Para eso coordinamos con Isaías, el Loco Ramiro y Vicente, que ya trabajaba y manejaba su dinero. Con el primo de Chacho, que era cantante en un grupo de mariachis, hicimos una colecta para comprar trago y nos reunimos en la entrada de la cantina del Chino Yara y, previos tragos para calentar la garganta, nos dirigimos a su casa. Comenzó la serenata a las diez de la noche, pues nuestros viejitos no nos dejaban estar tan tarde en la calle. La música arrancó después de reventar los cohetes que llevó Abelardo Morante; pero a pesar de la bulla y la canción que comenzaba diciendo su nombre, en su casa no se encendía ninguna luz ni abrían la puerta, o siquiera una ventana. Los mariachis iban por la tercera canción y la puerta y las ventanas permanecían cerradas y la casa a oscuras. Por fin se encendió la luz del fondo y el papá de Lourdes salió por la puerta lateral, que daba al pasadizo, con una botella de pisco en la mano. Nos agradeció la serenata, diciéndonos a la vez que Lourdes no podía recibirnos pues hacía una hora que había tomado sus medicamentos y estaba dormida. Su papá bebió media copa con pisco con cada uno de nosotros, éramos como trece, imagínense beber trece medias copas con pisco. Antes de despedirse, lloró y nos abrazó a tres o cuatro de nosotros y nos entregó la botella diciéndonos: «Muchachos: Ustedes ni se imaginan lo que vivimos en nuestra casa. Lourdes se ha transformado en una muerta en vida. Mi esposa y yo hemos prometido no llorar delante de ella. Buscamos los rincones y el baño para hacerlo, nuestra casa es un cementerio. Gracias por esta atención que han tenido para ella, que Dios los bendiga, gracias muchachos, muchas gracias». No pudo hablar más, el llanto se lo impedía; ingresó a la casa y apagó la luz, que para nosotros fue como si hubiese apagado la noche. Sus palabras mezcladas con las lágrimas y el aliento a licor retumbaban en nuestro cerebro. Nos retiramos en silencio. Parecía que nos habíamos puesto de acuerdo, nos reunimos en el jardín de la familia Rossi a terminar la botella de pisco y las otras dos que habíamos llevado. La alegría y expectativa con la cual llegamos a la serenata se transformó en amargura y maldiciones al accidente. Permanecíamos en silencio, nos mirábamos las caras sin saber qué hacer. El Pato Juanín, que había llevado su guitarra para en algún momento cantarle a Lourdes alguna canción de Los Morunos, que era su fuerte, la guardó en su estuche y se marchó después de beberse un gran vaso con pisco. Terminamos la segunda botella y nos retiramos cerca de la medianoche con un llanto contenido. Ninguno lloró, pero las lisuras y maldiciones contra el accidente y la gente que lo causó retumbaron esa noche.

NUEVE

En mi fiesta de cumpleaños, la música y la charla continuaban. De los numerosos grupos y parejas que se habían formado en la sala y jardín, salían a bailar y se reagrupaban luego. Cada cierto tiempo más invitados llegaban y ocupaban los diversos espacios de la casa hasta llegar a instalarse en las veredas del jardín interior. Con el transcurrir de la noche el murmullo de las conversaciones se hacía más alto al igual que la música. Nuestra conversación con los amigos del barrio iba de tumbo en tumbo y el personaje central era Lourdes, nuestra reina. Anécdotas, recuerdos, pequeñas historias en las cuales ella no había participado de manera directa, pero estaba relacionada de alguna forma con nosotros. Todos lo pensábamos, estoy seguro, pero nadie se atrevía a preguntar de manera directa por ella. El Flaco Kike, que siempre fue el más atrevido y hasta insolente del grupo, arrastrando las palabras por los efectos del alcohol y sacando a flote su carácter policial preguntó:

—Hasta ahora nadie ha preguntado por ella. ¿Alguien sabe qué es de la vida de Lourdes, nuestra reina del barrio? Hablen muchachos, necesito testimonios y testigos.

No sé cuál sería la razón de nuestro repentino silencio, pero ninguno nos atrevimos a hablar de ella, quizá por no destrozar la imagen de la reina de nuestra adolescencia. Y es que así son los recuerdos: ruedan en nuestra memoria y se van modificando mientras más los recordamos, hasta parecen tener vida propia. Aunque nos damos cuenta luego que con el transcurrir del tiempo ya no son lo mismo. La alegría ya no es tan intensa y el dolor ya no duele el doble. Durante nuestra adolescencia navegamos en ingenuos barquitos de papel persiguiendo aquellos besos que ansiábamos y que jamás nos atrevimos a dar; y, humedecidos con esa fantasía, aquello barquitos fueron naufragando mientras nos hacíamos adultos.

Alfonso había abandonado la cerveza e iniciado a beber sabrosos vasos con pisco sour. Impulsado tal vez por el alcohol se atrevió a narrar episodios de la vida de Lourdes, que, hasta entonces, desconocíamos.

—Su vida fue una desventura a partir del accidente de aquel domingo. Su mamá falleció a los dos años de estar nuestra reina postrada en su silla de ruedas. Habituaba asistir a diario a la iglesia rogando al Cielo el milagro que jamás llegó. Cierta vez, en la desesperación para lograr una mejoría en Lourdes, cumplió una promesa que le había hecho a la Virgen del Carmen el día de su cumpleaños. A pesar de que las señoras de la cofradía le aconsejaron y hasta le rogaron que no lo hiciera, ¡lo hizo! «Yo tengo fe y aun creo en los milagros», fue su respuesta. Anduvo de rodillas desde la puerta de su casa hasta el altar de la virgen, recorriendo una distancia de más o menos cien a ciento quince cuadras. Imagínense una señora de su edad recorrer de rodillas cerca de trece mil metros sobre el cemento y el asfalto y en pleno sol de febrero, fue fatal para ella. El trayecto duró más de seis horas. Durante su recorrido la acompañaron sus hermanas de la cofradía portando el estandarte de la virgen, algunos feligreses de otras cofradías de la iglesia que se enteraron y algunas señoras del barrio con velas encendidas, cantando salmos y rezando innumerables veces el rosario. Faltando pocas cuadras para llegar a la iglesia y siendo ya más de las tres de la tarde, aparecieron unos periodistas a cubrir la noticia y minutos después salió a darle el encuentro el párroco, padre Atilio Molinelli, quien la conminó a que llegara a la iglesia caminando. ¡Desistió! Sus rodillas sangraban y algunas señoras del barrio comentaron que cuando la sentaron en una banca de la iglesia, abajo de la piel molida se le podían ver los huesecillos de las rodillas y algunas piedrecillas incrustadas en la carne amoratada y sangrante. Los paramédicos que acudieron a asistirla, llamados por el sacerdote, propusieron internarla en el hospital de inmediato. Ella aceptó, pero después de rezar de rodillas ante el altar de la virgen el rosario prometido. Estuvo hospitalizada cinco días. Al retornar a su casa la recibieron en la puerta los vecinos entre salmos, aplausos y flores. Durante esos días que duró su hospitalización algunas vecinas pretendieron ingresar a su casa para ayudar y asistir a Lourdes, pero ella se negó. La mamá jamás logró recuperarse por completo, por lo cual caminaba con muletas. El supremo sacrificio que realizó para que Lourdes se recuperara no dio resultado y, al contario, empeoró la situación familiar. Cierta vez mi mamá, que tenía el cargo de secretaria de la cofradía, se enteró que le iban a realizar una misa de salud el día de su cumpleaños. Por aquel tiempo ya tenía cerca de dos años de permanecer en su silla de ruedas. Con la mala experiencia que habíamos tenido los muchachos el año anterior, que ni siquiera nos abrieron la puerta, esta vez dejamos que pase desapercibido. Por aquel entonces mi madre se había convertido en una persona muy allegada a la mamá y a la vez aceptada por Lourdes. Debido a su dificultad al caminar, iba dos veces a la semana a su casa para ayudarla con compras del mercado e incluso, debido a su soledad y necesidad de conversar, se hizo una especie de confidente. Yo no podía dejar pasar la ocasión, consideré que mi madre era el puente por el cual podría entrar y saludar a Lourdes por su cumpleaños y, como decíamos en el barrio, me colgué de su saco. El mismo día, antes de la misa, le comuniqué que la acompañaría a la iglesia y después iríamos juntos a la casa de ella para llevarle el saludo de los muchachos del barrio, a lo cual mi mamá se negó de forma rotunda. Pero, le propuse que si me permitía ir con ella a casa de Lourdes, al siguiente sábado me confesaría y recibiría la comunión, lo cual no hacía desde los nueve o diez años, cuando realicé mi primera comunión. Ante mi propuesta, y supongo que por acercarme un poco al Cielo, terminó por acceder. Cuando ingresamos se sorprendió la mamá de Lourdes, pero ya estábamos adentro. Llegamos hasta su dormitorio, el cual estaba en penumbra y se sentía un olor a humedad, y, no les miento muchachos, hasta percibí el olor ácido de orina. Ambas ingresaron a la cocina para servirnos algo y hacer un brindis por su cumpleaños. Nosotros nos quedamos solos. Impactado por esa visión, me mantuve de pie como clavado en el piso oscuro de madera. No deseo describirles la escena por no destrozar la imagen que tienen de ella, hubiera preferido no estar allí nunca. Le dije que traía los saludos y las felicitaciones por su cumpleaños de los muchachos del barrio, que siempre la recordábamos, que ella siempre estaba en nuestras conversaciones y que deseábamos que se recupere. No me salían las palabras. Era como tener una espina clavada en la garganta y me dolía ante la aparición de cada silaba. Me arrepentí de haber ido. No sé por qué demonios lo hice. En ese momento deseaba huir corriendo. Pero me quedé, necesitaba concluir mi agonía y recurrí a una mentira, le dije que le había traído de regalo un rosario bendecido por el Papa enviado desde El Vaticano. Fue lo único que se me ocurrió;

lo había comprado recién esa mañana en la iglesia. Extendió su brazo delgadísimo y pálido y lo recibió en su mano huesuda intentando ocultar sus uñas mordisqueadas. Luego movió la cabeza y alargó el cuello para intentar darnos un beso en la mejilla, yo me acerqué y en ese titubeo de cuál de las dos mejillas elegir nos dimos el beso en los labios. Ella se sonrió, o al menos eso es lo que interpreté. Sus labios estaban secos, duros, los sentí ásperos, me pareció haber besado un piso de asfalto. Cuando ellas retornaron con las bebidas yo ya me había marchado. ¡No lo soporté! Salí y lloré. Caminé sin rumbo. Terminé sentado en una banca del parque San Román. Maldije la hora en que entré a su casa. Hubiera sido mejor que me quedara sentado en esa banca de la iglesia tal como me lo recomendó mi madre. Con los años he intentado borrar esa escena, esa contradicción en mi pecho, que es una pelea de dragones que se ha mantenido por largo tiempo. Por eso cuando ustedes hablan de ella, revivo el beso de aquella mañana en mis labios. Pero, no me refiero al beso, compañeros, es que ella no merecía eso, ni su familia, ni todos nosotros, ni el barrio. Con los años me propuse cambiar la historia y creo que lo logré. Para mí, Lourdes jamás estuvo en ese cuarto, atada por años a esa cama, a esa sillita de ruedas mirando ese techo eterno sin luna, sino que a ella la suelo colocar donde más la necesite recordar y punto, compañeros.

Surgió un silencio. Ese silencio que ocurre cuando un asombro nos eructa en la cara y las palabras se convierten en gruesa arena en la garganta que raspa y cae hacia dentro y sientes que en el pecho el corazón gotea. En nuestra memoria siempre estuvo ella, la imagen que a través del tiempo supimos robarle al olvido.

Hasta ese momento Ismael, que había permanecido sin opinar, solo celebrando las bromas y bebiendo, habló:

—Lo que es yo, brindo por Lourdes, por nuestra reina del barrio, por la que aún me sonríe sin contestarme cuando le decía sentado en la vereda, «Buenas tardes», y me daba la espalda mientras se alejaba con sus cabellos al viento y sus caderas bailando como si escuchara los compases de un bongó cubano. Por esa mujer maravillosa brindo yo, salud compañeros.

—El pisco volvió poeta a Maelo —agregó Cristóbal. Enseguida chocamos nuestros vasos y brindamos, como si una gran nube de polvo hubiera ocultado todo lo dicho por Alfonso, quien terminó diciendo: «Tienen razón muchachos, brindemos por la única, por nuestra reina del barrio, ahora y siempre».

DIEZ

—Bueno y ¿qué sucedió con su viejo? —preguntó el Flaco Kike.

—Al papá solía verlo saliendo de la iglesia donde se realizaban tres veces por semana las sesiones de Alcohólicos Anónimos —intervino Ismael—. Creo que la desgracia de su hija lo volvió alcohólico o parece que ya lo era desde antes del accidente. Desde la muerte de su mamá, la cual murió de infarto, ya que tal vez no soportó tanto sufrimiento, su padre se dedicó a cuidarla. Para eso tuvo que renunciar a su trabajo en el camal donde laboró como matarife por cerca de veinte años. Al retirarse le dieron una cantidad de dinero que parece no fue suficiente para mantenerse ambos y tuvieron que mudarse a casa de una hermana del papá, que vivía a tres cuadras y era viuda. Allí les perdimos el rastro en el barrio. La mamá de Ivonne solía encontrarse con él, saliendo de sus sesiones de AA, cuando iba a la misa de los viernes. Ramón Orrillo, el amigo que estudió Derecho y vivía junto a la panadería del italiano Marcello, cierta vez se encontró con el padre de Lourdes y aprovechando que trabajaba en un estudio de abogados le propuso, sin costo alguno, continuar con el juicio que ellos abandonaron en contra de los causantes del accidente. Este resultó ser el hijo de un senador del Partido Nacional Aprista y gracias a la red de corrupción que existía en su partido y en el gobierno activó a sus contactos para que cambiasen el informe pericial de la policía de aquella tarde del accidente, de manera que fueran Lourdes y su acompañante los responsables de la colisión. El papá de Lourdes, influenciado por su hermana que pertenecía a los Testigos de Jehová, le contestó que es mejor que no sean los hombres quien los juzgue sino el Cielo, y le agradeció a Ramón sin concretar nada. Viviendo en casa de su hermana el padre continuó bebiendo con mayor frecuencia. Las veces que mi mamá visitaba su casa, él no estaba, y entonces ella le pedía permiso a la tía para arreglar el dormitorio de ellos, que era un completo desorden y desaseo. Las veces que se quedaban a conversar, se quejaba porque su hermano se iba al camal y trabajaba haciendo cachuelos y lo poco que obtenía lo gastaba en licor y apenas contribuía en algo para comer. Esa situación originó frecuentes discusiones entre ellos. Esto se fue intensificando, ocasionando que el padre se fuera alejando cada vez más de Lourdes, habiendo veces que no dormía en casa. Mi mamá cuenta que en algunas oportunidades al ir al mercado solía verlo, con la ropa raída, sentado en una banca del parque San Román con su botella de licor dentro de una bolsita de papel. El colmo de su alcoholismo fue lo que nos relató cierto día mi prima Fiorella, que trabajaba en un hospital, y lo veía merodear por el departamento del banco de sangre y transfusiones y contactar con gente necesitada para venderles su sangre y después con el dinero obtenido irse a beber. Ante esas condiciones, mi hermana y mi mamá optaron por ir a visitarla dos veces a la semana y llevarle comida; lo cual alivió la crisis, pero agudizó el distanciamiento del padre acentuando el descuido hacia ella. Mi mamá, que continuaba asistiendo a la misma iglesia, comentaba que en varias misas el sacerdote antes de las homilías nos pedía que oremos por Lourdes.

—¡Basta! —dijo el Flaco Kike, balbuceando por los efectos del licor—. No deseo conocer más detalles, para mí es suficiente con la historia que vivimos en el barrio donde ella fue nuestra reina.

—Toda historia tiene su inicio y su final, nosotros sabemos de Lourdes, pero al menos yo necesito saber el final para cerrar esta historia en mi etapa de adolescente. No en la vida de ella, sino en la mía. Así que cuenta, Alfonso, qué ocurrió con nuestra reina o allí concluyó la cosa —acotó Cristóbal elevando la voz.

—Sucedió —continuó Alfonso—, que ella intentó suicidarse dos veces, una cortándose las venas, pero los cortes solo fueron superficiales, y la otra ingiriendo todas las pastillas que halló en la casa de su tía. Pero, como solían decir los soldados en la guerra, la tercera es la vencida: un jueves cercano a la Navidad, mientras su papá dormía la diaria borrachera en el sofá de la sala, su tía descubrió en el piso del baño el cuerpo sin vida de Lourdes, con una media *nylon* de mujer, amarrada a la manija de la puerta, ajustándole el cuello, sus piernas convertidas en un amasijo de trapos y huesos y su ojo único mirando al vacío de la tarde.

Cuando Alfonso calló nos invadió ese silencio antiguo que continúa sonando en las iglesias abandonadas a pesar de que el tiempo allí se ha detenido y no existen candelabros que chisporroteen plegarias. Al momento comprendí que no debimos haber escuchado ese final, pero como me solía decir mi amigo Guilhob Salvatierra: «Recuerda Kumer V, que la vida desconoce de finales felices».

ONCE

Nosotros tuvimos en nuestro barrio nuestra reina, la cual reinó más allá de lo que duró nuestra adolescencia. Ya de adultos descubrimos que la ausencia había adquirido su forma y que cada vez que la necesitábamos la invitábamos a transitar en nuestra memoria y ella acudía puntual a nuestras citas; era el espejo que jamás se apagaba, hasta que un día comprendimos que solo en nuestra infancia podíamos resucitar a nuestros soldaditos de plomo después de cada batalla… pero esa ya es otra historia.

LAS CAMPANAS DEL SÁBADO

"Que nuestra conversación se llene de sucias palabras y sonidos sin recato. Es lo más tierno que deseo escuchar de ti en nuestra cama, porque las más sucias son las más bellas. Hay que maravillarnos acariciando nuestros cuerpos tatuados, allí nuestra saliva es bendita".
--Valérie Tasso

Habían transcurrido aproximadamente seis horas desde la última conversación con su madre, antes de marcharse a su dormitorio. Con su habitual cigarrillo entre los labios, su padre subió la escalera a paso lento a despertar a Jaime para que baje a cenar. Al llegar, descubrió un hilillo de líquido oscuro que se deslizaba tímidamente debajo de la puerta. Extrañado, lo tocó, era sangre aún fresca; sintió que el corazón le daba un brinco, golpeó varias veces la puerta, la madre subió de prisa al escuchar los golpes. Al no hallar respuesta, forzaron la cerradura. Lo que vieron les congeló el aliento. «¿Qué has hecho, Jaimito? ¿Qué has hecho?». La madre cayó de rodillas cubriéndose los ojos, no deseaba ver más. El padre, con paso tembloroso se acercó a la cama e intentó arrebatarle el arma ensangrentada, no pudo, era demasiado lo que estaba sucediendo. La madre se lanzó sobre el cuerpo de Jaime y lo abrazó, manchando su blusa y cabello con su sangre. Escuchó que su hijo balbuceaba: «Perdóname, mamá, perdóname, no me explico, no me explico», mientras su voz se iba diluyendo.

Ellos llegaron a ser espectadores del cruento final de Jaime, pero ignoraban que todo eso empezó como jugando, como dice cierta canción; es decir, ingresó al mundo del sexo como un simple juego infantil hasta que, al paso de unos cortos pero intensos años, ese deseo se convirtió en un desaforado apetito por experimentarlo de muchas y muy singulares maneras. Jaime hizo de todo por llegar más allá del placer, a esa dimensión a la que pocos hombres han llegado.

Pero volvamos unos años atrás y dejemos que sea el mismo Jaime quien nos cuente cómo ocurrieron de manera real los hechos.

***

«Os contaré que el juego en mi vida siempre fue una de mis atracciones favoritas, me cautivó desde pequeño. Comencé con el deporte, para lo cual era bueno y, más que bueno, creo que excelente. En él descubrí estos tres elementos que me han acompañado durante mi vida: el desafío, el riesgo y lo intenso. Mi niñez transcurrió sin contratiempos, a no ser por una tartamudez que surgió a los diez años y por la cual fui sujeto de burla, no solo por mis propios compañeros, si no hasta de alumnos de clases superiores a la mía y de algunos profesores. Busqué ayuda con el psicólogo de la escuela, pero me hablaba cosas que no me servían y hasta me confundían, el Complejo de Edipo, la fase oral y otras tonterías que me loqueaban más. Recurrí después a uno de los sacerdotes de la parroquia de mi barrio, pero no recuerdo por qué razón me alejé en definitiva de la iglesia y me refugié en el deporte; por eso me inscribí en cuanto deporte había en mi escuela, procurando integrar equipos, evitar la burla, el acoso y ser aceptado. Poco a poco fui obteniendo significativos triunfos en casi todos los deportes en los cuales participaba. Pero no solo me dediqué al deporte sino también al baile, siendo integrante del equipo de danza del colegio. La profe me puso de segundo bailarín y me ofreció la oportunidad de representar a nuestra escuela en varios concursos en los que ganamos o quedamos en los primeros lugares, pero yo quería ser el primero, el mejor. Me quedaba hasta después de las horas de clase en el gimnasio entrenando yo solo, en el dominio con la pelota de fútbol y lanzamientos a la canasta. Frente al espejo practicaba ejercicios de flexibilidad, coreografías exigentes y pasos de baile complicados. Me exigía demasiado y llegaba a casa agotado teniendo poco tiempo para hacer mis tareas antes de irme a la cama, pero lo conseguía. En unos meses logré cierta popularidad entre mis compañeros, no recuerdo en qué momento la tartamudez desapareció de mi vida.

Sin embargo, el deporte fue pasando a un segundo plano y el interés por lo sexual comenzó a ser mi atracción principal. En la soledad de mi niñez solía fantasear con las adolescentes más populares de mi barrio, Lourdes, Amalia, Ana, muchachas de cara bonita y cuerpos esculturales semejantes a las modelos de almanaque; ellas traían a los adolescentes de cabeza y yo entre ellos. Las imaginaba jabonándose en la ducha, en ropa interior o desnudándose por las noches para ponerse su pijama. Los recortes de imágenes de mujeres semidesnudas, actrices, modelos, bailarinas que salían en las páginas de espectáculo de las revistas y diarios, los pegaba en un cuaderno que mantenía secreto y con el cual pasaba buenos ratos hojeándolo en la azotea de mi casa, sobre todo en mi época de vacaciones escolares. Esta actividad fue importante para contribuir a mi fantasía y a la iniciación de lo que después se tornó en mi único mundo, el sexo.

Otra de las integrantes de mi galería de fantasías era la profesora de francés de mi escuela; joven señora de unos treinta y cinco años, cuya piel clara y diminutas pecas en los brazos, cuerpo menudo, pequeños senos, vestir elegante y caminar cadencioso, traía a más de la mitad de la clase absorto, no precisamente por las lecciones de francés que dictaba los miércoles y viernes, sino por sus cualidades físicas, siendo las que más destacaban sus atractivas nalgas insinuándose imponentes a través de su falda clásica de color azul a rayas. Cada vez que ella, cara a la pizarra, comenzaba a escribir las reglas de gramática francesa o la biografía del escritor François-René de Chateaubrian o las obras de Alphonse de Lamartine, mi imaginación se desbordaba. Una de mis fantasías mayores era estar a su lado cada fin de mes, dando examen oral de Literatura Francesa para aspirar su perfume, que yo imaginaba traído desde el mismísimo París, sentir su aliento y esperar que alguna gotita de su saliva se desprendiera de forma arbitraria desde sus labios rosados y me cayese como un chorro de agua mágica, sobre mi boca expectante, esto era más importante que aprobar el estúpido examen en ciernes.

La inmensa galería de atractivos personajes la integraron después las modelos que aparecían en los comerciales de jabones y ropa interior, almanaques y pósteres en las paredes de las tiendas y peluquerías y aquellas *vedettes* argentinas que desfilaban por los programas en vivo a medianoche en la TV. Y mientras ingresaba a mi adolescencia mis fantasías iban aumentando. Me iba convenciendo con mayor certeza de que mi destino era convertirlas de manera urgente en realidad.

Fue durante mis primeros años adolescentes que me di cuenta de que mi destino era encontrar el placer de los cuerpos al otro lado de mi cotidianidad. La vida había predestinado eso para mí. Inicié mis actividades sexuales con mis dos primitas mellizas, como simples juegos de adolescentes curiosos y traviesos, cuando yo tenía apenas doce años. Subíamos a mi azotea aprovechando que mis tíos y padres permanecían por horas conversando y bebiendo vino en el jardín interior, es así como comencé a explorar el cuerpo de una mujer, fueron ellas las que me enseñaron los diversos tipos de besos y caricias, lo cual después practiqué obteniendo mayor destreza. Luego mis aventuras continuaron de manera más avezada con las chicas de la escuela, envolviéndome con algunas que resultaron más temerarias y audaces que yo. Por seguirles la cuerda me encontré en problemas disciplinarios al esconderme con algunas de ellas en los camerinos y salones desocupados para realizar nuestras travesuras sexuales y por lo cual fui enviado a la oficina del director más de una vez. Al ingresar al *college*, mi experiencia y actividades sexuales se habían multiplicado exponencialmente. Continué con mis compañeras del aula y después con las jóvenes de los diferentes trabajos que tuve. Mis primeras enamoradas me duraron lo que dura el otoño de New York.

Pero con el transcurrir del tiempo todo esto fue perdiendo su magia. El embrujo que al principio sentí por esos rostros de ojos pardos o azules, los cabellos ondulados, la voz sensual de cantante de baladas que solía hallar en algunas chicas que me fascinaban, se disipó y pasé a sentir interés únicamente por sus cuerpos. Más y más de ellas se fueron sumando a la interminable lista de conquistas. El sexo me iba mostrando poco a poco y a plenitud su aspecto más seductor y tentador. La destreza que iba logrando en el arte amatorio hizo que buscara de forma incesante más información, no solo en lo referente a la anatomía de la mujer, para lo cual devoré libros, sino también en las prácticas sexuales.

Para cubrir este vacío me vi precisado a recurrir a un importante arsenal de material sexográfico que me convirtió, a mi modo de ver, en un experto. Fueron mis lecturas favoritas el clásico *Kamasutra* y luego *La biblia negra del sexo* de Doris Arguelles; *El monte del placer, Sexo, mito & realidad*, de Gloria Álvarez; *El sexo nuestro de cada día* de Jhon Portal y sobre todo *Entre la muerte y el placer* de Milagros R. Lugo, los cuales se convirtieron en mis manuales personales. Pero con el transcurrir del tiempo estos libros me fueron insuficientes. Estando en una época digital recurrí a alimentar mi educación con material sexográfico barato. Los videos que conseguía a precio cómodo en los bazares sexuales de la calle Cuarenta y cinco, en Chinatown, o en el bajo Manhattan, fueron de gran apoyo; sobre todo, aquellos con actrices porno orientales, que realizaban actividades sexuales increíbles, inclusive sexo con animales. De aquellas profesionales del sexo aprendí mucho y lo aplicaba en mis aventuras con las chicas a quienes les sorprendía en un inicio con mis propuestas tan osadas que algunas calificaban de perversiones, pero otras las aceptaban por lo novedoso y las extrañas y nuevas sensaciones que les causaba. Posiciones sexuales exigentes y excéntricas como "sexo de doble vía", "sexo a ciegas", "sexo esclavo", "la copa humana", "sexo con angustia" o la llamada "ducha dorada", integraron mi menú de destrezas sexuales. Si el Quijote se volvió loco leyendo novelas de caballería yo creo que, si hubiera leído lo que yo leí sobre sexo, su locura hubiera sido mayor y, su célebre obra se hubiera convertido en más de cuatro volúmenes.

El "sexo con angustia" me lo inspiró la película el *Imperio de los sentidos*, donde actuaba el actor japonés, Toshiro Mifume, quien iba realizando durante la trama actos sexuales muy singulares con su pareja, los que complementé con información proveniente de la vida sexual del célebre actor protagonista de la serie de TV, *Kung Fu*, David Carradine. Por algunas declaraciones que hizo el actor entre sus conocidos, se supo que practicaba el "sexo con angustia", pero parece que la angustia se le convirtió en muerte debido a un desliz en el cálculo durante su realización. Yo, basado en esta desdichada experiencia, me vi precisado a practicar más, hasta dominar el "sexo con angustia", que para mí era el supremo deleite sexual, un placer sublime, pero con riesgo calculado. Sin embargo, pocas de mis ocasionales parejas aceptaban compartirlo conmigo, ellas me manifestaban que les aterraba y lo calificaban de perversión.

Paso a describir la realización de mi especialidad, el "sexo con angustia".

Estando ambos desnudos en la cama, mi pareja se subía a horcajadas encima mío y después de ser penetrada vía vaginal o anal, iniciaba un movimiento de caderas lento y rítmico mientras comenzaba a estrangularme al tiempo que me decía palabras obscenas. Utilizaba para el estrangulamiento su tanga, de preferencia color rojo o negro. Sentía que dicha prenda íntima nos generaba un simbolismo de más intensa comunicación visual; el negro de la muerte y el rojo del fuego. Ella iniciaba el estrangulamiento lento y cuando me sentía próximo al clímax, haciendo acopio máximo a sus fuerzas, ejercía una estrangulación intensa produciéndome un orgasmo que podría llamar, literalmente, de muerte. Sentía que llegaba al origen mismo del placer. Me es muy difícil describirlo en pocas palabras, pero diría que todos mis sentidos se alteraban al unísono, la habitación de forma súbita se tornaba de un rojo intenso para después oscurecerse; luego, un gran vacío me absorbía hacia abajo convirtiéndose en un vértigo y, mientras lo hacía, algo mío se desprendía y quedaba allá arriba una sombra luminosa. ¿Acaso mi antimateria? Yo continuaba cayendo y momentos después un golpe seco detenía mi caída, me estrellaba contra algo, que no era ni duro ni blando, encajaba en la forma exacta de mi cuerpo, como un guante a su mano, pero yo no tenía cuerpo, era inexistencia, vacío sin límites. De forma paulatina me invadía una euforia que se convertía en una violenta exaltación, de súbito todo se detenía, no había tiempo, deseaba permanecer allí, me sentía un feto dentro de un útero de placer, no sé cuánto tiempo transcurría en este estado y luego, como si alguna voz superior gritara «¡Basta!», todo volvía hacia atrás. Es muy difícil explicarlo, era como si del sábado regresaras hacia el viernes y jueves y así hasta el lunes; sentía que de pronto era lanzado por un agujero y subía, subía y era un tránsito gozoso, interminable y, en mi ascenso iba distinguiendo esa sombra brillante de mi cuerpo que se quedó arriba, me aproximaba y esa forma comenzaba a absorberme y yo ingresaba por la nariz, por los oídos, la boca, el pecho; me absorbía, me reintegraba y yo mismo me poseía y penetraba y lo que en un comienzo fue oscuro y atrapante se iba tornando un rojo-vino y, al igual que en el inicio, una serie de latidos calientes bajaban desde el cuello hasta mis talones y se convertían en un cosquilleo apacible con pequeñas sacudidas y no deseaba morir ni vivir, sino permanecer en ese estado de suspensión, en un espacio sin tiempo, sin vida ni muerte, sin límites, solo estar, estar; esto se interrumpía por un ahogo intenso que me inducía a toser, intentaba absorber todo el aire que había en la habitación, mi cuerpo temblando como un epiléptico tímido que se resiste a entregarse a su última convulsión, de manera paulatina iba reconociendo las dimensiones de mi cuerpo, el peso de la chica sobre mi abdomen, la sensación de mi pene latiendo, dentro de ella, húmeda, caliente, procaz y volvía a mi realidad con una intensa tos y luego un sosiego placentero que me inducía a la búsqueda de otro encuentro.

Durante el "sexo con angustia" la sensación orgásmica de muerte placentera, es decir de placer extremo, era intenso y deseaba repetirlo, aunque a veces temía que por un descuido o falta de destreza de mi pareja y mientras ella estuviera viviendo su propio orgasmo, no se diera cuenta de lo que me ocurría y muriera. Eso me obligaba a confiar en ella y por eso buscaba a la misma chica. A pesar de la mente liberal de muchas de ellas, a la mayoría les sorprendía escucharme hablando así y rechazaban mi propuesta para realizar el "sexo con angustia". Al final eran pocas las que se comprometían a realizarlo. Recuerdo bien a una de ellas, la portorriqueña Andel, nacida en la ciudad de Ponce, donde nacieron los célebres de la salsa, Frankie Ruiz y Héctor Lavoe, el cantante de los cantantes. Ella, con sus veintiséis años, tenía una actitud sexual bastante liberal, quizá por haber viajado por media Europa modelando lencería y participando como extra en algunas películas. Desde que le propuse experimentar el "sexo con angustia" lo aceptó y se volvió adicta a vivir esa sensación de sexo y muerte. Andel me citaba con cierta frecuencia cuando concluía sus sesiones de fotos y tan motivada estaba que a veces era ella la que pagaba el costo del motel. Me contaba que cada encuentro sexual que teníamos era diferente, por lo cual se había propuesto la búsqueda de orgasmos distintos dentro de las posibilidades nunca exploradas, incluso dentro del mismo "sexo con angustia".

Las sensaciones que yo lograba con diferentes mujeres de diferente condición y hábitos sexuales variaban, produciendo en mí desde frustración y aburrimiento hasta intensa excitación. En esa búsqueda llegó a mi vida otra de las encantadoras mujercitas que aceptó transitar juntos por este recorrido a lo desconocido; de nombre Delta, tenía veintisiete años, provenía de los campos del Cibao en la República Dominicana; piel tostada, ojos marrones que contrastaban con su cabello negro ensortijado, no solía usar maquillaje. Ella habituaba leer novelas policiales de Truman Capote y Agatha Christie, ver y coleccionar películas de asesinos en serie. Me mostró cierta vez en su apartamento al sur del Bronx videos de la vida del asesino en serie, Moses Sithol, a quien le dieron de condena novecientos treinta años de prisión por la cantidad de asesinatos cometidos; Theodore Bundy, "El asesino de estudiantes", que asesinó a treinta y seis mujeres; John Wayne Gacy, llamado "Pogo el Payaso", a quien condenaron a muerte.

Delta trabajaba de terapeuta físico en una clínica quiropráctica en el alto Manhattan, tenía una filosofía muy personal del sexo oral, habiéndose constituido para ella en casi un ritual. Me narraba que cada vez que lo hacíamos lograba tener un promedio de ocho a diez orgasmos y a veces más si su predisposición era mayor. Solía decirme que al realizarlo lograba aislar cada uno de sus cinco sentidos básicos. Por lo general lo iniciaba estimulando y centrándose en el sentido del tacto que, según ella, era el que tenía más desarrollado. Se concentraba y acariciaba mi cuerpo cerrando los ojos, lo cual le causaba cuatro o cinco orgasmos; se centraba luego en su sentido del gusto besando y saboreándome; y así avanzaba, experimentando sensaciones diferentes con cada uno de sus sentidos. Al referirse al sentido de la audición relataba ser capaz de identificar los sonidos más imperceptibles que yo producía, como la intensidad y frecuencia de mi respiración, ciertos sonidos guturales que emitía espontáneamente, inclusive aquellos que producían mis manos cuando me sujetaba y estrujaba la sábana en pleno clímax. Se jactaba de que era capaz hasta de escuchar los latidos de mi corazón y, en ocasiones, me confesó que pudo escuchar las conversaciones que ocurrían en el pasillo del motel mientras nosotros permanecíamos en la habitación. Cuando se centraba en su sentido del olfato, refería que múltiples veces el placer era tan intenso que le causaba mareos similares a haber fumado una pipa de *hashish.*

Cierta vez adoptando un aire de docta me dijo:

—Según la revista científica *Psychology Now*, el cerebro humano no logra diferenciar la realidad de la fantasía, en ella dice que todo lo que yo me imagino antes, durante o después de realizar el sexo oral, mi cerebro lo da por ejecutado. Con el tiempo he logrado dominar mis sentidos, ahora concuerdo con los estudiosos que dicen que el órgano sexual más importante es el cerebro —explicó.

Las citas con Delta fueron cada vez más frecuentes. Al finalizar nuestros encuentros ella solía susurrarme en la cama:

—Te prefiero a ti como pareja, pues tú logras comprenderme y contribuyes a que yo alcance mi éxtasis y viva mis fantasías.

Esa forma de pensar la unía cada vez más a mí. Conmigo había logrado un elevado grado de sensibilización en sus sentidos, la concentración era máxima y su entrega total».

***

«El tiempo continuó transcurriendo y a pesar de lo vivido con aquellas mujeres algo muy dentro me inducía a buscar más y más. *¿Cuál es mi límite?*, me preguntaba. Yo mismo me daba miedo pues desconocía cuál iba a ser el trayecto hasta el final de mi vida. Ignoro si no me percataba o no deseaba admitir que estaba perdiendo el control de mi conducta. Mis veinte años e incipiente experiencia en lo sexual me obligó a la búsqueda de más diversidad en mis encuentros íntimos a fin de desarrollar mis habilidades y descubrir mediante la observación mis mejores atributos. Como un cazador incesante que sigue y persigue a su presa comencé a observar la conducta de las mujeres con mayor detenimiento. Me sirvieron mucho algunos libros que hallé en la biblioteca de mi *college,* sobre todo *Los elementos del rostro como escritura, El idioma del gesto,* y uno muy importante, *El cuerpo y su lenguaje,* de Y. Paulino. Estas lecturas me fueron de mucha utilidad, especialmente cuando frecuentaba la disco los fines de semana. Al llegar me ubicaba en un lugar estratégico, el cual se convertía en mi sitio de investigación. Me acompañaba mi cóctel de licor, el cual contenía bastante jugo de maracuyá y poco vodka, siempre consideré a esa fruta un gran energizante sexual. Desde allí iniciaba el acecho identificando primero a la fémina. La evaluaba en todos los aspectos, desde su edad hasta su forma de cruzar las piernas, observaba a la vez su manera de vestir, la parte del cuerpo que pretendía resaltar descubriendo o ciñéndose más la ropa. El tipo de licor que gustaba beber, si fumaba o no, y, si lo hacía, me detenía en sus labios para observar su manera de colocarse el cigarrillo, y si al conversar mantenía los labios semi cerrados y húmedos o cerrados y secos.

Cuando bailábamos, no solo era por mera diversión, sino que al ritmo de la música también iba recopilando información. Me detenía en observar el tipo de música de su preferencia. Si elegía a la chica que mejor bailaba, lo hacía porque seguía y seguía, pieza tras pieza, de forma incansable, realizando coreografías vistosas y complejas, de tal manera que ella se lucía en la pista y se convertía en la reina de la disco, en una diosa bañada de sudor y erotismo. Estos y otros datos me permitían hacerme una idea acerca de cómo debería de manejar la relación y orientarme a sus posibles preferencias en la cama y, más aún, cuáles podrían ser los límites de mis propuestas.

Si ella venía sola a la disco, suponía que se trataba de una chica en busca de aventura. Allí se me presentaban dos alternativas; la primera, ella aceptaría al primer pretendiente para evitar merodear solitaria por el local, por lo cual la conquista iba a ser menos complicada; la segunda, que al estar sola pueda ser más exigente para aceptarme, en tales circunstancias yo ponía a prueba mis recursos, demandando más de mí mismo para lograr la captura. Una vez reunido el suficiente material, diseñaba mi plan para luego contactar con ella simulando un encuentro casual.

Mi campo de caza también lo constituyeron las salas de los cines. Ingresaba y observaba a las chicas que llegaban solas y, luego, cuando la película ya había comenzado, me sentaba junto a una de ellas a fin de preguntar por la parte de la película no vista como pretexto de inicio en mi conversación o comentar de alguno de los actores. El tipo de película que ella escogía me orientaba en cuanto a sus preferencias; a veces me había documentado acerca de los actores que intervenían, algo de la trama, el director, la música y otros detalles. Lo importante era impresionarla, las explicaciones e interpretación que le daba me convertían ante sus ojos en un gran crítico de cine o un intelectual calificado. Finalizando venía la invitación a alguna barra o restaurante, diciéndole que solo era por un breve tiempo pues más tarde tenía un compromiso impostergable. Cuando íbamos a una barra y ella decía que nunca había estado en una, intentaba adentrarla a ese mundo para ella hasta entonces desconocido y desde una mesita discreta bebíamos una cerveza o algún otro trago suave; le explicaba los diferentes tipos de bebidas alcohólicas, volúmenes de alcohol en los licores, cervezas, mezclas. Por lo general ella concluía que ese tipo de lugares, a los que anteriormente consideraba como mundanos y hasta marginales, eran realmente interesantes y a los cuales concurría gente encantadora. Con esto yo ya entendía que la seducción estaba en marcha.

La información incorporada en mi escuela, además del inglés y el francés y el tiempo en el *college*, me daban solvencia para desempeñarme bien con la mayoría de las mujeres, por eso los medios de transporte público, como los buses o los trenes, tambíen me fueron un productivo campo de operaciones. Comenzaba sentándome al lado de la mujer que más me atraía pero que a la vez, según mi deducción, tenía una cierta displicencia por la vida; es decir, si su mirada se perdía en el vacío, o tenía un rostro inexpresivo, o se le notaba una actitud desinteresada e indiferente a lo que ocurría en el bus o en el tren. En esas circunstancias yo emergía en su mundo como tabla salvadora para ponerla en contacto con lo que yo solía llamar "la aventura de la vida". Ese tipo de conquistas eran tal vez las que me generaban más esfuerzo; sin embargo, había veces que, a pesar de lo arduo y complicado de mi empresa, concluía con ella en algún motel de la ciudad, previo recorrido por alguna barra o visita a algún lugar público muy sugerente, como el Museo del Sexo de Manhattan, donde las conversaciones insinuantes acerca de esta temática, el coqueteo y la información recogida acerca de ella conformaban en su totalidad una pintura de importancia para mi posterior plan de abordaje sexual.

Claro está que muchas veces, es decir, muchísimas veces, mis planes con ellas no dieron resultado. Es por eso que estas aventuras con el transcurrir del tiempo generaron en mí un gran desgaste y el tedio me invadió y condujo a un hastío del sexo. Inclusive el maravilloso "sexo con angustia", que otrora fue mi delirio, resultó siendo insuficiente. Me era urgente agregarle algo más a la aventura; al igual que al inicio, necesitaba sentir las arterias de mi cuello hincharse de adrenalina, me urgía vivir la sensación de estar parado al borde de un acantilado. El riesgo y el sexo intenso se convirtieron desde entonces en las dos caras de la misma moneda. Encontré el ingrediente que buscaba al hacerlo en lugares privados y hasta públicos. Entre quince a veinte veces estuve a punto de ser descubierto y detenido por la policía o agentes de seguridad. Recuerdo que las primeras veces, con mi mentalidad de adolescente travieso, lo hice en los baños de la escuela o en los vestuarios del gimnasio y ahora reconozco que esos eran solo mis inicios de lo que vendría después. En los últimos seis o siete meses lo he venido realizando en los baños de cines, aulas de mi *college*, en la playa del Bronx, jardines del Central Park, en las azoteas de los edificios donde algunas de ellas vivían, oficinas o almacenes en los que trabajé y de donde algunas veces me echaron pues me descubrieron haciéndolo.

En esta práctica incesante cada vez perdía más el control. En los últimos cinco o seis meses, en horas de la tarde o de la noche, yo habituaba caminar a la salida del túnel Lincoln buscando contactar con alguna mujer rumbo a alguno de los moteles cercanos en los cuales me consideraban un asiduo cliente, el West View, Fontaine In o el Midnight In, que estaban localizados a la entrada de New Jersey. La ola caliente del sexo me había arrastrado en definitiva hasta el fondo de ese túnel que en ese momento yo veía sin salida.

Al ver por la calle parejas caminando tomados de la mano me preguntaba: *¿Me habré enamorado alguna vez?* No lo sabía, tal vez nunca me importó ser consciente de esa emoción. De forma vaga recordé que hubo una vez una chica que se llamaba Betty, Betzy, o algo parecido, pero qué importaba el nombre, pasó también a integrar la anónima lista a las cuales llamé "aquellas mujeres", de quienes lo único que me interesó fue lograr tener su cuerpo. Cuántas veces estando en la cama con alguna de ellas y después de jurarles mi amor eterno, no las volví a ver jamás. Ellas no podían ubicarme. De forma constante cambiaba mi número de celular y el nombre que les daba tampoco era el real. Hubo veces en que me llamé, Arturo, Harold, Heródoto; pero el que más usaba era André, el cual me daba un sonido afrancesado y hasta misterioso, me ayudaba el haber aprendido francés en la escuela. Los nombres de procedencia egipcia como Menfis, Anubis, Hator, los usaba con chicas ingenuas a quienes consideraba "calabazas" o cabeza hueca. Esto último me beneficiaba pues cuando me preguntaban por el significado de mi nombre, tenía ya elaborada una interesante historia. Con esta estrategia lograba puntos a mi favor, eso lo asociaba con la recitación de poemas que yo mentía diciendo que eran de mi inspiración y en circunstancias cruciales los disparaba convirtiendo el momento en un ambiente más íntimo y, hasta diría yo, mágico, pues ellas se sentían importantes y eran mi presa fácil.

Pero no todo era satisfacción para mí. Durante la copulación comencé a sentir una disminución en mi erección y el fracaso me invadía. Con frecuencia me preguntaba: *¿Hasta cuándo durará mi potencia y vigor sexual? ¿Cuándo se convertirá en vergüenza?* Frente al tremendo desgaste sexual que mantenía me vi obligado a iniciarme con los energizantes chinos a base de *panax, ginseng, balut, zingiber* y pastillas diversas que compraba en el *sex shop*. Tomé contacto con las botánicas de la ciudad donde vendían imágenes santeras, amuletos y preparados afrodisíacos traídos de San Juan de la Maguana en República Dominicana y otras sustancias provenientes de la sierra de Haití. Cada mañana, según las indicaciones, antes del desayuno y de espaldas al sol, bebía una pócima santera llamada "el beso de Anaisa" y cada viernes a medianoche bebía de una botellita que contenía una sustancia a la cual llamaban "sangre del barón". Sin embargo, yo le tenía una fe ciega a una pastillita roja con poderes vigorizantes que, según me dijeron, llamaban en República Dominicana "la pela"; que me ayudaba a mantener la erección por horas y la cual se convirtió en mi compañía diaria, siempre a la mano en mi bolsillo».

***

Jaime no solía beber alcohol con frecuencia, estaba convencido de que su uso le disminuía la potencia sexual, la cual cuidaba con suma cautela. No obstante, cierto sábado se permitió beber unos tragos con Kumer V, uno de los pocos amigos del *college*. Se reunieron una tarde en el Bar La Parrilla, en el alto Manhattan. En el amplio salón, la música sonaba con fuerza y los parlantes reproducían el guitarreo de las bachatas en la voz de Romeo. Las meseras, la mayoría de ellas portorriqueñas o dominicanas, de cortas y ceñidas faldas negras y blusas blancas, se entrecruzaban en el espacio del bar, azafates en mano, y se acercaban a las mesas de los clientes a cumplir los pedidos o retirar las copas y botellas. A la entrada del local estaba la barra; allí, varones y mujeres jóvenes, algunos de pie otros sentados, reían y bebían. Desde la puerta se escuchaba el griterío de los clientes alborozados por el alcohol o tal vez alguna sustancia euforizante común en esos lugares.

Después de haber intercambiado algunas trivialidades y bebido unas cuantas cervezas, Jaime empezó a comentarle acerca de su vida sexual. A medida que avanzaban las horas lo hacían también las cervezas que se iban acumulando en la mesa y en el cerebro. Jaime abundaba en detalles acerca de su cuantiosa cadena de conquistas y esfuerzos que realizaba para lograr la seducción a las mujeres.

—Cada vez que identifico a una mujer con la cual podría tener una aventura, comienzo a sentir una inquietud en el pecho, algo así como una presión, luego siento el cuerpo más caliente, el corazón se me acelera y de pronto ya tengo una potente erección que no me calma hasta haber tenido sexo o alguna actividad sexual con ella y esto es más intenso y placentero si lo realizamos en alguna circunstancia de riesgo. Escúchame, Kumer V, es como un martilleo permanente en mi cerebro que me insiste que tengo que hacerlo con ella y luego me imagino diversas partes de su cuerpo:

sus nalgas, sus pezones, la forma de su clítoris, me veo teniendo sexo oral y sobre todo "sexo con angustia", y esto último aumenta la intensidad de mi deseo. He logrado manejar mi imaginación mejor que un pintor o un director de cine.

Kumer V lo escuchaba atento, celebrando con risotadas algunos de sus anécdotas, formulándole preguntas ante sucesos o conductas que le sorprendían por lo extrañas e intensas. Después de casi tres o cuatro horas de tertulia alcohólica y música estridente, Kumer V concluyó haciéndole lo que en aquel momento sonó como un diagnóstico de borracho, colocándole la mano en el hombro le lanzó sentenciosas palabras:

—Jaime, así como hay adicciones al trabajo o al juego, yo creo que tu desenfreno por tener sexo, tu vida de angustia, asociada a los problemas que te viene ocasionando, se debe a que tú estás sufriendo una adicción al sexo.

Las palabras de su amigo le causaron gracia, su respuesta fue:

— Yo no s-u-f-r-o d-e adicción al sexo, mi estimado Kumer V, yo lo gozo a toda máquina.

Con tan ocurrente respuesta ellos rieron hasta las lágrimas dándose palmadas y empujones en sus asientos. Las cervezas siguieron llegando a su mesa, así como retazos de conversaciones irrelevantes. Las bachatas se sucedían alternándose con salsas de moda, música pop y merengues. Con frecuencia, Jaime seguía con la mirada a alguna mesera de carnosas nalgas, estrecha cintura y senos semi descubiertos, desencadenando en su mente un cataclismo de imágenes obscenas que descontinuaban su hilo temático. Las horas transcurrieron entre conversaciones absurdas, bromas teñidas de alcohol, eructos y risotadas. De repente algo cambio dentro de Jaime, algo así como un árbol de arena que se deshace. Ya no se sentía el seductor de innumerables conquistas, ahora era un pobre desgraciado que había resbalado por la pendiente de la desolación y continuaba deslizándose de manera irremediable hacia el sótano de la miseria. Lloró abrazado a Kumer V, le confesó que no podía salir de ese hoyo en el que estaba hundido y que necesitaba ayuda, pero desconocía cómo.

—¡Me estoy volviendo loco, Kumer V, me estoy volviendo loco! Al comienzo tener sexo era bacán, pero ahora tengo que hacerlo por urgencia, esto es desesperante; y si no lo hago, puede que me dé tremenda diarrea, es terrible.

Kumer V lo escuchó apesadumbrado. Hubo un silencio entre ellos enlazados por el llanto de Jaime que se mezclaba con una salsa en la voz de Frankie Ruiz por los parlantes. Acercó su silla al lado de su amigo y entre eructos y balbuceos le dijo:

—Jaimito, creo que debes de iniciar un tratamiento psicológico. Yo he escuchado a gente de mi trabajo que han llevado a sus familiares a una clínica para adicciones por la avenida Broadway y la calle 172 o 175, no recuerdo bien, y dicen que allí trabaja una buena psicóloga llamada Nataly, te voy a buscar mejor la direcc…

Jaime lo hizo callar; se sintió insultado, ofendido. Su íntimo amigo Kumer V lo estaba creyendo loco y lo enviaba donde una loquera para que lo medique como tanta gente que él conocía que, después de tomar ese tipo de pastillas, engordaban y caminaban como zombis por la calle. No y no. El pensar en forma desesperada en alguna mujer que se le cruzaba por su camino como un probable "polvito", sumado a la quiebra de su economía, no era para tanto. No podía concebir las relaciones sexuales como una adicción, eran ocurrencias de Kumer V, cosas que tal vez había leído en alguna revistilla barata o en sus cursos de Psicología en el *college*. Eran malos momentos que estaba pasando, lo admitía, pero pensaba salir solo de aquel atolladero sin ayuda de nadie.

***

Al día siguiente ninguno de los dos amigos podía recordar cómo concluyó la conversación esa tarde ni cómo terminó aquella borrachera.

Cuando Jaime abrió los ojos estaba en su dormitorio, acostado, era domingo, el reloj sobre su mesa de noche marcaba las cinco y veinte de la mañana, un sol tímido se filtraba a través de las cortinas azules. Él no lograba percibir el olor a licor rancio que flotaba en la atmósfera de su dormitorio. Se percató que tenía el *jean* sucio en la zona de las rodillas y algo roto, como si se hubiera caído algunas veces. Tenía también los codos raspados, un leve dolor en la muñeca izquierda y una sed endemoniada que le resecaba la garganta. Pasos más allá, sobre el piso, al lado derecho de su mesa de noche, una mediana mancha irregular con minúsculos destellos de diversos colores y vapores malolientes adornaba de forma grotesca su alfombra, no recordaba en qué momento vomitó.

Aquella mañana, a solas en su dormitorio, Jaime lloró como nunca. En esos siete años desde que comenzó su veloz carrera en la dicha de los placeres sexuales había vivido de todo, desde lo más intenso, cuando pudo tocar el paladar del goce infinito con la punta de la lengua, hasta masticar los vidrios rotos del sufrimiento y la desdicha. A nadie le hubiera agradado estar en su pellejo, en esos últimos cinco o seis meses, como a él mismo se le escuchó decir, su desenfreno fue mayor. Tanto, que él sentía que estaba viviendo la peor de sus pesadillas. Su respiración corta y superficial y la intensa opresión en el centro del pecho lo conducía muchas veces a sollozos incontenibles. Su famosa concentración, la misma que contribuyó en un inicio al éxito de sus estudios en el *college* se había convertido en un vidrio roto que le cortaba los ojos. Aquella memoria que otrora fue la fotocopia de sus libros se había despintado como un cartel en alguna esquina de sus tardes de desenfreno sexual.

Me siento un despojo, poco menos que una mierda. El sexo me ha ganado la partida y no puedo controlarlo. ¿Cómo pudo haberme sucedido esto, carajo? Pienso en sexo hasta veinticinco horas al día, esto tiene que acabar. Tengo en el pecho una pelea de perros y gatos, estoy luchando contra mí mismo, pensaba constantemente.

Hubo momentos en que sorpresivamente cayeron sobre su memoria los rostros de mujeres sin nombre que en la secreta oscuridad de un cuarto de hotel le confesaron que lo amaban. Maravillosas muchachas a las que en un afán de conseguirlas él les había jurado amor eterno y roto algo más que sus juveniles ilusiones. Nunca sabía con exactitud cuántas fueron, era abrir un baúl y encontrar al fondo esqueletos de besos, fantasmas pálidos mirándolo, resistiéndose a emigrar al olvido. Ahora sentía que ingresaba a perpetuidad en los confines de una puerta giratoria en donde su pasado y presente se sucedían como naipes que caían incesantes, rebotaban en las mayólicas y volvían a surgir. El dinero del préstamo estudiantil aprobado después de tanto esfuerzo fue malgastado, se había disuelto como humo indeciso en un cuarto de hotel, el más patético *collage* de su desgracia que ahora, sin saber cómo, pretendía detener. En momentos de cierta calma lo asaltaba una débil reflexión: *¿En qué momento las mujeres perdieron su significado para mí? ¿Cuándo se transformaron en un simple genérico, en la parte logística del sexo, es decir, en un "rico trasero", "una intensa aventura", "un excelente polvito", "una putita más"?* No podía precisarlo. Solo recordaba que por la mañana al levantarse ya tenía en su mente una lista de mujeres con las cuales podría tener sexo y probables lugares en los que tal vez al realizarlo sería más intenso y apasionante. Aquellos pensamientos latían en su cerebro como un segundo corazón. Su asistencia irregular al *college* era para satisfacer a su padre y, sobre todo, para calmar las ansias de su viejita que deseaba verlo convertido en un profesional, en un "hombre de bien", según sus tiernas palabras.

Sus estudios los sentía una tragicomedia. Asistir a clases le facilitaba relacionarse con mujeres, era la llave de una mina a la cual no deseaba renunciar. Por las noches retornaba tarde a casa para evitar encontrarse con su madre, que solía esperarlo en su sillón, rezando el rosario. Jaime le pretextaba que salía tarde de clases o que trabajaba horas extras en la biblioteca del *college*.

Perdieron interés mis compromisos familiares. La importancia que para mí tuvieron los cumpleaños de mi abuela Mercedes y de mi primo Arturito, se convirtieron en nada. Del atleta que fui en la escuela, capitán del equipo de básquet, principal lanzador de la novena de béisbol, segundo bailarín del elenco The Five Fingers, tampoco queda nada. La forma de considerar a las mujeres cambió sin darme cuenta, al punto que, para mantener alguna relación con ellas, llegaron a no importarme su edad, condición social o apariencia personal. Recuerdo que solía repetírmelo: Jaime, no existen mujeres feas, sino que aquellas tienen una belleza extraña, lo cual causaba risa a los pocos amigos que aún conservaba, pero para mí era ¡mi verdad! la filosofía que regía mi vida. En la actualidad no tengo amigas ni amigos, solo "contactos" que me conducen a mujeres cuyos cuerpos calman mi desesperación y me ayudan a vivir.

***

Hace cinco noches que Jaime no duerme. Las pastillas que estuvo tomando, desde hace un mes, para conciliar el sueño, se han convertido en puñados de insomnio acumulados bajo su almohada. Las páginas de su vida están llenas y las pocas que le quedan han sido arrancadas ferozmente por la desgracia. Desea que lo que le está ocurriendo sea un espejismo, similar a aquellos en los cuales se desliza el sol cual moneda hacia la noche. Pero no... lo que le está ocurriendo es cierto. La vida de Jaime se ha convertido en una estrella deforme tercamente dibujada en su cielo de desdicha. Desea hallar de forma urgente una alternativa que concluya su angustia. Se ha preguntado múltiples veces, si esto tiene fin o él mismo debe de ser su propio concluyente. *Todo lo que comienza termina alguna vez, pero... ¿Cuándo terminará esto?*, se pregunta y repregunta. Después de haber ideado diversas formas de terminar con su tragedia, desde la más ingenua e infantil, hasta la más drástica, como el suicidio, Jaime ha elegido la más rápida y sencilla, es decir, recurrir de forma urgente a la parroquia del barrio y confesárselo al sacerdote de turno. *Ya lo tengo decidido, carajo. Esto pondrá fin a esta vida de mierda. El sexo dejará de ser mi objetivo principal del día, al fin podré recobrar mi control y, sobre todo, de mi vida.*

***

Aquel sábado se levantó temprano. Una llovizna débil cubría la isla de Manhattan, humedeciendo los últimos pasos de un verano que se alejaba. Se dirigió presuroso al encuentro de lo que consideraba su tabla de salvación. Dobló la esquina hacia la avenida Green Point, atravesó el parque. Unos niños montaban bicicleta y corrían en su patineta aprovechando los últimos días de vacaciones; unas gotitas débiles de lluvia les caían sobre el cabello semejando diminutas luciérnagas. Observó detenidamente; sus risas, sus vocecitas infantiles, sus actitudes torpes de niños; y, como nunca, envidió su inocencia. Continuó su camino. A unos pasos reconoció el rugido de su estómago que lo acompañaba como lúgubre sonido hasta que la lucidez redefiniera su sufrimiento. Levantó la vista y un alivio le sopló en la cara. Entre la neblina se dibujó con débil trazo la parroquia. Dos grandes puertas de madera cerradas y una pequeña abierta al centro de una de ellas, la cual trazaba de forma rectangular la penumbra de su interior. En su fachada, al lado derecho, empotrada en la pared, la estatua del apóstol San Pedro vigilaba la ciudad con ojos sin vida; y al lado izquierdo, Santa Rosa de Lima sostenía impasible un libro en una mano y en la otra una cruz. En lo alto, un cielo azul oscuro, que por momentos dejaba ver espacios blancos y a veces grises, por donde se filtraba el sol vacilante que más que calor regalaba una luz irresoluta. Con pasos húmedos escaló los siete peldaños de la corta escalinata que mostraba su superficie brillante mojada por una dubitativa garúa que amenazaba convertirse en aguacero. Ingresó por la pequeña puerta lateral, cortando con su filuda sombra la lobreguez de su interior. El olor de cirios ardiendo, flores, oraciones silenciosas y pecados secretos lo recibieron como ojos que jamás se cierran. Recorrió con la mirada el recinto y se encaminó hacia el único confesionario. Deseaba drenar cuanto antes su talega de adversidades; pero no iba a ser tan rápido, tres personas lo antecedían para liberarse también de sus desdichas. Se dirigió a la columna de feligreses para ocupar su turno. En el corto trayecto escudriñó en su mente algún pensamiento inédito que le sirviera para reducir esa culpa causada por el rosario de impudicias que lo atormentaba; fue en vano, no lo halló. Le pareció que sus ideas habían sucumbido debajo de esa herida que la realidad insistía en mantener abierta. Se colocó al último de la columna de gente, suspiró, tragó saliva que se mezcló con trocitos de angustia que le rasparon la garganta. *Solo es cuestión de esperar unos minutos más, solo eso*, se dijo, intentando mitigar su urgencia.

***

No tenía otra alternativa, solo tenía que esperar. Para que no sea muy tediosa la espera se puso a observar con detenimiento a las tres personas que le antecedían y le surgieron algunas preguntas: *¿Porque todas esas personas son mujeres? ¿Son acaso ellas más pecadoras que los varones? ¿O tal vez se arrepienten* *más pronto de sus pecados y recurren rápido a la confesión? ¿O quizá hayan desarrollado el ciclo de pecado-confesión-pecado-confesión? Y allí las tenemos, arrepintiéndose, para la siguiente semana volver a cargarse de adversidades, dejarlas en la puerta del confesionario como una correspondencia al cielo, colocando su penitencia como válida estampilla. ¿Será de esa manera?* Sentía que por momentos esa ansiedad por desprenderse de esa culpa recrudecía. Calculó el tiempo que emplearía con ellas el confesor y consideró el siguiente proceso: presentarse ante el confesor, rezar la oración de ingreso, acusarse de la cantidad de infundios contra el Cielo y, por último, la penitencia. Todo esto, desde luego, estaría en directa relación con el tipo de pecadora que tendría el confesor. *Entonces, veamos,* empezó, *la primera de la columna es una mujer joven, de veintitrés a veinticinco años, viste un jean azul muy ceñido a su cuerpo, correa negra de hebilla dorada con las iniciales MK, grandes argollas doradas le penden de ambas orejas. Su blusa blanca hace resaltar el rojo de sus labios. De manera intermitente mira su reloj, dirigiendo sus ojos de arqueadas pestañas hacia el confesionario y cambia de posición la pierna.* A Jaime le pareció que se le veía impaciente… pero… *¿Por qué?*, se preguntó. *¿Le urge liberarse de sus infracciones morales porque le causan intensa culpa? o ¿tal vez tiene en mente cumplir algún pecado pendiente? Por su forma pulcra de maquillarse, tipo de ropa, cuerpo escultural y su edad es posible que sus pecados sean en el área sexual, (carajo, otra vez me viene a la mente el sexo como maldita obsesión, pero esto acabará hoy día). Es posible que su infracción radique en fingir amor y, haciendo acopio de sus excelentes aptitudes sexuales, esté despojando de manera seductora a algún incauto de su salario (esto es probable que sea así o es que en todo sigo viendo sexo, sexo, sexo, y más sexo).* En base a su análisis elemental, Jaime pronosticó que en esa chica el confesor emplearía unos diez a quince minutos, a lo sumo.

La segunda señora, de unos sesenta y cinco años o más, le hizo recordar a su madre cuando la hallaba rezando en su sillita de la sala al arribar a casa. Esa señora tenía un gran lunar rojizo en la mejilla derecha y sus largos cabellos, entre canos y negros, se depositaban de forma desordenada sobre sus hombros. Supuso que, por sus hondas arrugas en la frente, tenía en cada una de ellas su cuota de sufrimiento. Llevaba como contacto con el Cielo un rosario negro que pendía del cuello, tenía los brazos cruzados sobre el pecho, rezaba silenciosa, como si un frágil viento soplara sobre sus labios.

Conmovido, Jaime la observaba y pensó que el testimonio de su tragedia eran sus marcadas ojeras, semejantes a dos nidos de abatimiento oscurecidas por sus innumerables noches de insomnio. Fantaseó que sería probable que su sufrimiento lo causaba uno de sus hijos, adicto a drogas, quien la estaba desvalijando de manera paulatina de su escaso patrimonio. Jaime dio un sobresalto al sentirse identificado con el muchacho creado en su mente, pero lo más fácil para extraerse de una culpa es la negación. *Jamás he usado drogas ni robado a mis viejitos,* se dijo para apaciguarse. Escudriñó con detenimiento el cuerpo encorvado de la mujer y pensó que también podría tener una hija que eligió mal su pareja, y que debido a que luego él se había marchado de casa ella ahora consumía sus horas llorando y tomando estupefacientes de los cuales ahora era dependiente, lo cual además de peligroso era terrible porque en verdad carecía de dinero para comprarlos ni para la comida de sus dos o tres hijos. Otro sobresalto le sucedió al pensar en aquello. *No, no, yo soy diferente, yo gasto en mujeres y en energéticos para mi vigor sexual, y no en drogas, en eso soy por completo diferente.*

A Jaime le urgía ser diferente a ellos, pero sentía en lo profundo que algo lo unía a esos adictos que consideraba despreciables. Sus disquisiciones las concluyó pensando que el tiempo que ella emplearía en el confesionario sería menor. El confesor la consolaría, recomendaría que continúe rezando y tenga fe, porque los milagros en Manhattan existen, y lo comprueban los mendigos al regresar de las calles con los bolsillos cargados de monedas. En esa pequeñísima oficina de madera, antesala del Cielo, Jaime deseaba que el sacerdote empleara con aquella mujer de cinco a diez minutos; y no solo lo deseaba, sino que le apremiaba.

La última era una señora gorda que aparentaba cincuenta años o menos; de tez oscura, cabello canoso en ambos lados de la cabeza, balanceaba su cuerpo mientras dirigía sus ojos hacia las lámparas apagadas que pendían del alto techo. Por su forma paupérrima de vestir, rostro apagado y ningún maquillaje, era probable que su confesión se centraría en las relaciones maritales. Quizá un conflicto con su esposo con irrupciones de ira y angustia, por la aparición de una tercera persona que se interponía entre su matrimonio y la alegría; o tal vez la pérdida de trabajo del esposo que habría colocado a la familia en un lento y definitivo camino a la miseria. La observó con detenimiento y, de las tres, ella era la que le daba mayor conmiseración.

Supongo que a esta última señora el confesor solo le dará unos cortos consejos para que continúe siendo una buena mujer; que rece puntualmente por las noches a fin de que el susodicho vuelva a casa invicto, sin la mancha del lápiz labial en el cuello de su camisa. (Ojalá haya ojeado alguna vez ese pobre infeliz el Manual del Perfecto Infiel). O quizá el clérigo le diga que prosiga sus rezos, porque tal vez la última Ave María del rosario se podría convertir en el disparador que ablande el corazón a su exjefe, lo llame y vuelva al trabajo. Calculó que todo este vericueto argumental, sumado al ancestral rito sacramental del confesor, invertiría en ellas un estimado de veinte a treintaicinco minutos antes de que le correspondiese su turno en el confesionario.

***

«Me mantenía tan entretenido con mis pensamientos observando a esas mujeres que sentí que mi angustia había disminuido y respiré tranquilidad. Me pareció de pronto que el tiempo se había suspendido. Aparecieron en mi mente escenas de mi infancia. Tenía por entonces entre ocho a nueve años, reconocí aquella penumbra de la parroquia que sin saber por qué siempre me causó un temor fundamental. Aquellas losetas gastadas de color blanco y negro, el silencio parroquial que desde niño me ocasionaba frecuentes dolores de cabeza. Esos toscos asientos de madera oscura, el inconfundible olor a soledad y flores; las velas de los candelabros chisporroteando, alumbrando sombras y secretos. Detuve mi mirada en la parte delantera del atrio, los tres peldaños de la escalinata de mármol blanco que conducían al altar mayor y, encima de este, el sagrario que semejaba una diminuta capilla de un brillante color dorado donde se custodiaban las hostias en el cáliz mayor y, más allá, el gran misal cerrado con su cubierta de rojo oscuro y cruz dorada. Al fondo, al lado izquierdo, la sacristía, y hacia el lado derecho del altar mayor, la pequeña puerta oscura, esa-pequeña-puerta-oscura».

***

Cual cadáver hinchado y grotesco que emerge del fondo del mar, algo surgió en su memoria. Sintió un estremecimiento que lo sacudió, se le erizaron los vellos de la nuca. Toda esa parafernalia que estaba observando le hizo recordar aquella mueca cruel que su memoria hasta entonces había cubierto con una frágil máscara de olvido que pretendió protegerlo de su desventura. Jaime recordó sus infantiles años en esa parroquia y al padre Santiago acariciándole el cabello, besándole el cuerpo, convirtiéndolo en su monaguillo preferido.

Volvieron a su memoria aquellas tardes de encuentros secretos después de las clases de catecismo, esas mismas que terminó por odiar como una hostia de infortunio. Algo lo paralizaba en ese asiento mientras luchaba con ese intenso impulso de huir de la parroquia, desaparecer, lanzarse por el balcón de la amnesia, pero era tarde. Allí estaba, de pie, manchado de culpa, en aquel espacio humedecido de penumbra, entre estatuas de yeso con miradas indolentes, candelabros de plata, sombras que se deslizaban desde el pasado y lo sacudían de arriba abajo, situándolo como acusador a ratos, otrora como acusado.

Aquella pequeña puerta oscura significaba para Jaime una maldición que lo conectaba con un pasado que ahora miraba con estupor y le atravesaba el pecho de ira y vergüenza. Inundó su frente el frío sudor de desolación. Un deseo incontenible de golpear a alguien. Cerró los puños, le temblaron los brazos, reconoció ese sonido en el estómago que le acusaba de infaustos sucesos que deseaba cancelar. ¿Si tuviera a aquel cura maldito al frente se atrevería a tirarse encima de él, arrancarle la sotana y golpearlo? ¿A escupirle, y lanzarle en pleno rostro aquel pedazo de su inocencia chorreando agonía? ¿A gritarle a todos lo que había hecho con él? No lo sabía, algo lo detenía. ¿Tal vez ambos necesitaban continuar ocultándolo a estas alturas de sus vidas…? tal vez fuera lo mejor… tal vez... tal vez…

Jaime recorrió mentalmente aquel camino sinuoso al cual jamás deseó retornar. Ahora estaba allí y no podía irse. Mejor dicho, no debía irse. Dudaba si debía de dejar también en esa confesión aquella fotografía grotesca y arrugada que por tiempo llevó oculta en el secreto bolsillo de su inocencia. Lanzar el nombre del cura Santiago contra el piso y las paredes y que todos lo escucharan. La carga de desdicha que traía en un inicio a la parroquia con su reciente redescubrimiento lo confundía, lo estaba aniquilando.

Con una vehemencia inusitada anheló dos cosas, confesarse y que en el confesionario no estuviera aquel cura perverso de manos calientes y cuerpo fofo que le hizo aborrecer su maravillosa primera comunión y hacer que abandone su amada iglesia. Esperaba… solo le quedaba esperar su turno… sentía que la cara le quemaba y el corazón palpitaba con fuerza a punto de explotar. Una sensación de náusea le endureció la lengua lanzándola contra el paladar. Su saliva, espesa, con dificultad se deslizaba por la garganta. Su boca caliente paladeaba un sabor fétido. Respiró profundo. Se puso de pie y sintió sus piernas temblorosas y débiles. Le dio la impresión de que el tiempo no transcurría. Con cierta dificultad subió el brazo y miró su reloj. El delgado segundero rojo se deslizó con un imperceptible espasmo sobre su esfera plateada marcando un segundo más.

A Jaime lo envolvía un silencio que perforaba sus oídos. Tuvo la sensación de estar viviendo un episodio congelado de su vida: Estar atrapado en el centro de aquel vacío húmedo que giraba, donde la penumbra y sus pensamientos lo envolvían en un remolino que lo jalaban hacia lo profundo. Le sobrevino un mareo, sintió que el aire no ingresaba a sus pulmones y los latidos de su corazón le levantaban la camisa. Sintió que el desamparo sobre su piel lo había transformado en una bujía de silencio y desesperanza. ¿Cuánto tiempo estuvo esperando hasta el momento? No lo sabía. Le urgía sentarse, sus piernas no lo soportaban, se acercó a la banca más próxima. Su cuerpo se desplomó sobre la madera, era un trapo informe que caía desde lo alto. Deseaba recobrar su tranquilidad, su inocencia hipotecada en unas caricias que en su mente infantil le prometieron el Cielo. Le era urgente borrar para siempre esa sensación de aliento caliente y apestoso olor a tabaco de aquel cura diciéndole cosas tan obscenas que por momentos las sentía como una cachetada sorda en su oreja. Sintió de pronto el cosquilleo molesto de una gota de sudor que se deslizaba lenta por su antebrazo. Frotó despacio sus manos sudadas en el pantalón y sintió la tela áspera de su *jean* sobre sus muslos flacos. Un leve dolorcito empezó a atravesarle la cabeza de lado a lado. Las imágenes con el cura Santiago se le repetían en la mente como luces que se apagaban y encendían. Sentía su infancia transformada en una historia que chorreaba como amarga miel por las paredes de su tragedia y se introducía por las rendijas de un pecado oculto. Cruzó los brazos. El latido del corazón lo sentía en la garganta ocasionándole dolor. Tuvo un enorme deseo de abandonarse. Ya no soportaba más. Era demasiado lo que sentía. Paseó la mirada por las diversas imágenes en los altares, las flores frescas, los candelabros con algunas velas que se apagaban como si estuvieran decepcionadas. Deseaba disipar sus ideas, levantó el brazo para mirar su reloj y sintió que todo en él temblaba, los minutos se hacían eternos. «Dios mío, ¿de dónde sacar más olvido para cubrir del todo mi memoria?», alcanzó a murmurar.

Jaime necesitaba con urgencia una respuesta, algún argumento que lo aproximara a una explicación de su vida; mejor dicho, de su vida miserable. Le sobrevenían múltiples interrogantes, pero no sobrepasaban de ninguna manera sus horas de desesperación. Deseó cambiar de pensamiento y se preguntó: *¿Cuándo se inició en mí esta feroz carrera en el sexo? Recuerdo que en un principio fue el placer natural de un muchacho travieso y después el de un joven en pos de una diversión razonable y esencial, para convertirse en pocos años en un apremio angustioso, casi como la urgente necesidad de respirar y, después, mi catástrofe. ¿Carajo, en qué momento se quebró mi control? No puedo precisarlo, para mí fue imperceptible. ¿Cuándo crucé la línea? ¿Cuándo fue?* Las preguntas surgían en la mente de Jaime como vómitos de arena. De súbito algo golpeó bruscamente su mente, como cuando un árbol cae y una astilla salta al ojo desprevenido. Lo supo: era un retazo de información que hasta entonces se mantuvo en los márgenes más alejados de su vida y ahora aparecía con frágil certidumbre. Estaba a un paso de comprenderlo todo. *¿Será esta tal vez la respuesta a mi tragedia? ¿Fueron las mujeres acaso mi vacuna contra la homosexualidad? ¿Fueron ellas mi bendita o mi maldita vacuna? Al fin he encontrado mi respuesta a tanto infortunio.*

Una gota de sudor bajó lentamente por el lado izquierdo de su frente, produciéndole un hormigueo desagradable. Se percató que estaba balbuceando palabras incoherentes que se deslizaban hacia atrás y se atracaban en la garganta. Intentaba controlarse, impedir que sus recuerdos en un momento imprevisto lo impulsaran a huir del confesionario en un llanto cobarde arrojándolo por la ventana de una desdicha interminable. No sabía cuánto tiempo había transcurrido sentado en esa banca, extraviado en ese laberinto de rostros, actos obscenos, palabras impúdicas, preguntas sin respuestas. ¡No podía soportar más, necesitaba irse! Contaría hasta tres y se iría. Lo decidió, no podía más. Se puso de pie, y contó uno, dos…

—El siguiente —escuchó la voz grave del sacerdote.

Era su turno, el primer paso a su ansiada liberación. Se acercó vacilante al confesionario. En el breve trayecto escuchó que su estómago nuevamente rugía. Una vergüenza quemó su cara, ¿lo habría escuchado el confesor? De nuevo le invadió ese temor de encontrarse cara a cara con el maldito cura Santiago. *¿Le reconocería? ¿Podría hablarle? Toda su cólera contenida en sus puños… ¿Se la descargaría en su maldita cara y se largaría de la parroquia?* Estaría más viejo, habían transcurrido cerca de doce a trece años. Se arrodilló. En el confesionario, frente al sacerdote, sin rejilla de por medio, reconoció el olor a madera húmeda, sintió las tablas duras bajo sus rodillas. Entre la penumbra del confesionario distinguió la cara de un sacerdote desconocido, tenía aspecto español, era corpulento, de cabello oscuro, tez blanca, con la barba sin afeitar. Sintió alivio. Se relajó bajando sus hombros, tragó saliva, luego soltó un suspiro entrecortado. Entonces él habló:

—¿Hace cuánto tiempo que no te confiesas, hijo?

—Tal vez diez o doce años —contestó intentando tranquilizarse. Su voz tembló y más que respuesta pareció un lamento bajo la almohada.

—¿Por qué te has alejado tanto tiempo del camino de Dios?

Un viejo resorte oxidado y comprimido hasta más no poder le impulsaba a confesarle lo del cura Santiago. Los secretos encuentros después del catecismo que se convirtieron en los peores momentos de su niñez y en el insomnio de sus domingos. Calló lo de aquellas caricias calientes y ese aliento apestoso a tabaco cuando le susurraba al oído: «Eres un ángel, con esto ganarás el Cielo». Miró el piso del confesionario, las sandalias del sacerdote asomaban por el borde de su sotana marrón y dejaban ver sus uñas gruesas en sus dedos gordos. Suspiró para darse fuerzas y deslizó un: «No sé, padre, pero ya estoy aquí». Su respuesta vino después de interminables segundos sin haber encontrado una soga de la cual colgar algún argumento. Luego el sacerdote continuó: «Hijo, inicia tu confesión rezando el *Yo Pecador*».

Comenzó balbuceando algo ininteligible, simulaba rezar pues la oración se le había olvidado; hacía tanto tiempo que no rezaba que confundía el *Ave María* con el *Padre Nuestro* y el *Yo Pecador*. Lo único claro que escuchó el sacerdote al final de su parodia de rezo fue «¡amén!», en voz alta, como punto final. Levantó los ojos expectantes y le pareció que el sacerdote estaba satisfecho con su cantinflesca oración. Acto seguido, irrumpió en el silencio su voz ronca diciéndole de forma cordial:

—¿De qué te acusas, hijo?

Se inclinó para hacerle la señal de la cruz en la frente, invitándole a que bese el crucifijo dorado que pendía de su cuello y reposaba sobre su sotana marrón de la orden franciscana.

Jaime comenzó por los pecados que consideró veniales. Por momentos se perdía verbalizando actividades que no eran relevantes y tal vez ni siquiera consideradas en esa categoría. Estaba evitando llegar al momento crucial de su confesión y sentía que el corazón se le aceleraba cada vez más, golpeando con su grosero latido sus brazos cruzados sobre el pecho. De nuevo le sobrevino ese irritante rugido de estómago. Una gota de sudor bajó por su frente causándole un molestoso cosquilleo. Le era difícil continuar, respiró profundo para superar el ligero mareo que volvía a invadirlo. Apretó los puños para darse valor y elevando la voz para que lo escuchara, porque pensó que no iba a tener el valor de repetirlo, dijo:

—Acúseme también, padre, ¡soy un adicto al sexo! —Y soltó el llanto. Al momento se sintió débil. Eso era lo que quería evitar que ocurriera, el llanto que desde niño significó para él debilidad y cobardía.

—Tranquilízate… Tranquilízate hijo. ¿Por qué dices que eres un adicto al sexo? —interrogó el sacerdote elevando ambas cejas.

—Acúseme padre, tengo sexo de quince a veinticinco veces a la semana, a veces más o a veces menos, con mujeres conocidas o con las que contacto por la calle. Al no tenerlo me desespero… y, para calmarme, me masturbo en la ducha, en mi dormitorio, en el baño del *college*, en mi trabajo… o a veces no lo puedo controlar e ingreso a un restaurante y lo hago en el baño. Pienso y deseo todo el día tener sexo. Mujer que se me cruza por la calle la imagino desnuda, fantaseó con sus partes íntimas. Colecciono fotos, revistas y videos de sexo. Últimamente he contactado con dos chicas de mi oficina con quienes buscamos el momento y el lugar para tener sexo y a veces nos fugamos en pleno trabajo y tal vez en cualquier momento me van a echar como ha ocurrido otras veces.

Después de una pausa y con más valor, Jaime continuó:

—He descuidado mis estudios, los resultados de mis exámenes son un desastre, esto también ha afectado mis finanzas personales, tengo tantas deudas que pronto he de declararme en quiebra. Estoy atrapado en mi adicción que me persigue día y noche. Al retornar a casa de mis viejitos siento que no merezco ni siquiera sentarme a comer con ellos, sobre todo con mi madre a quien adoro. Hay momentos en que he pensado quitarme la vida, pero soy cobarde, soy cobarde padre, necesito su ayuda para salir de mi adicción. Todos mis pensamientos giran alrededor del sexo.

El sacerdote escuchaba atento y mantenía su mirada fija, hacia el fondo de la iglesia, donde la penumbra disolvía la forma de los objetos y los convertía en oscuras manchas grises. Movía su gran cabeza de arriba abajo como si lo comprendiera. Luego de breves segundos bajó la mirada y le preguntó:

—¿Cómo te sientes mientras realizas todos esos actos obscenos y pecaminosos?

—Padre, en un inicio, durante mi adolescencia, era divertido y los consideraba juegos de muchacho travieso, pero en el último año he perdido el control y, sobre todo, en los últimos tres meses mi vida ha sido un infierno. No puede pasar ni un solo día en que no tenga sexo o me masturbe. Cuando lo realizo con una chica, necesito repetirlo con otra y con otra y con otra y me lanzo a buscarlas. Si no logro hacerlo, me invade una gran desesperación y para calmarme recurro a mis revistas, que suelo llevar en mi mochila, o mis videos pornográficos, que tengo grabados en mi celular. Al concluir, una tremenda culpa me invade y pienso que perdí una vez más la batalla, pero igual lo repito, si no es después de un momento, es al otro día y a veces más intenso.

El confesor guardó silencio por unos segundos para después preguntar:

—Y si es angustioso y te ocasiona desasosiego, ¿por qué lo continúas realizando, hijo?

—Cuando me viene esa intensa angustia no me puedo controlar y siento una fuerte opresión en el pecho, el estómago se me revuelve, sudo, me desespero, y llega hasta a dolerme la cabeza. Entonces, para calmarme, busco hacerlo, luego me siento culpable y, para calmar mi culpa, intento hacer algo que la disipe, realizo ejercicios, converso con gente, pero allí continúa el deseo como piedra en el zapato y, para calmar ese desespero, vuelvo a tener sexo con otra mujer y luego la culpa y luego el sexo y la culpa y esto es interminable y concluyo el día peor que una colilla de cigarro pisoteada. No me puedo controlar padre, no me puedo controlar, esta adicción me está destruyendo.

El llanto de nuevo se apoderó de Jaime. El sacerdote se puso de pie. La imagen del confesor se veía imponente parado en medio de la penumbra del confesionario, semejaba un chorro de sombra que caía desde lo alto. Se inclinó y sujetó a Jaime de la parte delantera de la camisa, lo levantó en vilo y lo sacudió increpándole en voz alta:

—Tú no eres un adicto, eso no existe. Eres un vicioso, un pecador desenfrenado. No uses adjetivos elegantes para ocultar tu lujuria. No disfraces tu perversión con palabras refinadas, eres un libidinoso.

Jaime sintió el cuerpo suspendido en el aire, sin piso, sin argumentos y tampoco aliento. El franciscano lo soltó y Jaime se desplomó sobre el dolor de sus rodillas, sollozando mientras balbuceaba:

—Perdóneme, padre, se lo suplico, perdóneme.

El sacerdote se sentó bruscamente, cogió su breviario y luego de hojear las páginas por unos instantes leyó.

—Escucha lo siguiente, Mateo 30 dice: *"Si tu ojo derecho es para ti una ocasión de pecar, sácatelo y arrójalo de ti; y si tu mano derecha te escandaliza, córtala y arrójala de ti, porque es mejor que uno de tus miembros perezca a que todo tu cuerpo sea echado al infierno".*

La voz del confesor comenzó a circular en la mente de Jaime como una repetición lúgubre: *Pecador desenfrenado, libidinoso, ¡Mateo dice... Mateo dice...!* Acto seguido, lo sentenció con la siguiente penitencia:

—Para que seas perdonado, debes rezar cinco rosarios completos ante la imagen de la Virgen del Perpetuo Socorro; cinco más ante San Francisco de Asís, patrono de la orden franciscana; cinco ante la imagen de San Hilarión, patrono de los imposibles; y cinco más ante el arcángel San Miguel para que te proteja del maligno, pues es él quien te induce a la lujuria. Como además de estudiar, trabajas, debes de donar al asilo de las Monjitas de la Caridad un tercio de tu sueldo; asimismo, deshacerte de todo el material pornográfico que tienes oculto en tu dormitorio y en tu celular; mantenerte alejado de aquellas mujeres de tu pasado corrupto e inmoral; y, por último, abstenerte de relaciones sexuales con mujer alguna hasta que contraigas algún día matrimonio religioso. Recuerda, hijo, que cuando estés en peligro de pecar debes orar, ora mucho para que evites el pecado y te mantengas en gracia de Dios.

Jaime inició su penitencia a las diez y cuarenta cinco de la mañana y la concluyó a las tres y veinte de la tarde. Adolorido de las rodillas se puso de pie, hizo la señal de la cruz frente a la imagen de San Miguel, y encaminó hacia su casa trastabillando, indeciso. Circulaba en su cabeza la duda, si el haberse confesado había sido la mejor decisión. Aparte que consideró un exceso y hasta una imposición antinatural la última parte de la penitencia, la de abstenerse de tener relaciones sexuales hasta que algún día se uniese en matrimonio religioso a una mujer de por vida. A medida que se alejaba del confesionario, la confesión, como alternativa para superar todo aquello, se le hizo dudosa.

Jaime salió a la calle, todavía sentía un malestar fuerte en sus rodillas, sobre todo en la izquierda. Atravesó la avenida Lincoln, llegó a la calle 48 y la cruzó sin detenerse a mirar el tránsito, era un fantasma que caminaba extraviado entre los altos edificios de Manhattan. Tenía que recorrer cerca de diez cuadras y no le importaba la lluvia que caía incesante sobre la isla, mojando no solo avenidas y puentes sino su vida miserable.

¿Cómo he llegado hasta a este extremo? ¿Es lo que llaman tocar fondo? ¿O caeré acaso más abajo? Creí que mi confesión iba a ser la mejor alternativa para librarme de este pasado tormentoso y después vendría la paz, pero no es así ¿Por qué continúo sintiéndome igual? ¿Por qué este sentimiento de podredumbre que se mantiene como un pedazo de mierda pegada en mi zapato? ¿La penitencia no fue suficiente? ¿Acaso faltó confesarle lo del maldito cura Santiago? ¿Qué tengo que hacer, carajo?

Su pasado era una carta que retornaba una y otra vez al buzón de su memoria. Durante el camino a casa le martillaba en el cerebro la voz gruesa y ruda del sacerdote: *Pecador-libidinoso-córtala-vicioso-lujuria-vicioso-vicioso*.... Sentía sus pasos vacilantes, Jaime se resistía llegar a casa, pero era inevitable. La lluvia continuaba cayendo incontenible sobre la isla, mojando hasta las últimas sílabas de sus pensamientos. Recordó de forma fugaz lo último que le dijo el sacerdote: «Debes de mantenerte alejado de las mujeres de tu pasado pecaminoso».

Eso iba a ser difícil, más que difícil, ¡imposible!, no lo lograría. Mientras caminaba inclinado bajo ese aguacero escuchaba el sonido de sus zapatos y sentía las medias mojadas. Presintió que alguien se acercaba, levantó la cabeza y se cruzó con una mujer joven que caminaba protegiéndose de la lluvia con un paraguas rojo. Vestía un ajustado pantalón rosado y una blusa muy corta, dejando expuesto el ombligo del cual colgaba un anillo. Cruzaron miradas. Ella, en un momento de vacilación, pretendió detenerse. A él le pareció reconocerla. Sintió la tentación de hablarle, pero se contuvo, bajó la cabeza y continuó su marcha. Unos pasos más allá, surgió de nuevo aquel impulso desenfrenado que reconoció de inmediato, pero ahora más intenso, y que lo instó a mirarla... así que volteó la cabeza. De ninguna manera podía renunciar a comerse con la vista ese manjar de glúteos redondos y bamboleantes, senos carnosos, cabello mojado y estrecha cintura. Imaginó la ropa interior que llevaría puesta. Dibujó sobre sus nalgas, como innumerables veces lo hizo con tantas desconocidas, la pequeña tanga que tendría, el recorrido que llevaría esa diminuta prenda sobre su cuerpo trigueño y húmedo. Luego apareció su imagen desnuda en su imaginación y fue adoptando múltiples posiciones; era el *Kamasutra* que se deshojaba en su mente y en donde el cuerpo de aquella chica era el gráfico de cada página. Sintió que su cuerpo se estremecía y respondía con su habitual erección. *¿Debo dejar estas excitantes criaturas por una aciaga confesión de parroquia pueblerina y una penitencia carnavalesca? ¿Debo abandonar definitivamente los secretos de las caricias más ardientes, aquellas que harían enloquecer de placer hasta a una rusa frígida? ¡Maldita sea!* Nuevamente la lucha eterna entre el bien y el mal se debatía en su pecho. Reconocía esas sombras obscenas que se estaban enfrentando. No concebía que, después de lo que le estaba sucediendo, y que aún no concluía, pudiera seguir pensando de esa manera.

—¿Podré algún día dejar este vicio, o adicción... o como carajo quiera que se llame? —murmuró mientras se sacudía el agua del cabello.

Entre sus dientes aún quedaba un buen trozo crudo de culpa que no podía tragar. El sonido de la lluvia se mezclaba con el chirrido de sus pensamientos que fluían desordenados. Se subió el cuello de la camisa para protegerse del chaparrón. Sintió de nuevo ese nudo en la garganta que no podía desatar. La culpa lo acompañaba cual ardiente amante. Ella era la que había venido escribiendo grafitis en las paredes de su vida durante el recorrido a su casa. A través del aguacero distinguió próxima la puerta verde de metal de la amada casa de sus viejitos. No obstante, algo le impedía ingresar. Se detuvo a mirar el jardín con las flores eternas de su madrecita, el farolito al lado derecho de la puerta que se mantenía encendido hasta su llegada por la madrugada. El hogar de sus viejitos, el lado bueno del mundo al cual no sentía pertenecer y, con él, ese irreprimible impulso rastrero hacia el sexo clavado en mitad del pecho que le era imposible lanzar por la ventana de la renuncia. Algo muy dentro de Jaime le impedía dejar abandonadas sobre la cama las sábanas calientes del placer. No podía, aunque también entendía que en el reverso de esa moneda estaba el desenfreno y la vida miserable a la cual había llegado. ¿Qué decisión tomar? ¿Cómo disolver aquella contradicción en el vaso de la certidumbre? No tenía respuesta, pero necesitaba con urgencia encontrarla.

Decidió ingresar. Abrió la puerta, reconoció de inmediato el aroma de su casa y se sintió un intruso, un ladrón de medianoche. Era ajeno a esa parte del mundo donde no cabía ni un puñado de maldad. En esos pocos años se había convertido en la pieza que no encajaba en su ajedrez familiar. No era merecedor de vivir junto a su anciana madre, la mujer que le enseñó a rezar el rosario y cada mañana le daba su bendición al salir para el trabajo. Tampoco con su padre y su traje azul ya brilloso por el uso, sus lentes redondos, bigotes con canas, su voz afónica, su cariño, su «Ya apaga la luz y acuéstate, hijito, mañana continuarás estudiando». Nadie le escuchó llegar. Se dirigió a su dormitorio, pasó frente al espejo de la entrada y este le devolvió la imagen de un rostro que casi no reconoció. Al entrar a su habitación observó semi oculta bajo su cama la maleta con su secreta pornografía. Cerró la puerta lento. El cuerpo le pesaba, supuso que era la ropa mojada, se sentó al borde de su lecho, permaneció inmóvil. Anhelaba cambiar su vida de manera definitiva, pero se le estaba siendo imposible salir de su círculo vicioso. En el pasado tuvo momentos intensos durante los cuales se propuso concluir de manera definitiva con aquel desenfreno sexual. Innumerables veces arrojó los videos y revistas al tacho y lloró incontenible después de su ritual de masturbación nocturna; y en otras ocasiones juró frente a su imagen en el espejo que al día siguiente pondría fin a esa perversión. Pretendía detener su caída cogiéndose de una promesa. Pero le era siempre inútil, pues al otro día reiniciaba su desolada rutina.

Inmóvil en su cama observaba su habitación. Su mente quedó en blanco por breves segundos, luego un sentimiento de extrañeza. Sintió que ese no era su dormitorio, tampoco su casa, presentía que ni siquiera era el planeta al cual pertenecía. Si hubiera estado en cualquier otro lugar, ahí tampoco hubiera encajado. Escuchó la voz del sacerdote gritándole desde el fondo de su propio baño: «¡Vicioso-pervertido-libidinoso!». Un ligero estremecimiento se inició en su cuello, se deslizó por el centro de su espalda, llegó a su cintura y se expandió hasta sus talones semejando un puñado de arena que se lanza sobre el piso. Sintió la mano tosca del franciscano estrujándole la camisa, arañándole la piel con sus uñas recortadas y rapaces; suspendido en el aire, no era dueño de sí. ¿Revivía lo que sucedió en la iglesia? o ¿estaba ocurriendo en realidad? Tenía la sensación de caer más abajo de la línea del tiempo. Su corazón latía rajándole el pecho. Se acomodó la camisa como quien pretende borrar una pisada en el agua. Dos líneas cristalinas se deslizaban desde sus ojos hacia sus mejillas semejando dos gusanos que reptaban hacia la tristeza. *¿En qué momento comencé a llorar?*, se preguntó.

Algo lo distrajo, giró la cabeza de súbito al escuchar que llamaban a su puerta. Secó sus lágrimas, se levantó y abrió la puerta, esperó que alguien ingresara; en vano, no había nadie. Cerró y se encaminó hacia el escritorio. Sentía el cuerpo pesado, la camisa y el pantalón mojados. De nuevo escuchó un toque en la puerta y esta vez alguien cuya voz no reconoció dijo su nombre. Abrió y esperó; nadie entró. Cerró la puerta y colocó el seguro.

Caminó de nuevo hacia su escritorio, extendió el brazo derecho para abrir el cajón. Se espantó al ver que lo que se prolongaba de su muñeca terminaba en un cangrejo pálido de patas gruesas que caminaba hacia el cajón del escritorio; el animal estaba cubierto por una piel rugosa de cuyos diminutos agujeros salían infinidad de vellos. Su impresión fue mayor cuando dicho ser detuvo su marcha, se elevó por el aire y se acercó a su cara, un terror lo invadió. Quiso separarse de él; deseó tener a la mano un machete para cercenarlo de un tajo. Se defendió bajando el brazo e introduciéndolo en el bolsillo del *jean*. Ya dentro lo sintió caliente, como que se debatía en el contacto con su muslo, convulsionaba pretendiendo escapar. Respiró profundo para tranquilizarse, bajó los hombros.

¿Qué me está pasando, carajo?, exclamó golpeando con la mano izquierda la pared. Volvió a respirar profundo. Tuvo la

impresión de que tocaban a la puerta por tercera vez, pero en esta ocasión no hizo caso. Con la mano izquierda extrajo del cajón el rescoldo del dinero de su sueldo y lo colocó en un sobre con cierta dificultad, lo guardó en el bolsillo, la mano le temblaba; se dirigió al baño. Vertió abundante agua en su cara, levantó la cabeza y vio que desde el fondo del espejo alguien que no reconoció lo observaba y le hacía un gesto de asombro.

Se secó el rostro y salió con paso pesado. Bajó la escalera y buscó con la mirada a su madre y la descubrió al fondo de la sala, sentada, cosiendo en su antigua máquina de coser. Se detuvo en el último escalón. La observó encorvada, canosa, sus lentes apoyados a la mitad de la nariz, su blusa blanca y falda negra; respiraba jadeante. Recordó que su asma empeoraba con la humedad. No lo escuchó cuando al acercarse besó sorpresivamente sus cabellos. Se sintió un delincuente robándose ese beso que no merecía. Le arregló el cuello de la blusa, sus dedos rozaron su piel, la sintió seca, ajada, fría. La saludó y le pidió que por favor le hiciera llegar a su amiga, la monjita directora del asilo, ese dinero y que le dijera que era una donación. Ella se sorprendió por esa actitud, pero no tanto cuando al levantar la vista descubrió su rostro en sombra, su brazo derecho pegado al cuerpo y la mano hecha un puño en su bolsillo semejando ocultar una piedra. Abandonó su máquina de coser, se puso de pie y lo miró como solía mirarlo desde pequeño y despegando sus labios dijo:

—¿Te ocurre algo, Jaimito?

—No me ocurre nada, viejita. Estoy en plenos exámenes en el *college* y me siento estresado.

Estaba mintiéndole otra vez a su madre. Sintió otro pecado más chorreando de su boca. Estaba, de nuevo, desenredándole los cabellos a su miserable vida de mentiras. Ella lo seguía mirando mientras movía la cabeza de lado a lado.

—Pero hijo… —alcanzó a decir.

—Voy a descansar, viejita —agregó Jaime mientras se alejaba y subía a paso lento la escalera hacia su dormitorio. Sintió en el pecho otra vez aquella opresión de silencio que lo obligaba a suspirar. Volvió a mirarse en el espejo y tuvo la sensación de que en ese corto periplo de bajar y subir había adelgazado más o ese rostro que le devolvía la lámina plateada era una entelequia. Algo estaba sucediendo, sintió sus pies más pesados; tuvo la sensación de que alguien lo seguía o que caminaba a su lado muy pegado a su cuerpo. Al subir por la escalera percibió que algo caliente se movía de manera convulsa en el bolsillo del *jean*. Al no poder identificar qué era, un temor frío se le instaló en el centro de la espalda.

Faltaban pocos peldaños para refugiarse en su dormitorio, que a la vez tampoco reconocía como suyo. No lo abandonaba ese martilleo en la cabeza con la voz lacerante del confesor gritándole vicioso y pervertido que se mezclaba con ese susurro interior disonante, pero a la vez seductor, para no abandonar su vida de sexo y maravillosas mujeres. A cada paso murmuraba: «Yo no he nacido para ser célibe, ni mucho menos santo».

En ese lento y corto trayecto percibió en el pecho la mano ruda y torpe del confesor estrujándole la camisa con tanta fuerza que casi le hizo perder el equilibrio en la escalera. *Mateo 30, pervertido-pervertido*, resonaba aquella voz en su cabeza.

—¡La confesión no me sirvió ni la penitencia que me dio el sacerdote fue suficiente! —balbuceó después de un profundo suspiro.

Jaime era un banco en quiebra. Una tenue sombra que se disolvía en el pozo de la desolación. Sentía que ya no pertenecía a su familia, a esa casa; sentía que ni siquiera pertenecía a ese cuerpo que ocupaba. Ingresó al dormitorio, escuchó que alguien caminaba detrás de él, se hizo a un lado para que entrase, solo el silencio le rozó la cara. Con mano temblorosa cerró la puerta. A su espalda, desde abajo, la voz tierna de su madre se desprendió de sus labios como una caricia:

—Descansa Jaimito, te veo mal, duerme un poco que nosotros te llamaremos para el almuerzo, descansa, descansa hijito.

Caminó lento hacia su cama, se sentó mirando el vacío anhelando descubrir algún rostro familiar. De pronto en su mente una vorágine de voces, rostros, lugares, imágenes, la voz anciana de su madre rezando, el humo del cigarrillo de su padre, sus lágrimas abrazado a su amigo Kumer V aquella tarde de confesiones y borrachera, rostros de mujeres con sus ojos sin tiempo masticados por el dolor, ruido de sus pasos deambulando de noche entre los moteles de New Jersey, ingresando en el baño del restaurante para masturbarse, escondiendo su maleta de pornografía debajo de su cama, la voz del cura explotando en su mente, *pecador, vicioso, lujuria, lujuria*. Y, entre todo eso, la chica de ajustado pantalón rosado, su diminuta tanga sobre sus nalgas redondas y bamboleantes con virginidad inventada y seductora, Delta sentada en su abdomen realizando sus movimientos del inigualable "sexo con angustia", él arrodillado llorando frente al espejo.

Un agradable cosquilleo bajó desde su ombligo trazando una línea caliente a lo largo de su pene, produciéndole una erección disonante con la voz lacerante del sacerdote: *Vicioso, pecador, Mateo 30, Mateo 30*. Y el aliento fétido del maldito cura Santiago diciéndole: «Eres un ángel, eres un ángel, con esto ganarás el Cielo». Y en una prominente esquina de su cerebro, de nuevo la chica con su diminuta tanga dibujándose bajo el pantalón rosado. Las imágenes continuaban fluyendo mientras la erección seguía su curso impenitente bajo su *jean* húmedo. Se levantó con pesadez hacia el clóset donde mantenía colgado en un rincón, desde su niñez, su uniforme de *boy scout*. Hurgó en su correaje y extrajo un afilado cuchillo del estuche de cuero. Se tendió sobre la cama como tantas veces cumpliendo su ritual de masturbación, el eco de la voz del sacerdote, *Mateo 30, Mateo 30*, entre varonil y afeminada, revoloteaba en su cerebro. Sintió su pene caliente y turgente que latía en su mano, su pulso no temblaba, apretó los dientes, fue un tajo firme y seco. La sangre caliente borboteaba sobre su abdomen. La voz de su padre detrás de la puerta llamándolo, y su madre gritando dentro de la habitación: «¿Qué has hecho, hijito, que has hecho?». El charco de sangre empozándose sobre la cama, chorreando por sus piernas, mojando la alfombra, la voz balbuceante de Jaime: «No me explico, perdóname mami, perdóname». Y el sonido de las campanas del Sábado de Gloria escuchándose cada vez más lejos.

LOS TRES GRITOS

"Hay además otros mundos, pero están en este".
--Paul Éluard

UNO

    Viajaba por carretera hacia la ciudad de San Arturo de los Caballeros. Su misión consistía en investigar las actitudes y creencias de la población acerca de ciertos productos para la higiene íntima femenina. Trabajaba de psicólogo publicitario para la compañía Afrodita, la cual quería comercializar un nuevo producto a nivel nacional y deseaba asegurarse de su aceptación. Debido a un accidente ocurrido en la carretera tenía un retraso de cerca de cuatro horas. La espera le obligó a soportar el calor de un sol inclemente que achicharraba el auto cual si fuera una lata de sardinas en ebullición. Con tanto bochorno ahogándole, aun si hubiera tenido su libro preferido a la mano, no hubiera podido leer, así que se dedicó a prestar atención a la cháchara de uno de sus compañeros de viaje, un simpático anciano jubilado. Sus comentarios y exageraciones eran divertidas. Le hablaba de la enfermedad y el fallecimiento de su esposa. Lo incomprensible para él era que el anciano insistía que a ella se la llevó el sagitario. Le preguntó varias veces para que le explicara los síntomas de dicha enfermedad y después de varios intentos logró comprenderlo, resulta que su esposa había fallecido de cáncer. El anciano se había equivocado de signo. Su operación a la próstata se la narró por lo menos seis veces y cada vez que lo hacía, cambiaba la versión. En algún momento lo operaron del apéndice, más tarde de hemorroides, después de la vesícula… Ignoraba hasta dónde llegaría con tantas cirugías, al paso que iba era probable que se quedara vacío de órganos por dentro; sin embargo, no le quedaba otra alternativa que escucharlo e intentar pasar el tiempo con sus enredados y exagerados relatos a fin de no aburrirse. Estaban por llegar a la ciudad prometida y se le ocurrió preguntarle al entretenido anciano si conocía un buen hotel. «Alójese en Los Tres Gritos, es cómodo y tiene historia», fue su respuesta.

Finalmente, agotado, con el cuerpo adolorido y hambriento, llegó a San Arturo de los Caballeros, enclavado al noroeste de la cordillera de los Andes. Era las ocho y veinte de la noche de un domingo agobiante y caluroso. El auto lo dejó en su último paradero, localizado en la plazuela San Telmo, cerca de un campo deportivo. Un silencio de traje oscuro se desplazaba por las calles de la ciudad, la población se disponía a dormir. Por momentos se cruzaba en el camino con uno que otro transeúnte de paso largo y respiración corta que de seguro intentaba llegar a casa para introducirse al sueño que le ofrecía el rescoldo de ese caluroso domingo. Detuvo el primer taxi que apareció. Ya no le urgía comer, solo necesitaba dormir, se lo reclamaba su cuerpo y también su alma.

—Lléveme al Hotel Los Tres Gritos —le dijo al taxista, un risueño joven venezolano de piel morena, de unos veinte o veinticinco años, con gorrita gallega.

—Los Tres Gritos, el nombre le parecerá extraño, pero tiene su historia que, según dice la gente de aquí, se remonta a muchos años atrás, es parte de la tradición de este pueblo —dijo el chamo.

El trayecto lo sintió rápido. Bajó del vehículo portando su maletín de mano con su ropa y otro, tipo James Bond, con sus documentos y libros. La fachada gris del edificio se mostraba sombría a esa hora. Abrió la puerta, le recibió un agradable aroma a flores diversas que ingresaba por los grandes ventanales. Mientras se dirigía al mostrador, notó en la parte central la gastada alfombra persa de figuras doradas y rojas con bordes marrones e, insinuándose bajo ella, las losetas blancas y negras del piso. Una gran lámpara de bronce con diez luces colocadas a dos niveles colgaba del techo en el centro del área de recepción, tenía encendidos solamente cinco focos. Vislumbró al lado izquierdo, a oscuras y en silencio, un comedor de medianas dimensiones. Se aproximó al mostrador con paso lento, ganado por su cansancio. El encargado de turno, un señor con acento venezolano, de unos veintiocho a treinta años, vestido con uniforme azul adornado por botones dorados, abandonó la computadora que estaba manipulando en el lado opuesto y se acercó. Deseaba que todo se hiciera rápido, estaba demasiado extenuado y de inmediato le solicitó una habitación, informándole que permanecería en la ciudad más de un mes.

—Señor, el hotel está lleno porque se va a dar la celebración de una festividad regional y ha acudido mucha gente. Ahorita nada más nos queda una habitación de una cama, la cual está colindante con el jardín.

—Acepto —fue su respuesta. No le quedaba de otra, no necesitaba más por esa noche.

Anotó en el registro de huéspedes sus datos personales, según los requerimientos de ley, fue informado del reglamento del hotel, recibió su llave y, luego de agradecer al recepcionista, raudo se dirigió a la habitación asignada, la número diecinueve, primer piso. Al encender la luz notó su estrechez. Un olor a humedad le invadió la nariz ocasionándole estornudos. La pequeña habitación contaba con un clóset, una mesa de noche, una silla de madera tallada, con apariencia antigua, ubicada al lado de la puerta, y la cama de una plaza cubierta con una sobrecama de color crema con un estampado floreado. Cubría el piso una alfombra azul oscuro, en la pared del lado derecho pendía un cuadro con un paisaje de la región de la sierra, en la cabecera de la cama colgaba un mediano crucifijo de madera oscura. Junto a la puerta, una ventana rectangular con marco de cedro con una cortina color crema y flores azules que le buscaban hacer juego a la colcha. Luego de haber revisado el interior del clóset y la mesa de noche, en cuyo interior halló una pequeña *Biblia*, verificó la limpieza de las sábanas y de la funda de almohada. Todo estaba conforme. «Esta será mi habitación por veinte cuatro horas», dijo a media voz, mientras se estiraba bostezando, «para qué más…para qué más… lo que deseo es dormir». El que los nueve baños se compartieran entre los huéspedes del hotel le ocasionaba cierta incomodidad, pero tendría que soportarlo, era el reglamento. Después de ducharse, se acostó. El sueño se apoderó de él a los pocos minutos.

DOS

Era casi medianoche cuando la extraña sensación de la presencia de alguien que lo observaba en la habitación lo despertó sobresaltado y lo puso alerta. Se sentó en la cama y de inmediato identificó un olor diferente en el ambiente, también sintió extrañeza por la baja temperatura, la cual le daba la sensación de que alguien habría dejado una ventana abierta en plena temporada invernal. Agudizó la vista y comenzó a inspeccionar la habitación intentando descubrir los elementos causantes de la modificación de su microclima. La débil luz que ingresaba por la ventana desde el jardín alumbraba la silla ubicada al costado de la puerta de entrada. Se detuvo a observarla con detenimiento, un escalofrío le recorrió la espalda estremeciéndolo mientras que un sudor súbito le pobló la frente. ¡Allí había alguien sentado! Pero a causa de la pobre iluminación, únicamente veía la silueta de las piernas. Se cubrió la cabeza con la sábana. Estaba reviviendo el terror que solía invadirlo en su infancia. Poco a poco fue encogiéndose en la cama hasta adoptar la posición fetal, mientras que el temblor se expandía por todo su cuerpo como una mano titubeante y grosera. *¿Quién es ese sujeto que está sentado en esa silla en mi habitación? ¿Cómo ingresó? ¿Por qué siento este intenso frío y extraño olor? ¿Qué está ocurriendo?*, se preguntó.

Se descubrió levemente la cabeza y volvió a dirigir su mirada hacia la silla para verificar si era real lo que había observado. ¡Era cierto! Lo que estaba en esa silla no era una sombra. *¿Quién era?*, se preguntó. No deseaba saber la respuesta. Se cubrió la cabeza por completo. Recurrió a la consabida oración del *Padre Nuestro* aprendida en su infancia, pero algo le impedía rezarlo por completo. ¡Se le había olvidado! ¿Era acaso el miedo ahora convertido en terror? Todo fue haciéndose más intenso y más y más aterrador, hasta que milagrosamente perdió el conocimiento. Nunca supo si fue el sudor caliente que le cubría todo el cuerpo, el pavor, el agotamiento del viaje, la impresión súbita e inesperada de ese ser o la combinación de todos esos elementos que lo indujo a quedarse dormido de una manera profunda o si en realidad se desmayó.

***

El transitar de la gente y las voces que provenían del pasillo del hotel lo despertaron por la mañana, eran casi las nueve. Notó que tenía el pijama humedecido por el sudor. Se preparó para ir a tomar la ducha. Pasó frente a la silla de la habitación, intentó recordar lo ocurrido en la madrugada. No lo tenía claro, regresó del baño y se sentó en la cama. Deseaba evocar paso a paso lo sucedido. Al final decidió optar por lo más simple, calificarlo como una pesadilla. Recordó aquellas que le ocurrían durante su infancia cada vez que con sus primos se quedaban hasta tarde en la noche contando historias de fantasmas y aparecidos. Sus pesadillas por aquella época eran tan reales que, por una semana o dos, le impedían dormir solo y tenía que hacerlo en el dormitorio con sus padres. Cada vez que esto sucedía era la burla de sus hermanos, sobre todo del mayor, Mauricio, apodado en su escuela el Vikingo, pues era capaz de agarrarse a golpes hasta con tres o cuatro muchachos de su misma clase o de los grandotes del barrio y hacerlos correr, a pesar de tener quince años. Dedujo que esta vez le había ocurrido una pesadilla similar. La diferencia era que ahora ya era adulto y desde su infancia aquel pánico nocturno estaba desaparecido y de todos aquellos angustiosos momentos solo le quedaban reminiscencias. Dudaba ahora si podría manejar este hecho de una manera eficiente, de ser real. Se vistió y se dirigió a desayunar al comedor del hotel.

Su desayuno fue fugaz, dos tostadas, jugo de naranja y una taza de café con limón. Durante su jornada laboral se mantuvo ocupado visitando empresas, institutos y bodegas, recopilando información que orientara la publicidad del futuro producto. Según su plan de mercadeo, San Arturo de los Caballeros iba a ser su centro de operaciones por mes y medio y de allí irradiaría a las ciudades vecinas. Necesitaba confeccionar el directorio de sus contactos para luego establecer los indicadores de mercadeo y dispersión de opuestos. Mientras caminaba la ciudad, de forma paulatina se familiarizaba con sus calles. Visitó luego al ingeniero

Andrés Samanez, director de la oficina de estadística y censo del lugar, para informarse acerca de los indicadores demográficos de servicios y producción por sector. Luego se entrevistó con el presidente de la cámara de comercio, periodista Ricardo Perez Torres Llosa, y algunos otros empresarios significativos. El tiempo transcurrió rápido. Eran las tres y cincuenta de la tarde y no se había percatado que la hora habitual para almorzar se le pasó inadvertida. Deseaba aprovechar al máximo su estadía en la ciudad para trabajar sin interrupciones; por lo tanto, solo bebió un jugo helado y prosiguió su jornada.

El sol continuaba haciendo su intenso trabajo desde lo alto de la ciudad, el viento se había detenido en las afueras sin pretensiones de ingresar a refrescar las calles. El cielo, limpio de nubes, semejaba los ojos azules de una princesa escandinava. Buscó con la mirada una banca desocupada en el parque para calmar su agotamiento. Se sentó sudoroso a descansar y admirar la ciudad desde ese ángulo. Levantó la vista y observó que el reloj del edificio del Banco del Este marcaba las cinco y cuarenta y cinco. Al lado izquierdo, detrás de una pequeña casa de tres pisos, se veía parte de las oficinas de la parroquia; al frente, el Hotel Los Tres Gritos, de grandes jardines exteriores; al lado derecho, el local del municipio, que ocupaba una señorial casona antigua con elegantes balcones coloniales tallados en caoba; a su costado derecho, la comisaría, con amplios ventanales y una inscripción en la pared a la izquierda de la entrada que decía: *"Disciplina, Honestidad y Servicio"*. A unos cinco metros más, hacia el lado derecho, se divisaba el cuartel de bomberos en cuya entrada en placa de bronce tenía escrito: *"Heroica Compañía de Bomberos Giuseppe Marie Garibaldi"*, y más abajo, el rostro de este insigne personaje. Desde aquel lugar la ciudad se presentaba colorida e impresionante.

La gente transitaba el parque, algunos retornando de sus trabajos o escuelas. Unos seis a ocho adolescentes circulaban en sus patinetas, realizando piruetas entre gritos y risas. Al frente, un heladero, vestido de un blanco impecable, sentado en su clásico triciclo amarillo, se veía rodeado por un grupo de escolares quienes le solicitaban su producto en medio de un vocerío infantil. Los altos y delgados troncos de las palmeras, con sus hojas verde oscuro casi inmóviles, tenían como fondo el sol amarillo que se ocultaba en el horizonte, proyectando una línea rojiza sobre los techos de las casas, semejando una acuarela de la pintora Sara Sotomayor. Una anciana semidormida, sentada en una silla de ruedas empujada por una mujer joven que estornudó tres veces, pasaron delante de él y continuaron su recorrido. Reconoció de pronto el sonido de su estómago que reclamaba algo de comer. Buscó con la vista algún restaurante y alcanzó a divisar uno, se enrumbó hacia él, la caminata fue corta. Tenía en la puerta la inscripción: Restaurante Las Cinco Cucharas. Ingresó, ocupó una mesa y pidió su plato preferido, hígado entomatado, puré de espinaca, una porción de quinua y tres huevos duros. Como demoraba, se concentró en la lectura de su libro *No una si no dos muertes*, de la joven escritora Dani Vasot. Transcurridos unos quince minutos le trajeron la comida y casi la devoró. Después de cerca de cincuenta minutos de tener como sobremesa su lectura optó por retirarse. Dejó la tercera botella de cerveza a medio consumir y se encaminó hacia el hotel. Eran las siete y media de la noche y deseaba descansar, su primer día fue agotador.

En el trayecto se dio cuenta de que había comido demasiado o tal vez muy rápido y decidió dar una corta caminata por los alrededores a fin de dinamizar su digestión. Cruzó a paso lento la avenida Veintinueve de Marzo y llegó hasta el parque Doris Argüelles. Desde allí divisaba las siluetas en penumbra de las casonas antiguas que lo circundaban. Los postes de luz dispersos proporcionaban un paupérrimo alumbrado. Tuvo la impresión de que de pronto el día se apagó y la oscuridad tomó el parque por asalto. El canto de los grillos crecía en un concierto que invadía el ambiente mezclándose con la penumbra y el aroma de los crisantemos. Se adentró y distinguió dos grandes higueras a la entrada. Se situó delante de ambas y reconoció que durante el día las había visto: bellas, verdes y frondosas, y que incluso algunos diminutos higos asomaban en sus ramas, mientras que ahora la oscuridad las cubría con un matiz de misterio. Continuó observándolas y de súbito le invadió el impulso de huir. Se resistió a hacerlo, retrocedió y las observó con mayor detenimiento. No deseaba irse, no encontraba motivo lógico, pero el miedo estaba allí, apurándole el corazón. De pronto, así como se rebalsa al abrir una botella de soda después de agitada, vino a su memoria aquella historia que durante su infancia contaba uno de sus primos mayores y que consideró, por aquel tiempo, aterradora. Recordó que en una reunión familiar en la casona del tío Manuel, donde se juntaron cerca de catorce primos, y aprovechando que sus familiares estaban entretenidos departiendo, se reunieron en el jardín del fondo, junto a la casa de los perros, y el primo Alfonso, uno de los mayores, les narró un suceso que había ocurrido en su pueblo.

***

"Sucedió que mucho tiempo atrás, cuando solo se veían unas cuantas casitas dispersas por el campo, en lo que después se convirtió en la provincia Las Lomas Altas, que a la entrada de la hacienda, propiedad de don Giovanni Moretti (apodado el Blanco, por ser el único habitante de piel blanca en toda la población), había una inmensa higuera, a la cual llamaban la higuera mayor, por ser entre todas la más antigua, grande y frondosa. Contaban los pobladores que en sus mejores tiempos daba tal cantidad de higos que desde las comunidades vecinas se apersonaban a recogerlos. En el suelo, bajo sus ramas, llegaba a acumularse tanta fruta que una gran parte terminaba pudriéndose. Eran unos frutos muy negros, jugosos y dulces, que al madurar reventaban y de tan grandes podían comer hasta dos niños de cada uno. Cuentan que don Giovanni se casó muy joven con una de las empleadas que trabajaba en la casa de sus padres, a la cual llamaban la Mulata Ernestina. Los padres de Giovanni desde un principio se opusieron a esa relación, pero como los jóvenes estaban enamorados, terminaron por aceptar la unión. Como regalo de bodas les obsequiaron diez hectáreas de terreno que, a fuerza de trabajo, él y su mujer convirtieron en una de las más prósperas haciendas de la región. Le pusieron de nombre El Gran Angello, en honor al abuelo de Giovanni, quien fue en sus tiempos capitán de los *Camicia Nera*, un comando especial del ejército de Mussolini. Orgulloso, contaba que su abuelo fue fusilado en una revuelta en Italia cuando quisieron derrocar al Duce. Europa por aquel tiempo se desangraba en la Segunda Guerra Mundial. En su honor tenía un gran cuadro con el dibujo a carbón de su abuelo en la sala de su casa. Giovanni y la Mulata Ernestina tuvieron cinco hijos, cuatro de ellos salieron del mismo color de la piel de la madre, solo el mayor salió del color de su padre, y por ello lo llamaban el Blanquito Giuseppe.

Contaban los antiguos pobladores que cierta vez don Giovanni y su hijo mayor, el Blanquito Giuseppe, que por ese tiempo tenía doce años, regresaban del pueblo a caballo rumbo a su hacienda. Anochecía y el sol caía como roja moneda detrás del horizonte. Cruzaban el río Pedregal y al llegar a la otra orilla, frente a la higuera mayor, los caballos se detuvieron resistiéndose a continuar avanzando, encabritándose hasta casi lanzar a sus jinetes al suelo. Sorprendidos, intentaban controlarlos sin lograrlo. De pronto algo le llamó la atención a don Giovanni, al girar la cabeza hacia la higuera mayor vio en el centro de la planta unos ojos que lo observaban en la oscuridad y un olor intenso a podrido inundó el ambiente. Al agudizar la mirada distinguió en la rama más gruesa a un ser humanoide, agazapado, de ojos amarillentos, brillantes, que mientras mostraba sus colmillos le hizo una señal con la mano para que se acercara y luego se agarró de una rama en un ademán de lanzarse a tierra. La piel de don Giovanni se le encarrujó y los caballos echaron a correr despavoridos. Él gritó: «¡Ave María Purísima, el diablo!». Recurriendo a su dominio en la montura tomó el camino hacia la hacienda a todo galope. En la carrera gritaba a su hijo:

—Huye, Giuseppe, no mires atrás, huye… huye, hijo.

Pero el niño giró la cabeza y quedó mirando la higuera al tiempo que caía de la montura arrojando espuma por la boca mientras su caballo escapaba a galope. Su padre logró controlar al animal y retornó de inmediato, recogió a su hijo con gran esfuerzo y lo condujo a su casa todavía sin conocimiento. Mientras esperaban al médico y al sacerdote, su madre ordenó al capataz que lo cargara, lo llevara al cobertizo y lo colocara en el gran depósito donde bañaban a los perros. Una vez dentro, vertieron baldes con agua fresca y a las mujeres se les indicó que vaciaran trece botellas con agua florida. A las más jóvenes les ordenó que trajeran bolsas con estambres de tafídias, hojas de ruda y flores de girasol, las cuales colocaron en dicho depósito sumergiendo el cuerpo de Giuseppe, dejándole solo la nariz afuera para que respirara. Así estuvo cerca de cinco horas. Al llegar el grupo de mujeres rezadoras y purificadoras comenzaron los rituales y las plegarias para complementar su sanación. A pesar de los siete baños de florecimiento y sus protocolos, no lograron jamás quitarle el olor pestilente que había adquirido su cuerpo cuando cayó cerca de la higuera mayor. Los médicos de la capital jamás estuvieron de acuerdo en su diagnóstico e ignoraban a la vez qué tratamiento otorgarle. Nada más decían: «Hay que bajarle la fiebre sumergiéndolo en agua y hielo y que continúe en observación».

La fiebre nunca desapareció y después de cinco días sin recobrar el conocimiento, murió. Las ancianas del pueblo, encargadas de santiguar a los niños, curar el mal de ojo y otros maleficios, dijeron que se lo cargó el maligno porque al mirarlo frente a frente en la higuera, le robó el aliento. Los peones de la hacienda, en sus tertulias nocturnas alrededor de las fogatas, comentaban la muerte del niño Giuseppe y recordaban aquel pasaje cuando Jesús de Nazareth y sus discípulos cierta vez, regresando de uno de sus sermones en el campo, tuvieron hambre y al pasar frente a una gran higuera y comprobar que no tenía frutos que los alimentara, el maestro la maldijo y al instante se marchitó. Desde aquel momento existe la creencia que, en algunas higueras, sobre todo las más grandes, a medianoche suele encaramarse el maligno y permanece entre sus ramas a la espera de que alguien lo descubra para robarle la mirada o el aliento y llevárselo. Este ser demoniaco suele retornar al averno al amanecer. El caso del pobrecito Giuseppe fue difundido en el pueblo, pero muchos de los pobladores de la región no creyeron que esa fuese la causa de su muerte sino el golpe en la cabeza y, desoyendo las advertencias, continuaron acudiendo a coger higos de la higuera mayor".

***

En otra oportunidad, estando reunidos una noche para el cumpleaños de su tío-abuelo, al cual llamaban de cariño el Coronel José, fue Rodolfo, su primo segundo, quien les relató algo también referente a la higuera mayor.

***

"Resultó que un grupo de muchachos de la escuela se pusieron de acuerdo y, después de clases, tomaron el camino norte y se dirigieron hacia los naranjales cerca de la chacra de Rafael, conocido como el Barbón. Se escondieron entre los matorrales esperando a que oscureciera. Amparados por las sombras y el canto de los grillos, salieron de sus escondrijos. Un grupo de ellos treparon a los árboles para robar naranjas, mangos y duraznos, mientras los otros esperaban debajo con sus costalillos. Al llenarlos y estar a punto de retirarse, a dos de ellos se les ocurrió ir a la higuera mayor a sacar higos para que sus madres prepararan mermelada y la vendieran en el mercado. A pesar de que sus compañeros les gritaban que no fueran porque ese árbol estaba maldito, los desoyeron. Uno de ellos, el Manuelito, se trepó al árbol y comenzó a lanzar los higos a sus amigos que lo esperaban abajo, pero como los frutos eran demasiado pequeños trepó hacia las ramas más altas. De pronto, desde abajo su compañero vio que el árbol comenzó a estremecerse, como si un fuerte viento lo remeciera; sorprendido, escuchó a su compañero gritar desde lo alto: «¡Dios mío, el diablo!», y cayó rodando por la tierra. Los muchachitos, al escuchar el grito y ver a su amiguito cayendo aparatosamente, echaron a correr en estampida con dirección al pueblo, saltando las acequias, pisoteando los cultivos de rábanos y lechugas. Debido a que el Manuelito era más pesado y corría más lento se quedó al último. Al llegar a las primeras casas del pueblo informaron a la gente lo ocurrido y regresaron en grupo con los padres de Manuelito, provistos de antorchas y armados de escopetas, garrotes y machetes. Su madre fue la primera que lo divisó en la oscuridad. Yacía sin conocimiento cerca de la higuera. Tenía la cara muy roja y el cuerpo demasiado caliente. Su ropa estaba hecha jirones, parecía que una fiera la hubiera destrozado. De su cuerpo brotaba un olor fétido e insoportable y balbuceaba cosas extrañas: «¡No me lleves, no me lleves! ¡No me mires, que quema!», y otros disparates mientras convulsionaba. El grupo que la acompañaba se alejó, protegiéndose de la pestilencia. Sus padres lo condujeron al pueblo y de allí al hospital de la capital. Ninguno de los siete médicos que allí lo auscultó ni los tres médicos que había en la ciudad pudo identificar la enfermedad. Tres de ellos coincidieron que tenía la "fiebre de San Benito", dos lo diagnosticaron con "calores histéricos", otros opinaron que era "crisis de pánico en fase estacionaria", y el otro "demencia precoz en fase catatónica". El sacerdote del pueblo, que también fue convocado, opinó que tenía "el mal del pavor". Algunas vecinas en corrillos comentaban que era "el mal del ojo de satán" mientras se santiguaban. Su profesora de catecismo, que se enteró del caso y fue a visitarlo al día siguiente, comentó que Manuelito había escuchado el llamado del maligno por lo que había que rezar mucho para que se salve su almita y no se lo lleve. El niño murió cuatro días más tarde, sin haber recobrado el conocimiento ni haberse librado de ese olor nauseabundo que adquirió desde aquel día.

Transcurrieron cinco años desde que sucedió ese extraño suceso y un sábado de agosto al mediodía, en la parroquia del pueblo, después de la celebración de una misa por el alma de los dos niños, Giuseppe y Manuelito, a la cual acudieron pobladores y gente de los alrededores, se pusieron de acuerdo para derribar la higuera mayor y así expulsar al maligno de sus tierras. Provistos de hachas y machetes, con el párroco Ernesto García a la cabeza, se dirigieron hacia donde estaba plantada la higuera. Durante el trayecto, más gente de las zonas aledañas se fue sumando al tumulto, llegando a congregarse un aproximado de doscientas a trescientas personas. Por el camino iban cantando salmos y bienaventuranzas. Al llegar a la higuera mayor se sorprendieron al ver que los esperaba el capataz de la hacienda con diez hombres a caballo, armados con escopetas y provistos de perros. El gentío al divisarlos se detuvo y guardó silencio. El capataz, caracterizado por ser un hombre violento y díscolo, mordiendo un cigarro hizo una seña a sus hombres para que se queden en su sitio y bajen sus armas, adelantó su caballo y les gritó:

—Cura, llévese a su gente. No toquen la higuera mayor. Salgan de estas tierras porque es propiedad privada. Si no obedecen, vamos a meterles bala y echarles a los perros y usted será el responsable.

El sacerdote pretendió acercarse al capataz levantando la mano derecha con la cruz, pero un disparo cerca a sus sandalias lo detuvo. Los pobladores, en griterío, con machetes y hachas en alto, avanzaron en dirección al capataz y sus hombres. Estos los apuntaron de nuevo con sus escopetas y dos de ellos desmontaron de su cabalgadura y se aprestaron a soltar las cadenas de los seis perros que ladraban furiosos. La masacre de uno y otro bando era inminente. Pero el párroco, dirigiéndose a la gente, los contuvo, gritándoles:

—Hermanos en Cristo Nuestro Señor, calmaos porque la violencia no es buena. Yo me encargaré de esto, con la ayuda de Dios nuestro señor. Arrodillaos, tengan fe y recen trece padrenuestros en voz alta. La profesora de catecismo, señorita Inés Auqui, los dirigirá.

La gente titubeó, se miraban entre ellos desconcertados y de a pocos uno a uno fue obedeciendo al sacerdote bajando sus armas. A continuación, el cura se colgó la estola al cuello e inició una oración en latín mientras se acercaba a la higuera manteniendo el crucifijo en alto. Cerca de ella se detuvo y extrajo de su bolsillo un hisopo de metal y un pequeño acetre e inició una caminata alrededor de la higuera mayor mientras la rociaba con el agua bendita que extraía del acetre. La gente, de rodillas, bajo un sol inclemente de un Sábado de Gloria, rezaba en voz alta. Era un coro de voces, un sacerdote con el crucifijo en alto pronunciando palabras en una lengua extraña a un grupo de gente con los brazos cruzados sobre el pecho, inusitado espectáculo que parecía extraído de alguna escena del Antiguo Testamento o de una obra de teatro surrealista. El sacerdote continuaba rezando en latín, mientras rociaba la gigantesca higuera con el agua bendita. Al dar la séptima vuelta se escuchó un gran estruendo que parecía provenir de las entrañas de la tierra. Los perros escaparon en estampida hacia los cerros y los caballos de los hombres del capataz se encabritaron y echaron a correr despavoridos. La gente veía que la higuera mayor se ladeaba como si un fuerte viento la arrancara de sus raíces. Los pobladores huyeron abriéndose paso entre una nube de polvo que les producía tos e impedía la visión. El sacerdote continuaba impasible en su recorrido y su oración. La higuera mayor se ladeaba cada vez más hasta desplomarse de forma brusca, produciendo gran estrépito y polvareda que se esparció cubriendo al sacerdote, la higuera y alguna gente que persistió en el rezo y arrodillada. Los primeros pobladores que escaparon poniéndose a buen recaudo le gritaban al sacerdote que huyera. Los hombres de a caballo se detuvieron para observar distantes a través de la intensa cortina de polvo las siluetas difusas de personas que se movían semejando una pesadilla en blanco y negro. El sacerdote, imperturbable, concluyó su oración y guardó el hisopo y el acetre con agua bendita en el bolsillo de su sotana. Se arrodilló, dijo una oración que no se alcanzó a escuchar, levantó el crucifijo, bendijo la higuera y se retiró tosiendo en medio de la persistente nube gris de polvo y rodeado por once varones y la única mujer, la señorita Inés Auqui, que habían quedado del grupo original. El capataz y sus hombres, que observaban en línea desde la Loma del Tamarindo, se fueron retirando de dos en dos. Los pobladores, con el párroco a la cabeza, se reagruparon al borde del camino y enrumbaron hacia el pueblo cantando salmos. Al llegar a la parroquia, ingresaron y cerraron la gran puerta. Al salir, ninguno habló de lo que ocurrió en su interior. Los años transcurrieron y nadie hasta la fecha se ha podido explicar el suceso de aquel sábado. Y yo creo que eso fue cierto, porque nos lo contó de propia voz nuestro profesor de Historia, don Marco Antonio Palomino, que fue uno de los testigos cuando él tenía cinco años y, acompañado de su hermana mayor, participó en este extraño evento", terminó la narración Rodolfo.

***

Parado esa noche frente a la higuera, envuelto en la oscuridad y recordando esas historias, Kumer V sintió un estremecimiento similar al que sentía cuando niño y decidió retirarse. Caminaba de prisa, poco le faltaba para correr, deseaba recluirse en su habitación. Pero, al mismo tiempo, era de esa misma habitación que deseaba huir. Ingresó al hotel y se dirigió al salón central. Supuso que a esa hora estaría solo y se sentó disimulando el jadeo espectando el noticiero en el televisor. Giró la cabeza y descubrió que en la butaca de al lado estaba sentada una mujer, quien abstraída miraba también la pantalla. Con disimulo, él hizo hacia atrás la cabeza para lograr visualizar su perfil. Tendría unos treinta y dos a treinta y cinco años, de piel blanca, algo pálida, y cabello castaño. Vestía una corta falda negra que cubría sus piernas torneadas, una correa de cuero negro y líneas blancas resaltaba su angosta cintura. Kumer V carraspeó a fin de llamar su atención, ella giró la cabeza y le sonrió. Ambos se presentaron e iniciaron la conversación aprovechando que no había nadie más en el salón y en el noticiero informaban acerca de la ola de violencia desatada por ciudadanos venezolanos en el país.

—Creo que se debería de sentenciar con pena de muerte a esos asesinos que han descuartizado a esos dos jóvenes y, además, prohibir el ingreso de más venezolanos en el territorio nacional —acotó Kumer V.

—Estoy en completo desacuerdo con usted, con referencia a la pena de muerte. Solo existe un ser supremo que puede dar y quitar la vida y ese es Dios. Con referencia al ingreso de extranjeros al país, en eso sí estoy de acuerdo. Se debe de tener una mejor legislación y las autoridades de la frontera necesitan poner una mayor vigilancia. ¿No cree?

Kumer V no deseaba polemizar acerca del tema. Tenía muchos argumentos para contradecirla, pero pensó que no era la hora ni el momento. Interpretó además lo dicho como un intento de realizar proselitismo religioso de parte de esa señorita; esto le incomodó. Detestaba esa actitud manipuladora de la gente y optó por despedirse de manera cortés, agregando:

—Tienes razón Milagritos. —Y se marchó a su habitación.

Durante el corto trayecto reconoció en Milagros a una mujer agradable, sobre todo en su manera de hablar. Lo hacía lento, con un pronunciamiento marcado de las palabras, esbozando una agradable sonrisa cuando departía. Movía la cabeza de manera cadenciosa mientras mostraba sus dientes blancos perfectamente delineados. Tal vez la abordaría en otro momento. Total, él estaba solo y presumía que ella también. El asunto podría ser utilizando otra estrategia en la conversación, omitiendo lo religioso o conceptos que involucren alguna temática en ese campo, como la vida o la muerte; el momento y la circunstancias lo dirían, pensó.

Eran las nueve y treinta al ingresar a su habitación. Evaluó que para el día siguiente su trabajo sería intenso. Tenía que exponer su proyecto a dos empresarios y realizar cinco entrevistas importantes, era conveniente estar lo más lúcido posible. Antes de acostarse revisó el interior del clóset y debajo de la cama, como siempre lo hacía. Ese hábito lo inició desde que una amiga le contó que estando en un hotel de las playas del sur, en su segunda noche, al momento de acostarse, se le ocurrió sin tener un motivo preciso verificar el interior de su clóset y halló a un desconocido escondido dentro con quien se trabó en un feroz forcejeo. Al escuchar sus gritos, llegaron otras personas y capturaron al intruso; a partir de ese hecho comenzó a estar alerta en los hoteles. Luego de asegurarse de que no había un extraño en el cuarto, Kumer V preparó el material que usaría al día siguiente. Después de ducharse se acostó y el sueño lo venció a los pocos minutos.

TRES

Eran cerca de las dos y treinta cuando una sensación similar a la madrugada anterior lo hizo sobresaltar. Se incorporó de forma lenta, dirigió la vista hacia el lado de la puerta y allí estaban de nuevo, envueltas en la penumbra, aquellas dos piernas. Agudizó la mirada y las observó con mayor precisión. Distinguía de forma clara los zapatos hasta los tobillos y, a medida que iba subiendo la mirada, la imagen de las piernas se iba desdibujando e ingresaba a la penumbra hasta quedar en completa oscuridad debido a que la luz que provenía del poste de la calle, y que penetraba por la ventana, llegaba únicamente hasta esa parte. Sentía esa sensación de inseguridad que causa el no poder explicar ni controlar lo que sucedía en su habitación y que le impedía a la vez levantarse y confrontarlo. Era algo más que el miedo lo que lo mantenía sujeto a su cama. Cosa similar le había ocurrido en otras ocasiones, cuando a la medianoche escuchaba ruidos extraños en su casa de la capital y no se atrevía a investigar lo que ocurría; luego, al levantarse por la mañana, se reprochaba por no haber tenido el suficiente valor para ponerse de pie y confrontar aquello que lo había perturbado. En base a esa experiencia, esta vez lo planeó paso a paso… se iba a levantar y comenzar su recorrido rezando un *Padre Nuestro* en voz alta para que aquel ser lo escuchase, caminaría lento hacia la puerta sin mirar la silla, los ojos directos hacia el botón de la luz, concentrado en su oración, levantaría despacio el brazo izquierdo, presionaría el botón de la lámpara y, listo, lo que fuera desaparecería puesto que esos seres se presentan amparados por la oscuridad. ¡Estaba decidido! De pronto pensó:

¿Y si al encender la luz no desaparece aquel ser y yo soy el confrontado? No estaba preparado para eso, no sabría cómo reaccionar. ¿Se desmayaría? Hasta podría volverse loco, como había ocurrido en otros casos, según le habían contado. No le importaba, tenía que intentarlo. Era un adulto, profesional en la psicología, inteligente; por lo tanto, era necesario develar el misterio. ¡Estaba decidido! Contaría hasta tres y se levantaría... uno, dos, tres... y... no tuvo valor. Tendría que darse una segunda oportunidad, reinició el conteo... uno, dos, tres, cuatro, cinco, seis... no supo en qué número se quedó dormido.

CUATRO

Esperando al camarero en el comedor lograba divisar el amplio jardín interior del hotel. El aroma de los alhelíes ingresaba por los tres grandes ventanales perfumando el salón. El resplandor del sol se reflejaba en los cristales de los cuadros que colgaban de las paredes. Los dos ventiladores que pendían del techo rotaban a mediana velocidad expulsando una brisa tibia. A esa hora de la mañana existía gran tránsito en el comedor. Siete viajeros, aparentemente bolivianos o ecuatorianos, identificados por algunos elementos andinos propios de sus países en su indumentaria, habían dejado sus mochilas en el piso mientras desayunaban y reían. Kumer V pidió al camarero su desayuno característico, café con limón y un sanguche de pollo con mayonesa. De manera fugaz pasó por su mente el extraño suceso ocurrido durante la madrugada, pero decidió no darle importancia en ese momento. Necesitaba concentrarse e involucrarse en el trabajo. Revisó su itinerario del día. Concluyó el desayuno y abandonó el comedor.

Durante el desarrollo de sus entrevistas conoció a gente que consideró interesante. El director del Instituto Tecnológico Báez era un profesor de Matemáticas que, pese a sus setenta y seis años, estaba tan lúcido que era capaz de realizar mentalmente sumas de cinco cifras y multiplicaciones de seis números. Conoció a la directora de la oficina de OECE (Oficina de Estadística y Censo Escolar), señorita Delma Lora, que recordaba con exactitud y sin mucho esfuerzo los censos locales de la población escolar por sexo desde hacía diez años atrás hasta la fecha. Tuvo la oportunidad de conocer también al sacerdote de la orden franciscana, Luis Augusto Fernández, ya retirado, que oficiaba de voluntario en la biblioteca del seminario Los Santos Tardíos, y que, haciendo acopio a su prodigiosa memoria, podía mencionar el nombre de los doscientos sesenta y cuatro sumo pontífices de la iglesia católica, desde su fundación hasta la actualidad, así como el nombre de los diez papas que duraron en el pontificio más de veinte años y narrar al detalle la increíble historia de la única papa mujer que ha tenido la iglesia católica, la Papisa Juana, que ejerció el papado bajo el nombre de Juan VIII por el año 855 después de Cristo. Las siete entrevistas fueron suficientes para ese día, luego tocaría cuantificar datos, realizar cuadros estadísticos y elaborar histogramas. Eran las seis y treinta y cinco de la tarde, estaba agotado y hambriento.

Se dirigió al Restaurante Las Cinco Cucharas. Cortó camino por una calle no muy transitada y se extrañó al cruzarse en el trayecto con Milagros. Ella iba distraída, mirando el vacío. La saludó, y no le contestó. Reiteró su saludo, esta vez levantando la voz. Al escucharlo, lo miró sobresaltada y sonrió.

—Milagros, que coincidencia encontrarnos, recién termino mi trabajo y voy a cenar mi primera comida del día. Te invito, voy al restaurante que está a dos cuadras.

—Discúlpame, no te escuché, estaba demasiado distraída. Te agradezco, pero tengo algo pendiente. Será para otra oportunidad.

—¿Qué tal el viernes?

—De acuerdo —fue su respuesta.

—Entonces nos veremos el viernes —contestó entusiasmado.

Aparentaba estar abstraída pensando en algo, pero, aun así, con su cabello ondeando al viento y mirada perdida en el vacío, lo impresionó como una mujer misteriosamente bella. La quedó observando mientras se alejaba. Esta vez la veía en toda su magnitud. Tenía un caminar rítmico, falda corta y sandalias negras, era como si flotara sobre la tarde vaporosa. La siguió con la mirada mientras cruzaba la avenida hasta que la perdió de vista al doblar la esquina.

Continuaba recreándose en su mente con la imagen de Milagros mientras ingresaba al restaurante, llegó al fondo del salón y se sentó en su mesa habitual. El mozo que solía atenderlo, un tal Percy, le hizo una señal desde la entrada del local, la cual Kumer V interpretó como que le estaba preguntando si iba a pedir el mismo menú y le contestó que sí, apuntando el dedo pulgar hacia arriba. No tardó en llegar con su plato, lo comió mientras leía. A eso de las ocho de la noche, dejó el restaurante. Previamente tuvo una conversación con Rosita, la dueña, quien se acercó para preguntarle si el menú había sido de su agrado. Su conversación fue corta y amable, luego se despidió. Las dos cervezas lo relajaron mucho, estaba agotado y con sueño. Enrumbó al hotel.

En el trayecto se decidió por cambiar de habitación de todas maneras, pues esa extraña situación le estaba infundiendo más que miedo, inseguridad. Ingresó resuelto y esperó su turno para hablar con el encargado mientras fumaba su segundo cigarrillo del día. Tres personas lo antecedían en la fila, no tenía otra alternativa, esperaría. Al ser llamado por el recepcionista observó en su solapa una placa dorada con el nombre J. Gabilondo y línea abajo, recepcionista. Ya tenía elaborado su argumento.

—Soy el huésped de la habitación diecinueve, deseo por favor cambiarme a otra, de ser posible esta misma noche. En esa habitación no estoy cómodo.

Kumer V no deseaba abundar en detalles acerca de los extraños sucesos que allí estaba viviendo por no quedar en ridículo. Además, a nadie le interesaría la razón.

—No puedo darle una respuesta en este momento. Por favor déjeme primero verificar en la computadora y le contesto. —Se dirigió hacia el lado opuesto del mostrador. Mientras se alejaba, frotándose las manos, notó el tatuaje con el nombre Alice en el antebrazo izquierdo—. Todas las habitaciones están ocupadas, señor Kumer V, lo lamento, pero… —Y cambiando el tono de voz a fin de infundirle mayor cortesía agregó—: Para el jueves de la siguiente semana vamos a tener dos habitaciones desocupadas: una con ventanales hacia los jardines interiores y la otra de cama matrimonial con ventana hacia la plazuela donde está situada la parroquia del pueblo. Usted dirá cuál de las dos escoge.

—No señor, esto no puede ser. Yo deseo un cambio en esta misma noche.

—Lo lamento, no puede ser. Como le reitero, la totalidad de las habitaciones se hallan ocupadas al momento. Pero le aseguro que para el jueves de la semana entrante haremos el cambio. ¿En cuál de las dos habitaciones desea usted que lo ubique?

—Bueno, si no se puede hacer nada por el momento, deseo la habitación con la cama matrimonial.

—Muy bien señor Kumer V, ya lo tengo registrado en la computadora. Si no hay algo más en que puedo ayudarlo, que tenga usted buena noche y le reitero nuestras disculpas, a nombre del Hotel Los Tres Gritos, por no satisfacer su demanda de inmediato. Gracias.

No satisfecho con la respuesta que le ofreció el empleado, caminaba rumiando su enojo rumbo a su habitación. En eso se encontró con Milagros en el pasillo lateral del hotel. Se sorprendió, pues apareció de pronto, pero allí estaba con su eterna sonrisa que lo cautivaba.

—¿Por qué esa cara de disgusto, Kumer V?

—¿Por qué?, ¿se me nota? Estoy incómodo, a punto de explotar. Vengo de hablar con el encargado para que me cambie de habitación esta misma noche y me contesta que recién lo podrá hacer el próximo jueves.

En ese momento tenía a Milagros delante suyo. Poco antes, mientras comía, se le ocurrió conversar con ella y solicitarle su opinión acerca de lo que le estaba ocurriendo en su habitación, dado que también era otra huésped, pero ahora dudaba. No sabía cómo iniciar el tema. Tal vez lo consideraría un chiflado, pero no podía perder esa oportunidad y tenía que lanzarse a la piscina con zapatos y ropa (como dirían sus amigos en la capital), así que inició la conversación con algo trivial.

—Aquí el clima, a diferencia de la capital, es templado y seco, pero por la noche se enfría. Hoy me equivoqué y salí un poco desabrigado, mañana tendré más cuidado.

—Por esta temporada es así, pero en los siguientes meses el calor será intenso durante el día y la noche. Pero cuénteme: ¿A qué se debe esa cara de pocos amigos?

Ella había puesto el tema en bandeja, como solían decir sus compañeros de trabajo en la capital. *Tenía entreabiertos los labios, solo faltaba acercarme y darle el beso"*, tarareó sonriendo para sí mismo. Esta vez Milagros llevaba el cabello suelto, cayendo sobre sus hombros como delgadas sombras. Incluso sin maquillaje resaltaban los rasgos finos y armónicos de su rostro y la blusa negra un poco escotada exponía unas pequeñas pecas en el pecho, justo en el espacio donde se insinuaba el inicio sensual de sus senos. Le propuso sentarse en el sillón rojo, aprovechando que estaba desierto el salón central en esos momentos, y beberse un café. El encargado le contestó disculpándose porque la cocina estaba cerrada a esa hora y no podía acceder a su pedido.

—Bueno, Milagros, ojalá que mañana, con mi jornada de trabajo, olvide esta molestia con referencia a esa ruidosa habitación diecinueve que me perturba. Lo peor de todo esto es que este es el único hotel decente que tiene este pueblo.

—¿Y por qué esa urgencia de cambiarte de la habitación diecinueve? ¿Qué te está ocurriendo?

—Milagros, ¿Te sientes cómoda en la habitación en que estás?

—Yo me siento excelente, con el favor de Dios. Y tú, para que duermas tranquilo y protegido, ¿tienes el hábito de rezar antes de irte a la cama?

—En verdad, no estoy habituado. Cuando niño lo hacía, pero no sé en qué momento de mi vida lo abandoné. Aunque lo retomaré, te lo prometo, porque supongo que lo necesito. Eso sí: creo que es algo más complejo que el omitir o rezar unas oraciones. Milagros, lo que te voy a contar es algo muy personal y no deseo que me tomes por chiflado. Cada madrugada ocurren cosas raras que me impiden dormir tranquilo y eso desde la primera noche que me alojé en este maldito hotel.

A medida que Kumer V avanzaba en su relato la información que le daba era más cuantiosa. Describió de forma detallada desde la primera vez que descubrió esas piernas envueltas en la penumbra, el terror que esto le causó la noche inicial, lo cual se convirtió de manera paulatina en inseguridad constante. Hasta le confesó que temía algún daño que le podría causar ese ser.

—Lo peor de todo, Milagros, es que lo que ocurre en mi habitación no lo puedo controlar y hasta corro el riesgo de impulsarme a abandonar mi cama y salir a dormir al parque.

Ella lo escuchaba atenta, sin perder un solo detalle. Por momentos mecía la cabeza de arriba hacia abajo como si comprendiera o reflexionara. Se tocó la barbilla unas tres veces, se acomodó el cabello y, al concluir el relato, no formuló ninguna pregunta al respecto, su opinión fue contundente:

—Kumer V, yo creo en fantasmas, es decir, los llaman así por denominarlos de alguna manera. Voy a simplificarte el asunto. Ellos son seres que no pertenecen a este plano, es decir, a nuestro mundo físico, o como desees llamarlo, pero permanecen entre nosotros muchas veces en contra de su voluntad. Esos son restos de personas que vivieron en nuestro mundo y lo que ve el observador no es precisamente su espíritu sino algo parecido. Es decir, una parte de ese ser, a la cual le llaman peri-espíritu. Puede que ellos hayan muerto de forma repentina o después de una prolongada agonía. Pero eso no es lo importante, sino que algunos han fallecido teniendo algún apego o algo significativo que saldar o cumplir en esta vida. Los entendidos en estos temas son los que estudian la fantasmogénesis, es decir los parapsicólogos, tanatólogos o los espíritas. Ellos refieren que en la mayoría de los casos estos seres han tenido en vida apegos a cosas materiales o incluso a personas y hay quienes también dejan alguna tarea, importante para ellos, sin concluir y esto lo necesitan saldar siendo esta la causa que les impide concluir su proceso de tránsito de nuestro mundo físico hacia alguno de los planos espirituales que les corresponde y no pueden irse en definitiva sin antes concluirlo, por eso permanecen aquí. Muchas personas no están preparadas para morir y cuando esto sucede, se resisten a aceptarlo o lo niegan y su peri-espíritu permanece divagando en los lugares que frecuentaban. Existía el caso de un minero que tenía tanto apego a su mina de carbón y a la riqueza que esta le proveía que después de fallecido sus vecinos lo veían sentado a la entrada de la mina por espacio de treinta años. Yo creo que lo que está instalado en tu habitación es el peri-espíritu o ente fantasmal de alguien, pues la característica de este tipo de seres es que suelen interactuar con el observador, tienen contacto visual, pueden conversar con él, e inclusive entregarle mensajes o llegar a tocarlo. A diferencia de los espectros, que son otro tipo de peri-espíritus que según la parapsicología no interactúan con el observador, sino que permanecen realizando el mismo ritual, como jalar cadenas en un monótono recorrido, vagar por un bosque o asomarse por la misma ventana de una casa, algunos de estos entes provienen de personas que en vida han sido buenas y pertenecen a escalas superiores de la evolución espiritual y se les llama seres de luz; y otros, todo lo contrario, se les denomina seres de oscuridad, porque poseen una gran carga de maldad y su naturaleza es causar daño y sufrimiento con quien interactúa porque pertenecen a escalas inferiores del plano espiritual y están contaminados con muchos defectos y vicios considerándose su moral muy pobre. A veces esta carga de maldad es tan potente que pueden reducir o anular las defensas del individuo y apoderarse de su cuerpo, suprimiendo su voluntad. Los exorcistas y algunos otros estudiosos llaman a eso estar poseído o espiritado. Existe una significativa bibliografía que trata este tipo de fenómenos llamados paranormales. Yo te recomiendo tres libros que son básicos para poder comprender algo de esto, uno se llama *Contacto con el otro lado*, el otro es *El manual de los médiums* y uno con muchos casos que ilustran este tema, como el tuyo, que se llama *¿Hay alguien allí?* Es conveniente que los leas para que te documentes y no corras riesgos. Pero a la vez sería recomendable que vayas a la parroquia de la ciudad y converses con el párroco, el padre Baldovino D'Antonio, acerca de lo que te está sucediendo y solicites una misa por ese ente que no sabemos quién es ni en qué condición está dentro de la escala espiritual.

—Me sorprende lo que me cuentas Milagros. Intuyo que, por la información tan profunda que me has dado, eres una entendida en este tema. ¿Cómo es que sabes tanto? ¿Perteneces a algún círculo, agrupación espírita o de estudios paranormales?

—No te puedo comentar más por ahora, tal vez en otra oportunidad, es tarde y debo irme. Pero antes de retirarnos te digo que tal vez podrías ayudarlo informándote con ese ser acerca de lo que dejó inconcluso cuando vivía en este mundo físico. Eso tal vez sea tan importante para él que lo mantiene fijado en este plano y le impide su tránsito definitivo al otro nivel que le corresponde para su descanso definitivo.

Kumer V la escuchó con atención, elevó la mirada hacia el techo y murmuró:

—Milagros, esto que me está ocurriendo es demasiado extraño y molestoso. Hoy noche tendré que volver a enfrentarme a todo lo que te he narrado, pero ahora con una diferencia: lo haré con más confianza. Te agradezco haberme escuchado y explicado cosas que ignoraba. Que tengas buena noche y dulces sueños.

Mientras enrumbaba a su habitación pensó que lo que le había manifestado Milagros debía de tomarlo con cuidado. Rescatar lo lógico e identificar cuál de los aspectos estaban fuera de la realidad y eran anticientíficos, pero no deseaba ingresar a disquisiciones filosóficas o científicas a esas horas de la noche, le era urgente irse a la cama. Después de ducharse, se acostó renegando por tener que soportar todo lo que estaba ocurriendo por cuatro días más, pero no le quedaba de otra. Deseó con toda su fuerza que esa noche no se presentara ese ser y pudiera dormir tranquilo. Recordando lo manifestado por Milagros, rezó las consabidas oraciones rescatadas de su infancia. Y aunque no las recordaba completas, insistió en ellas hasta quedarse dormido.

Esa noche se despertó inquieto a las dos y quince de la madrugada. Paseó la vista por la habitación y lo encontró todo normal. Entonces dudó de lo acontecido las noches anteriores y mientras recordaba lo dicho por Milagros, volvió a quedarse dormido. De pronto, algo similar a lo acontecido las anteriores madrugadas lo despertó. Abrió los ojos y allí estaban de nuevo, la atmósfera fría, aquel olor, pero esta vez ya no tan desagradable, y las dos piernas envueltas en la penumbra, que a diferencia de otras veces ya no le infundieron miedo. Sintió más bien un sentimiento de curiosidad y un impulso de exploración lo invadió. Rezó un *Padre Nuestro*, se persignó, se sentó en la cama y se atrevió a hablar con voz pausada y suave que semejaba un susurro:

—Amigo: quien quiera que seas, no me hagas daño. Te voy a rezar para ayudarte a que descanses en paz.

Inició con cierto temor el *Padre Nuestro*, ya que fue lo primero que se le ocurrió. Su voz se escuchaba temblorosa siendo más notoria en el silencio de la habitación y por momentos sentía la boca muy seca y un débil dolor le apretaba la garganta. Al concluir la oración, observó que las piernas que habían permanecido quietas desde el inicio de sus apariciones, como si se tratara de una fotografía en blanco y negro, se habían movido de forma lenta y trémula cambiando de posición. Estaba ahora una pierna diferente sobre la otra. Esto lo interpretó como un mensaje.

¡Me está escuchando, me está escuchando! Pero… ¿Cómo comunicarme con él? ¿Hablándole? No creo, ¿Por escritura? He sabido de casos, pero no me atrevo, seria invadir un campo desconocido para mí y no sabría cómo comportarme.

Recordó lo manifestado por su amiga Milagros y lo consideró demasiado peligroso.

¿Qué medio de comunicación utilizar, Dios mío? Pensó y pensó, desde las alternativas más descabelladas y riesgosas hasta las más ingenuas e infantiles. Transcurridos algunos minutos surgió en su mente su habitual, *¡Eureka, ya lo tengo!* Creyó haber arribado a una posibilidad. Tal vez usando la posición alternada de sus piernas una sobre otra podría crear un tipo de código. Era una alternativa simple y rudimentaria, pero quizá diera resultado. Estaba entusiasmado. Pensó dejarlo para el otro día en que muy probable tendría más valor que en ese momento. Pero no, tenía que intentarlo esa misma noche. Rezó esta vez un *Ave María* en voz alta, intentando comunicarle a ese ser que era creyente y tenía el apoyo del Cielo. Al concluir, empezó hablando con cierto temor:

—Amigo, te voy a hacer unas preguntas y me vas a contestar simplemente con un Sí o un No cambiando de posición tus piernas. Si es un Sí, colocas la pierna derecha sobre la izquierda y si es un No, viceversa. ¿Estás de acuerdo?

Terminó de hablar y esperó… esperó… *No se mueve, sigue quieto, creo que esto no funciona. Lo volveré a intentar, le repetiré las instrucciones,* se dijo.

En medio de ese silencio ensordecedor el temor lo invadió de nuevo induciéndolo a abandonar su objetivo. Identificó aquel sudor frío en la frente, se sintió indefenso y que necesitaba protegerse con algo. Estaba comunicándose con un ser del más allá sin saber las consecuencias. Recurrió a la oración a San Miguel Arcángel de su infancia, infundiéndole un cierto valor, la que repitió por una segunda y hasta tercera vez y al concluir se sintió un poco fortalecido y se propuso intentar de nuevo la comunicación con aquel ser:

—Amigo, te voy a hacer unas preguntas y me vas a contestar con un Sí o un No cambiando de posición las piernas. Si es un Sí, la pierna derecha sobre la izquierda y si es un No, la pierna izquierda sobre la derecha. ¿Estás de acuerdo?

Observó en medio de esa penumbra que todo continuaba igual, como si se tratara de una postal antigua. Por momentos reconocía que el ambiente en la habitación se tornaba más pestilente y bajaba aún más la temperatura, obligándolo a cubrirse por completo el cuerpo, dejando solo su rostro al descubierto.

Y ¿si la subida y bajada de temperatura fuera a la vez un código que me envía aquel ser para comunicarse a su manera? ¿Cómo saberlo?, se preguntó inquieto. No tenía respuesta, solo le quedaba observar las piernas.

—No se mueven. Esto no está funcionando —se dijo en voz baja—. ¿Y si me estoy equivocando en el idioma y no es el castellano el que habla ese ser sino otro? Voy a intentarlo en inglés y, si no, en italiano o portugués, tal vez en alguno de ellos resulte. Pero antes esperaré un par de minutos.

Cuando estaba a punto de verbalizarlo en inglés, percibió un leve y tembloroso movimiento en ambas piernas hasta lograr de forma lenta superponer una sobre la otra.

—¡Oh, sí! Cambió de posición la pierna en señal de Sí, me respondió...me respondió. —Estaba entusiasmado—. Ahora podré comunicarme con él... pero ¿qué pregunta le haré?, Dios mío, ilumíname.

Una mezcla de entusiasmo e incertidumbre lo invadieron. Se secó con la sábana el sudor frío que le cubría la frente. Sentado en la cama observaba las enigmáticas piernas en penumbra. Sin embargo, algo le impedía continuar.

Me estoy comunicando con un ser que pertenece al mundo de los muertos, pero debo de cuidarme de no involucrarme demasiado con este ente de ultratumba, analizó Kumer V.

Se dio valor rezando otra *Ave María*. Su voz, más calma, aún mantenía ese timbre trémulo que le causaba su inquietud. Sentía la boca seca, similar a una cascara de naranja bajo el sol de un mediodía de verano. Vacilante, le formuló la siguiente pregunta:

—¿Deseas que ordene una misa por tu alma?

Se quedó observando las piernas en la penumbra, esperando respuesta. Estas permanecieron inmóviles. El silencio y la incertidumbre se mezclaban, cubriendo su cuerpo con ese sudor frío y pegajoso que le causaba el enfrentarse a lo desconocido. Estaba cruzando ese límite entre la vida y el misterioso mundo de los muertos que muchos no se atreven ni siquiera a aproximarse. Se percató de dos gotas de sudor que le bajaban de manera lenta por el cuello, generándole un desagradable cosquilleo. De pronto un estremecimiento. La sensación de incertidumbre, culpa, matizada con un cierto desaliento. *¿Qué estoy haciendo, Dios mío? ¿Comunicándome con un ser fantasmal? ¿Acaso abriendo un portal para que otros entes de su condición ingresen y me causen daño?*

El pensar en lo probable y fuera de su control hizo que recobrara ese miedo que pensó superado. Le pareció por unos instantes que su cama se movía. Luego se percató que era su propio cuerpo el que temblaba. Se cubrió la cabeza con la sábana y esta le devolvió su aliento caliente en la cara. Se volvió a secar el sudor. En esa habitación no tenía control de nada, ni siquiera de su cuerpo que temblaba como un gato mojado. Se sentía indefenso, su única protección era la sábana. No podía ser posible lo que le estaba ocurriendo. *En qué me he metido*, pensó. Cubierta la cabeza con la sabana rezó de nuevo. Al finalizar, se sintió aliviado y se imaginó estar un viernes en la capital tocando guitarra y cantando con sus amigos en el divertido Bar El Chorito. Suspiró profundo. Después de esos pensamientos se sintió mejor, se secó las manos y la frente con la sábana y fue descubriéndose poco a poco la cabeza, miró hacia el fondo y allí continuaban esas dos piernas inmóviles cubiertas por esa penumbra de la madrugada. Pensó que desde que había aparecido ese ser en su habitación no se le había acercado ni mostrado indicios de desear causarle daño, podría tratarse entonces de un ser de bondad o, como diría Milagros, un ser de luz.

El tiempo transcurría y Kumer V se estaba agotando. No podía deducir el tiempo transcurrido desde que inició la comunicación con ese ser, pero poco a poco se fue tranquilizando. Ahora se sentía más relajado y sin temblor en su voz. Le hubiera gustado abandonarlo todo, rezar hasta dormirse. Pero no, más podía ese sentimiento de curiosidad y exploración que le caracterizaba, por eso trabajaba en mercadotecnia, le agradaba investigar y conocer las sociedades de mercado, los micro grupos de consumo, los valores de inducción a la compra. Por eso Kumer V continuó con su exploración. Deseaba saber quién era ese ser y lo que tenía pendiente que le impedía descansar en la paz eterna. Suspiró profundamente, relajó los hombros y continuó con la observación de las piernas en espera de un indicio negativo o afirmativo. Pero no respondían, continuaban en la misma posición. *¿La propuesta de hacerle una misa en su nombre, la desechaba? ¿Estaría enojado? Esos seres tienen emociones y, por lo tanto, ¿pueden enojarse?* Esperó. Permanecía fijado a esa cama con la vista clavada en esas piernas que continuaban inmóviles semejando una estatua de mármol gris de cementerio. Se infundió valor y le volvió a plantear la pregunta:

—Amigo, ¿deseas que se celebre una misa para tu descanso eterno?

Después de un tiempo, que le pareció interminable, observó que iniciaba de forma temblorosa el movimiento de su pierna hasta colocarla sobre la otra. ¡La respuesta era No! Kumer V tuvo un sobresalto. Su respuesta de rechazar la misa lo hizo suponer que podría tratarse de un ser de oscuridad, con una carga de maldad. Se sintió amenazado y en peligro. Su cuerpo tuvo otro estremecimiento grosero. ¿Qué tipo de ser era el que estaba en su habitación? ¿Lo ponía en riesgo el que rechazara la misa que le ofrecía? *Creo que he llegado demasiado lejos*, terminó diciéndose. Esas disquisiciones le produjeron de nuevo el deseo de abandonarlo todo. *¡En qué carajos me he metido!*

Sintió el impulso de levantarse, encender la luz para que todo eso concluyese. Sin embargo, algo lo inducía a continuar con esa locura al mismo tiempo que se resistía a levantarse de esa cama pues ella y la sabana eran su supuesta protección. Kumer V continuaba batallando entre la incertidumbre y la curiosidad, esa disonancia que lo incitaba a seguir adelante y conocer más. Eso le llevó a formularle la siguiente pregunta:

—Amigo, ¿el ser fantasma te hace sufrir?

Esperó su respuesta. En el fondo del pecho reconoció esa opresión y el latido apurado que le ocasionaba la perplejidad.

Observó que de forma lenta y temblorosa una pierna se movía sobre la otra, significando un ¡Sí! Tomó valor y preguntó de nuevo:

—¿Deseas permanecer en esta habitación?

El movimiento lento de la pierna trasladándose sobre la otra era una respuesta de ¡Sí!

Se le ocurría hacerle muchas más preguntas para continuar explorando el mundo en el que ese ser permanecía, pero se resistía a formularlas, temía más que a las preguntas... a sus respuestas. Agudizó la mirada y recién se percató de que por las características de las piernas podría tratarse de un varón, lo cual aumentó su curiosidad.

Kumer V suspiró profundo intentando recobrar la ecuanimidad y preguntó:

—¿Por la longitud, forma de tus piernas y el uso de tus pantalones deduzco que eres varón, sí o no?

No esperó mucho tiempo. Al igual que en ocasiones anteriores las piernas se movieron de manera lenta en señal de ¡Sí!

—Y como todos debemos de tener un nombre y no sé el tuyo te voy a llamar Amigo Nocturno, ¿estás de acuerdo?

Las piernas del extraño ser se movieron en respuesta de No.

—Hay cientos de miles de nombres de varones en el mundo, no llegaría a saber jamás el tuyo. Ya pensaré qué nombre ponerte.

Kumer V miró el reloj. Al percatarse de la hora reaccionó con inquietud, necesitaba dormir, aunque fuese un poco. Por la mañana tendría un intenso trabajo, así que optó por despedirse:

—Amigo, tengo que trabajar temprano así que voy a dormir, buenas noches.

Kumer V miró detenidamente y comprobó que las piernas se movieron en señal de Sí.

—Lo del intenso trabajo era cierto, pero yo lo usé más como un pretexto para concluir con una conversación que desconocía hacia dónde me estaba direccionando —murmuró a la sábana.

Estiró su cuerpo y se acostó a todo lo largo de la cama. Por primera vez se sentía más confiado en esa habitación. Se cubrió con la sábana y la sintió húmeda, al igual que la almohada. Aquel extraño olor en la habitación se había disipado y la temperatura había recobrado su estabilidad. Superando la penumbra, intentaba observar las piernas al detalle.

Agudizó sus sentidos y por momentos le pareció escuchar una respiración dificultosa y entrecortada proveniente del lugar en donde aquel ser se hallaba. Necesitaba dormir, pero ahora, más consciente que las noches anteriores, le era difícil hacerlo compartiendo la habitación con un ser etéreo. Por momentos sentía que tenía un poco controlada la situación. No sabía por qué, pero a diferencia de los otros días, estaba un poco más sosegado; sin embargo, se sentía a la vez extraño, y hasta estúpido, hablándole a un ser que tal vez ni existía y era producto de su imaginación. *¿Y si me estuviese volviendo loco y esto es una alucinación? ¿Necesitaré ir a consultar a un psicólogo clínico o psiquiatra acaso? ¿A visitar a uno de aquellos personajes que llaman espiritistas? Bueno, el tiempo lo dirá. Pero, de todas maneras, a pesar del rechazo de la misa por parte de aquel ser, igual voy a ir a consultar con el sacerdote.*

Por momentos se sentía ridículo. No podía creer que a una persona de la capital con estudios universitarios, inclusive con dos maestrías, le estuviere ocurriendo todo eso. Si a su retorno a la capital se lo contaba a sus amigos, no le creerían. Muchas cosas daban vueltas en su mente. Ignoró en qué momento se quedó dormido.

CINCO

Por la mañana Kumer V tuvo un despertar diferente. Se sintió extrañamente reconfortado. Miró la silla vacía, se acercó y colocó su mano sobre el respaldar. Tuvo la sensación de que después de un encuentro amical una persona conocida se había marchado al amanecer y presentía que retornaría por la noche… es más… ¡lo deseaba! Después de ducharse, vestirse, cogió su maletín y salió rumbo a las oficinas de la parroquia.

Los grandes ventanales del hotel reflejaban un sol amarillo y brillante tornando más verdes las hojas de los árboles y resaltando aún más el color de las flores. El calor ya se estaba apoderando de la ciudad. La gente apresurada, cada vez en mayor cantidad, iba invadiendo las calles rumbo a sus labores. Los escolares, con sus uniformes multicolores, se dirigían bulliciosos a su escuela, algunos acompañados por sus padres, otros conduciendo sus bicicletas o patinetas. Los autos transitaban sonando sus bocinas, los policías en las esquinas pitando sus silbatos intentaban dirigir los vehículos de la mejor manera. La ciudad había despertado. Un gran grupo de adolescentes se encontraba agrupado detrás del semáforo, listos para cruzar la avenida, un policía de tránsito detuvo los vehículos y ellos franquearon la gran pista. Kumer V atravesó el parque y se dirigió hacia la parroquia, la puerta principal y la de la sacristía estaban aun cerradas. Desde allí, mientras observaba la dinámica que operaba en la ciudad, sintió que alguien le tocaba el hombro, era Milagros.

—Buen día Kumer V. Sabes que anoche, después de nuestra conversación, me puse a reflexionar acerca de lo que te estaba ocurriendo y me he informado con uno de los miembros más antiguos del personal del hotel si alguno de los huéspedes había reportado o quejado de algún incidente extraño ocurrido en alguna de las habitaciones.

—Interesante y oportuna pregunta, Milagros. Y ¿qué te contestó?

—Respondió que algunas veces, sobre todo las mujeres, habían comentado que en la habitación diecinueve se escuchan sonidos de movimiento de objetos o sombras que pareciera que salen o ingresan y también que suelen escuchar pasos de una persona que por sus pisadas fuertes pareciera que fuera un varón y caminara con botas. Pero son comentarios formulados como hechos anecdóticos y no como quejas o reclamos, por eso nadie le ha dado importancia. Pero lo que te voy a decir tal vez te ayude en algo, es acerca de un santo llamado el "santo de las almas en pena". Se trata de un sacerdote italiano de nombre San Nicolás de Tolentino. Este personaje, que pertenecía a la Orden de San Agustín, tuvo en su vida algunas experiencias místicas y muchos contactos con seres fantasmales que estaban en tránsito hacia el otro mundo, a los cuales solía llamar amigos/fantasmas. Él, mediante sus plegarias, los había sacado de ese estado y concluido con éxito su transición hacia su descanso eterno. A manera de agradecimiento, sus amigos/fantasmas, antes de su desaparición definitiva, se le materializaban para despedirse, inclusive esto ocurrió delante de sus compañeros monjes y otros testigos, causando la fuga de ellos. Esta característica, junto con algunos milagros que realizó en vida y, sobre todo, porque después de noventa y siete años de haber fallecido, al trasladarlo de su sepultura original a la de su ciudad natal, hallaron su cuerpo incorrupto, es decir, no se había descompuesto y permanecía como si hubiera fallecido recién, fueron luego consideradas como las pruebas relevantes para obtener su beatificación y posterior santificación. Por eso pienso que te ayudaría una plegaria escrita por este santo que se reza a las almas en pena, o fantasmas, para ayudarlos a enrumbarse a su eterno descanso. Si la deseas, en la siguiente ocasión que nos encontremos te la entrego. Ahora me despido porque me esperan.

Le pareció que Milagros tenía mucha certidumbre en lo expresado, pero Kumer V lo percibía muy compatible con la superstición y proselitismo religioso; no obstante, accedió a su propuesta por curiosidad, para explorar y, más aún, para ver si de alguna manera influenciaba y mejoraba lo que le estaba ocurriendo.

La espera a que abrieran la puerta de la parroquia se prolongaba y se dirigió al restaurante habitual, Las Cinco Cucharas, a tomar un desayuno ligero. Concluido, retornó a la parroquia a contactar con el padre Baldovino D'Antonio. La entrevista se realizó en su oficina. Luego de presentarse, le informó al detalle lo que estaba ocurriendo en aquella habitación desde la primera noche. El párroco lo escuchó atento. Al terminar le formuló preguntas acerca de su vida, del motivo por el que estaba residiendo en la ciudad, la religión que profesaba, si sus padres recibieron el sacramento del matrimonio por la iglesia católica, si él recibió el sacramento del bautizo y la primera comunión, su estado civil, si mantenía relaciones sexuales y algunos otros datos que, por ser muy personales, consideró incómodo compartir, pero que igual se los informó; deseaba ver posibilidades para modificar lo que le sucedía. A continuación, inició su comentario con una crítica por estar realizando ese tipo de prácticas arriesgándose a consecuencias peligrosas. Le recordó que la iglesia prohibía la brujería, hechicería, superstición y espiritismo y todo aquello que fuera en contra de la fe católica.

—No voy a realizar ninguna misa por ese ser —dijo de forma contundente—. Sin embargo, podría hacerla bajo ciertas condiciones.

En esos poco minutos con el sacerdote, Kumer V se sintió criticado, rechazado y, más que investigado, que el cura trató de escudriñar lo más posible en su vida privada. Ya estaba hecho. Ahora deseaba saber las condiciones que plantearía el padrecito con referencia a la misa, a lo mejor llegarían a un acuerdo.

—Primero, es urgente que usted se confiese y reciba la santa comunión. Segundo, debe de abandonar de forma definitiva esas prácticas demoníacas de comunicación con aquel ser y, tercero, aproximarse nuevamente a Dios asistiendo a las misas dominicales. La decisión la tiene usted, lo estaré esperando.

El sacerdote se levantó de forma súbita y abandonó su oficina. Kumer V se quedó solo y consternado en ese pequeño habitáculo. Le pareció que el interrogatorio al que fue sometido utilizó un mecanismo similar al que usaba el santo oficio de la Inquisición o, como mínimo, que el cura era un genuino representante del Opus Dei. *¿Esto significa que para intentar ayudar a ese ser, tengo que cambiar yo mis usos y costumbres?*, se preguntó. Sintió toda la interacción como un chantaje. Con paso lento salió a la calle rumiando su enojo y desconcierto. Sabía que no podía decidir acerca de la propuesta del sacerdote en ese momento, debía concentrarse en su trabajo y recuperar el tiempo por aquellas horas invertidas en el tema del amigo/fantasma que ahora consideraba improductivas.

Esperando para realizar una entrevista en la oficina de uno de los diarios de la ciudad, conoció al periodista Alfredo del Río, quien fue autor de un libro que resultó ganador en un concurso literario en el extranjero y con quien entabló una amena conversación. Kumer V había leído su obra y le atrajo su estilo de crónica policial. También descubrieron que los escritores Paco Rodríguez y Fernando Gudiel eran amigos comunes y colaboradores en la revista literaria *Letras Vivas*. Le comentó acerca del libro que le tenía cautivado de la escritora y a la vez médico, Dani Vasot. Allí narraba y explicaba acerca de los innumerables casos de ECM, es decir, experiencias cercanas a la muerte que tuvieron algunos pacientes en su práctica profesional.

Además, en su obra, esbozaba explicaciones neurológicas y psicológicas de esa extraña experiencia que las personas que la han vivido llaman "el túnel". Lamentó despedirse en lo mejor de la conversación al ser llamado para su entrevista con el gerente del diario; no obstante, intercambiaron sus números de teléfono para futuros encuentros.

En lo que duró su jornada de trabajo durante el día tuvo la extraña sensación de ser acompañado o, mejor dicho, seguido por alguien. No eran pasos lo que escuchaba, era la rara percepción de tener como acompañante a un adlátere, sensación que nunca había sentido con anterioridad. Lo mismo ocurrió durante su cena a las ocho de la noche en el habitual Restaurante Las Cinco Cucharas. Una inexplicable sensación, como si una persona inmaterial estuviera observándole desde la silla al frente suyo, causándole que se le encarrujara la piel. Al sentirse tan incómodo, prefirió permanecer poco tiempo y marcharse al hotel. Aquel día el trabajo estuvo tan intenso y agotador como los días anteriores, con la única diferencia de esa extraña sensación.

Ingresó a su habitación, se sentó en la cama y comprobó los documentos y anotaciones realizadas hasta ese momento. No estaba satisfecho con su trabajo, no había avanzado lo suficiente, así que reprogramó algunas actividades para el día siguiente. Antes de acostarse, se acercó a la silla y la observó, la cogió por el espaldar y, por alguna extraña razón, la aproximó un poco más a su cama. Al acostarse rezó un par de *Padre Nuestros*. Recordó lo dicho por Milagros y lamentó no tener a la mano la oración para las almas en pena del tal Tolentino. Continuó planificando sus actividades pendientes para el otro día y, sin percatarse, se quedó dormido.

La baja de temperatura, el olor característico previo a la aparición de aquellas fantasmales piernas y la sensación de ser observado lo despertó esa noche al igual que las anteriores. Abrió los ojos y supo que no se equivocaba, allí estaba todo en aquella penumbra. Sin embargo, la sensación de miedo de los otros días ya no la sentía, se percibía más tranquilo y confiado. Tenía la impresión de que lo que ocurría en aquella habitación ya no era amenazante para él.

Se sentó en la cama y observó con detenimiento desde la punta del zapato hasta donde se hacía difusa la imagen, a la altura de la rodilla, y luego desaparecía. Descubrió una novedad: veía en las extremidades un leve movimiento intermitente, como si se tratase de alguien impaciente o que esperara algo. Se vio impulsado a levantarse, encender la luz y verle la cara frente a frente, si es que la tenía. Pero a la vez algo también se lo impedía. Aún no había superado por completo ese rescoldo que lo aterró cuando niño y que ahora sentía, pero de diferente manera. Tenía un mayor control sobre sí mismo y hasta creía que tenía un cierto manejo de lo que ocurría a su alrededor. Se armó de valor y, desoyendo la recomendación del sacerdote D'Antonio, luego de rezar un *Padre Nuestro* reinició el diálogo con ese ser:

—Hola amigo, ¿has venido a visitarme?

Su voz sonaba temblorosa, algo rasposa, pero menos que las veces anteriores. Observó que las piernas se movieron en señal de Sí.

—¿Estás cómodo, satisfecho, en el lugar en que has permanecido todo este tiempo?

Temía alguna respuesta inesperada, pero continuó. Las piernas se movieron en señal de No.

—¿Puedo hacer algo por ti, para que te sientas mejor?

Veía que las piernas, temblorosas y muy lentas, se superponían una sobre la otra en señal de No.

—¿Has permanecido en esta habitación más de cincuenta años?

Las piernas se deslizaron respondiendo con un No.

—¿Más de cien años?

Se percató que las piernas ante cada respuesta presentaban un movimiento un poco más rápido y vigoroso. La respuesta fue Sí.

Algo lo impulsó a detenerse. Pensó las cosas un poco más: *Tal vez me estoy involucrando demasiado con este ser y después no pueda desligarme de él; o, como dijo Milagros, que llegue al punto de penetrar en mi cuerpo y apoderarse de mi voluntad. Estoy sospechando que la extraña sensación que he sentido durante todo el día de haber sido perseguido por la ciudad mientras trabajaba, ha sido él.*

Una incertidumbre volvió a invadir a Kumer V, ahora dudaba si debía o no seguir explorando lo insondable. Dirigió de nuevo su mirada hacia la silla y allí estaba, moviendo de forma trémula sus piernas como esperando algo. Agudizó la mirada y por primera vez se percató de que calzaba botas de cuero altas. A pesar de la penumbra distinguió que eran de color marrón oscuro, con una delgada correa a la altura de la pantorrilla. Dedujo que serían de militar, pero de un ejército del siglo pasado. Estaban cubiertas de tierra, con salpicaduras, tal vez de barro, muy maltratadas y gastadas en la zona de los tacos. Kumer V estaba descubriendo lo que el terror de días anteriores le impidió ver. Algunos centímetros más arriba de las botas, pudo distinguir de forma tenue un pantalón color kaki, el cual, introducido dentro de las botas, le confirmaba que en vida el hombre habría pertenecido a la milicia. Ese nuevo descubrimiento lo motivó a continuar, orientando su interrogatorio hacia esa área.

Las numerosas respuestas que de manera paulatina iba obteniendo lo conducían a elaborar la aproximación de su perfil y paso a paso fue armando su rompecabezas. Estaba entusiasmado. Dedujo que se trataba de un militar que perteneció al ejército chileno, cuyas tropas estuvieron acantonadas en esa zona del centro del país durante la Guerra del Salitre, entre los años 1879 y 1881. Antes de convertirse en hotel, ese local fue una gran residencia que los militares chilenos transformaron en su cuartel. Él fue uno de los soldados que vivió allí. De pronto una intensa sensación lo estremeció. Necesitaba continuar con esa extraña conversación o terminarla en definitiva, como le recomendó el padre D'Antonio. Creyó que era suficiente por esa noche. Algo lo perturbaba; por lo tanto, no deseaba saber más. Le agradeció por la conversación, se despidió como solía hacerlo, y, luego de rezar, se quedó dormido.

SEIS

Por la mañana el pensamiento de Kumer V se centró en la historia que descubrió de aquel ser y comenzó a organizar la información hasta el momento obtenida. Se trataba de un militar chileno que vivió en ese hotel un siglo atrás o tal vez más. Pero surgía un inmenso vacío en esa breve historia, sus demás compañeros militares descansaban en paz… y él… ¿por qué no? El rompecabezas estaba en definitiva incompleto, necesitaba obtener información oficial y fidedigna. Las únicas fuentes confiables eran las dos bibliotecas, la nacional y la local, así que decidió ir a la de la ciudad para recopilar referencias históricas complementarias. Su trabajo por la mañana fue muy nutrido. Se propuso saltarse la hora de almuerzo y emplear ese tiempo en la biblioteca. El calor era muy intenso, en cada dos o tres esquinas compraba una botella de agua helada y se la tomaba seco y volteado. Durante su recorrido volvió a presentir que cada vez que cruzaba una calle o entraba o salía de algún edificio, alguien inmaterial caminaba a sus espaldas o lo observaba con intensidad. De lejos divisó el edificio de la biblioteca en el lado izquierdo de la plaza mayor. Compró una botella de agua helada durante el trayecto e ingresó. Se trataba de una antigua casona, la mayor parte construida de madera, de un solo piso. Al pasar el umbral fue recibido por el típico olor a humedad, recogida sobre todo en los tablones que levantaban la arquitectura y tendían sus pisos. Gruesas columnas de caoba oscura sostenían el techo alto de donde colgaban por doquier arañas de bronce, cada una con sus veinte focos encendidos, produciendo una intensa iluminación. El camino desde la entrada principal hacia el interior lo cubría una desgastada alfombra marrón con flores grises. Las paredes color habano y techo elevado le daban un ambiente lúgubre, semejante a una antigua iglesia abandonada. Siguiendo los señalamientos ubicados en las paredes, llegó hasta la oficina principal y se presentó ante la directora, una mujer que aparentaba unos cuarenticinco años. Llevaba lentes redondos de cristal blanco, su cabello gris recogido en una cola, y no usaba maquillaje. Su cuerpo, que aún conservaba las armónicas líneas de su juventud, lo cubría un vestido negro de dos piezas.

—Buenas tardes, señora, deseo obtener información histórica y social acerca de la ocupación chilena, aquí en San Arturo de los Caballeros, durante la Guerra del Salitre. Deseo informarme, a la vez, acerca de la historia del Hotel Los Tres Gritos.

—De manera gustosa lo orientaré, señor Kumer V. En verdad poca gente foránea viene a informarse acerca de la historia de nuestro pueblo. El público más numeroso que acude por nuestros servicios es escolar y pocos adultos.

—¿Qué? —respondió de inmediato—. Discúlpeme, pero ese es mi nombre; sin embargo, desconozco ¿cómo es que lo sabe? A nadie le dije que vendría a la biblioteca.

—Bueno, señor Kumer V, es una historia un poco compleja, en otro momento se la puedo explicar. Pero aquí lo puedo ayudar. Yo sé que su especialidad no es la Historia sino la Psicología y la Mercadotecnia, pero de todas maneras si lo desea lo podría poner en contacto con el Grupo Literario Palabras Libres, que tenemos en nuestra ciudad, o con la Asociación de Historia, cuyos miembros se reúnen los últimos viernes de cada mes en el auditorio de nuestra biblioteca.

—¿Qué? ¿Cómo? —reiteró, manifestando nuevamente su sorpresa—. Sí, esa es mi profesión y mi especialidad, pero señora… ¿Quién le ha informado de esos datos acerca de mí?

—Como ya le he manifestado, señor Kumer V, esto es muy complejo, pero le contestaré sus preguntas en su oportunidad.

—Tiene razón. Mi interés es personal. Yo soy Psicólogo Social especializado en Publicidad y Operaciones de Factibilidad y Mercadeo. Estoy aquí para recabar información y un área que me agradaría explorar es el desarrollo comercial que ha tenido la población de San Arturo de los Caballeros desde la Guerra del Salitre hasta la actualidad.

—Eso también lo sé, señor Kumer V, pero no me está diciendo la información completa. Aunque en realidad eso no tiene importancia, igualmente gustosa lo orientaré en lo que busca. Comenzaré diciéndole que no soy señora, sino señorita, desde mi nacimiento —dijo mientras esbozaba una sonrisa que Kumer V no supo cómo interpretar—. Sin embargo, tengo un niño, y me agradaría que lo conociera en su profesión de psicólogo, pero dejémoslo para otro momento —concluyó y de inmediato se puso de pie—. Sígame —acotó, iniciando el recorrido por un largo pasillo de cuyas paredes laterales colgaban diez grandes cuadros con fotografías de los anteriores directores de la biblioteca. En el centro de la pared estaba localizada una placa de bronce otorgada por el alcalde de la ciudad, don Javier Felipe Uribe, a esa institución, en reconocimiento a sus labores educativas en pro de la comunidad. Al llegar al fondo del pasillo, ingresaron a la sala lateral derecha y sobre un vetusto escritorio yacían esperando los dos grandes libros, el tomo seis y siete que Kumer V estaba necesitando acerca de la historia de San Arturo de los Caballeros, años 1879 y 1880, lo cual no dejó de sorprenderlo, aunque no lo manifestó, y sin decir nada, los colocó con dificultad bajo ambos brazos. Continuando su recorrido llegaron a otra sala más pequeña donde resaltaba en la puerta la inscripción: *"Hemeroteca"*. De los estantes de la entrada pendían listones de madera que contenían cientos de amarillentos periódicos. La directora se acercó al lado izquierdo y señaló sobre el segundo escritorio tres libros forrados con papel cuerina color azul donde se leía los años 1879, 1880, 1881. Le señaló luego una pequeña habitación contigua con una gran mesa, informándole que en ese lugar podía realizar su trabajo. Le encendió la luz central y antes de retirarse le informó que podría servirse café y que los vasitos descartables estaban sobre la repisa, junto con el azúcar, anotando que el local cerraba a las ocho de la noche.

Con cierta dificultad Kumer V trasladó los cinco grandes libros al escritorio señalado sin dejar de pensar en lo extraño de las circunstancias en la que estaba involucrado, primero el etéreo personaje del hotel y ahora esa mujer. ¿Quién era esa rara señorita que lo atendía con modales tan familiares? ¿Cómo es que estaba informada de sus datos personales? Y luego mencionó que tenía un niño muy especial, ¿Por qué sería tan especial ese niño? *Bueno, todos los niños son especiales para sus padres*, se contestó. Pero ¿para qué necesitaba que el niño lo conociera en su función de psicólogo?, como mencionó ella. Todo eso le sonaba bastante inaudito, pero no deseaba distraerse, así que se concentró en su objetivo.

Eran las dos y diez cuando Kumer V inició su búsqueda. Al abrir uno de los tomos, el polvo y los ácaros acumulados durante tantos años entre sus páginas le produjeron una serie de estornudos. Durante su jornada de investigación seis veces se levantó a beber café y otras tantas al baño. El silencio de la biblioteca lo inducía a una modorra; no obstante, se propuso avanzar lo más que pudiese. Terminó de leer el volumen cinco, desde la fundación de San Arturo de los Caballeros hasta la época en que apareció la fiebre del oro. En uno de los acápites leyó que uno de sus habitantes más antiguos, proveniente de Australia, se dedicó a la minería, lo llamaban el Abuelo Stanislao, y fue tildado por los pocos habitantes de aquel entonces de loco. El Abuelo se levantaba muy temprano a buscar oro, internándose entre los cerros a escarbar la tierra. La sorpresa de la población fue grande. Halló oro en uno de los socavones de la zona más accidentada del cerro Rocas Blancas. Dicho acontecimiento, del cual hicieron eco los diarios de la época, tanto locales como de la capital, atrajo a gran cantidad de forasteros de diversas partes del país, sobre todo de la costa, incrementando no solo la densidad poblacional de la ciudad sino también el turismo, el comercio y la delincuencia.

Iba por la quinta taza de café cuando inició la lectura del siguiente tomo, puntualizando su búsqueda en los años de la invasión chilena. Se detuvo en la lectura del encabezamiento del *Diario La Voz*, en la columna escrita por el abogado Oscar Pequeño, que en grandes letras informaba: *"El joven Víctor Hugo Reenn de forma heroica se entregó al ejército chileno para evitar una masacre"*. A medida que avanzaba su lectura el interés en los hechos que habían ocurrido en dicha ciudad se acrecentaba. El reloj de la biblioteca marcaba las siete y quince de la noche cuando comenzó a organizar la información recopilada en forma cronológica.

El hotel donde Kumer V estaba hospedado había sido un siglo atrás una antigua casona que perteneció a la acaudalada ciudadana austriaca, Lady Sophie Reenn, quien llegó a América del Sur huyendo de la guerra en la que se debatía por aquella época su patria. Ella recorrió el norte del país buscando un lugar donde asentarse y en esa búsqueda quedó cautivada por la belleza de la campiña de San Arturo de los Caballeros, por lo cual compró aquella casona a la familia española Villegas Uribe de Velazco-Astete, que retornaba a su patria después de vivir cerca de noventa y cinco años en el país. Al año y medio de vivir en la ciudad ingresó al círculo de vecinos notables, debido a la ayuda humanitaria que realizaba con los pobladores y la contribución económica para el urbanismo de la ciudad. En una de las tantas reuniones en la alcaldía conoció al peruano Roberto Balta Villalta, dueño de una pequeña mina de carbón. Se trataba de un joven viudo cuya esposa había fallecido víctima de la fiebre de San Benito y con quien, después de un corto noviazgo, contrajo matrimonio. Al contrario de la usanza de la época, Roberto abandonó su apellido original adquiriendo el de su esposa y comenzó a llamarse Robert Reenn. La pareja era aparentemente feliz. En corto tiempo compraron los terrenos circundantes, ampliando su hacienda; invirtieron en la explotación de la mina de carbón, comprando una pequeña flota de camiones para su traslado; importaron ganado cebú del Brasil y abrieron una lechería en el centro de la ciudad. No obstante, la felicidad para el matrimonio Reenn no era completa, no tenían hijos. Los esfuerzos que realizaron los médicos locales y de la capital por cerca de dos años para lograr que Lady Sophie quedara embarazada, fracasaron. Para compensar ese vacío, el matrimonio decidió adoptar a dos de los hijos de sus peones, ambos de la misma edad, siete años, a los cuales bautizaron con los nombres de Víctor Hugo y Carlos Alfonso. Los niños se trasladaron a vivir en la casona de los Reenn y empezaron a disfrutar de todas las bondades que les otorgaban sus prósperos nuevos padres. Su bienestar era notable, eran dueños de grandes parcelas de terreno, una gran casona, ganado cebú, vacuno y equino, una mediana mina de carbón, flota de camiones, lechería, y una excelente biblioteca. Los niños fueron creciendo e inicialmente recibieron clases particulares para su educación primaria con una profesora proveniente de la capital que acudía a la casona Reenn tres veces por semana. Al cumplir los doce años, y a fin de otorgarles una educación compatible con sus pretensiones aristocráticas, fueron enviados a la capital para que estudiaran en uno de los mejores planteles de la época, el Colegio Nacional Guadalupe. Lady Sophie contactó con uno de sus connacionales y los niños se mudaron a vivir en casa del reconocido joyero, don Adolf Chotek, cuya familia estaba integrada por la esposa Lady Mary y sus dos hijas, de veintitrés y veinticuatro años, Lady Mary Ruth y Lady Lourdes Inés, todos de nacionalidad austriaca. El joyero mantenía un próspero negocio importando oro de las minas de Bolivia. Su casa-joyería, llamada el Chotek de Oro, se ubicaba cerca al palacio de gobierno. Los domingos por la mañana se reunían en la casona del joyero unas seis o siete familias amigas pertenecientes a la alta burguesía de la capital. Durante la tertulia departían con panecillos de anís acompañados del sabroso café brasilero Sonhar, del cual el joyero era a la vez uno de los importadores. El objetivo de esas amicales reuniones era intercambiar información acerca del escenario económico y político, nacional e internacional, lo cual incidía en la toma de decisiones para las inversiones en los negocios de los contertulios. Al concluir la velada, salían en grupo y recorrían a pie la avenida Abancay bajando por el jirón de la Unión hacia la catedral para asistir a la misa de las doce, concelebrada por el reverendo padre monseñor Felipe Carbonell de la Cuba y el jesuita Jaime Obando. Los hijos de los Reenn participaban en ese tipo de eventos sociales y se instruyeron y desarrollaron en aquella atmósfera de abundancia económica y social.

Al ser atacado Bolivia por Chile, que por años se había venido armando militarmente financiado por Inglaterra; y después de tener unos enfrentamientos con su pobre ejército, ser derrotado en vista de la desigualdad de fuerzas, el país andino se retiró de la contienda bélica. Así fue como el Perú se quedó solo en los enfrentamientos con el país del sur sufriendo la consecuente invasión de su territorio. Después de que los chilenos bombardearon los puertos y ciudades del sur del Perú, llegaron a la capital e iniciaron la destrucción y saqueo de las viviendas de ciudadanos civiles, así como lugares históricos y estratégicos.

Los Chotek no se salvaron de sufrir el impacto de dicha barbarie. Hasta San Arturo de los Caballeros llegó la noticia del saqueo de la joyería de su amigo y compatriota, informándose a la vez que de madrugada retornaron los soldados chilenos embriagados y violaron a las dos hijas y a tres de sus empleadas. Lady Sophie y su esposo, Míster Robert Reenn, al informarse del caos y violencia que ocasionaban las hordas chilenas, viajaron a la capital y retornaron con sus dos hijos, que ya habían cumplido dieciséis años. En uno de los suplementos dominicales de aquella época, del *Diario La Voz*, se informaba que el ejército chileno en la madrugada del jueves 24 de octubre de 1880 ingresó y ocupó la ciudad de San Arturo de los Caballeros, confiscando la casona de los esposos Reenn y todos sus bienes. El oficial al mando, capitán Urrutia, adujo que por estar ubicada la vivienda en un lugar estratégico no podía estar en manos de civiles; por lo tanto, la convirtió en un centro de observación militar y punto de enlace de su ejército. Más abajo, en dicha crónica periodística, se informaba que el destacamento militar que tomó posesión de la lujosa mansión estaba conformado por nueve personas; entre ellos, un capitán de infantería, un sargento mayor, seis soldados y un civil administrativo encargado de las estadísticas y logística. El periodista narró que en el bando militar leído en la plaza principal de la ciudad manifestaba que el oficial chileno a nombre de su país perdonaba la vida a los esposos Reenn y a sus dos menores hijos, porque pertenecían a un país neutral, y les permitía continuar viviendo en la casona, asignándoles los galpones habitados también por sus peones, la caballeriza y a la vez los cuartos donde se guardaban las herramientas de labranza. El ganado, caballos, las plantaciones, mina de carbón, flota de camiones, lechería, así como las pertenencias de la casa, muebles, alfombras persas, pinturas, esculturas, biblioteca, lienzos, joyas y dinero en efectivo pasaban a ser propiedad del ejército chileno y administrados por el capitán Urrutia. En uno de los párrafos del bando militar leído, se obligaba a que los esposos Reenn asignaran diariamente tres peones para ponerlos al servicio de sus soldados, sin remuneración alguna. En otro de los voceros periodísticos de aquella época, *Ecos de San Arturo*, la periodista Dora Swayne de Olarte informaba que los soldados chilenos permanecieron viviendo en dicha casona durante un año y tres meses, momento en que fueron transferidos por orden de su comando militar hacia otro punto del territorio.

Hasta allí llegó Kumer V en su lectura y en el acopio de la información. Agotado y con cierto ardor en los ojos se despidió de la directora señorita Gloria Álvarez, no sin antes agradecerle su amabilidad e informándole que volvería pronto para completar la investigación y conversar acerca de su niño especial. Incluso le dijo que si se daba tiempo hasta podría entrevistarse con el hijo de la bibliotecaria en su función de psicólogo. Rumbo hacia el hotel, mientras organizaba en su mente la información obtenida, algunas interrogantes le surgieron. Los soldados que vivieron en la casona de la familia Reenn, convertida en cuartel, eran ocho militares y un civil. El ser que aparece de madrugada en la habitación no es el civil, dado que lleva botas con características castrenses. Entonces es uno de los militares, pero *¿cuál de ellos? ¿Cómo identificarlo?*

Y lo más complejo del asunto: *¿Por qué tan solo el alma de uno de esos seres permanece divagando en el hotel y no también sus compañeros que a la actualidad deben de estar convertidos en polvo? Las cosas se están tornando más interesantes en este pueblito, pero a la vez complejas; la curiosidad me está ganando y ha sobrepasado al temor que sentía en un inicio. Ahora ha aparecido otro elemento que me genera a la vez curiosidad... la señorita Gloria de la biblioteca... esto está como para escribir una novela,* murmuró para sus adentros.

Al llegar al hotel el cansancio lo vencía. Ingresó al pequeño comedor y solicitó un café expreso con limón y un sándwich con pollo, espinaca y mayonesa. El comedor se mostraba silencioso y sombrío a esa hora. Una pareja de italianos ocupaba la mesa del sector lateral derecho. Por la gran ventana del comedor que daba hacia el jardín izquierdo ingresaba el aroma a alhelíes que por la noche se hacía más intenso. Hacia el fondo, las flores que horas antes presentaban sus vívidos colores, en ese momento semejaban manchas de sombras que se prolongaban hasta perderse en la nada. Mientras observaba absorto el mantel a cuadros rosados y grises de la mesa, pensó: *Esta investigación personal me está absorbiendo no solamente demasiado tiempo sino también energía, mañana debo programar mejor mis actividades.* Levantó la mirada y se entretuvo mirando las aspas del ventilador que giraban en el techo, comenzó a contarlas, una dos, tres.... se detuvo cuando había llegado a los setenta y siete. «¡Uy carajo!», exclamó, «me estoy auto hipnotizando como en las películas mirando ese aparato», y concluyó esbozando una sonrisa.

Llamó al mozo. Este tardó en llegar; y cuando apareció, mostraba señales de haber estado dormitando. Le presentó la factura de la cuenta para la firma, el lapicero se le cayó al piso dos veces mientras se lo entregaba, a modo de disculpas dijo:

—Disculpe señor, hoy hemos tenido muchos clientes y el cansancio me ha ganado.

—No te preocupes, muchacho, así hay días, lo mejor de todo es que tenemos trabajo.

Se despidió dándole una palmada en el hombro y se dirigió a su habitación. En ese corto recorrido escuchó a sus espaldas las risas de los italianos arañando el silencio de la noche. Se percató de que la alfombra del pasillo había sido recién lavada pues expelía un olor a detergente perfumado que se le hizo agradable. Entró al cuarto y después de apagar la luz y acostarse se dijo entre dientes: «Como han cambiado las cosas. Antes deseaba que aquel ser no aparezca y ahora ansío que lo haga. Sin lugar a duda las motivaciones cambian de acuerdo con las circunstancias».

Comenzó a preparar las preguntas que le haría a fin de ir organizando mejor su historia y poder identificarlo. No supo en qué momento se quedó dormido. Por la mañana, sobresaltado abrió los ojos. No tenía idea de si esa madrugada el ser fantasmal apareció y él no lo percibió impedido por su agotamiento. Nunca lo sabría.

SIETE

Ese amanecer se levantó reconfortado y a primera hora ya estaba camino a su primera entrevista. Ingresó a una mediana oficina y mientras esperaba sentado cerró por un momento los ojos y vino a su mente la figura de Milagros, sentada a su lado, mostrando sus atractivas piernas cruzadas. Se percató de que en ningún momento había mencionado si era soltera o casada y desconocía también qué habitación del hotel ocupaba. Al fin y al cabo, el que fuera casada, soltera o viuda no era importante, sino que fuera mujer, atractiva, y encima que le llevara tal vez unos tres o hasta cinco años de diferencia porque, según él, eso la colocaba como una persona con mayor experiencia de mundo. Lo impresionaba como una persona culta y bien informada, que utilizaba al hablar palabras poco comunes. ¿Tendría alguna profesión? ¿A qué se dedicaría? ¿Qué haría en esa ciudad? En la próxima oportunidad le preguntaría todo eso que recién se le venía a la mente. Intentaría que la conversación fuese más personal, así que buscaría excluir los temas periféricos. Otro de los elementos que le agradaba mucho a Kumer V era que las veces que se vieron su cuerpo expelía un agradable aroma de flor de lavanda. No obstante, también existía algo que le desagradaba y aquello era la orientación que le daba a sus conversaciones, ese tufillo de catecismo pueblerino. A pesar de eso, él sabía que podría manejar la conversación, ser tolerante y pasar con ella un momento agradable. Era viernes, Kumer V y sus amigos solían llamarlo sábado chiquito allá en la capital, así que se propuso contactarla cuando concluyera su jornada y proponerle salir a algún sitio para bailar, cenar, conversar o lo que fuere, sería entretenido pasar un buen tiempo a su lado y tal vez hasta productivo

Miró su reloj, la secretaria se estaba tardando demasiado en llamarlo. Se sintió un poco contrariado, tenía que recuperar el tiempo invertido en la biblioteca. El día siguiente sería sábado y las instituciones estatales no funcionarían y algunas privadas tampoco. Era necesario que realizara la mayor cantidad de entrevistas. Por momentos le daba la impresión de que el tiempo transcurría demasiado rápido. Media hora después, al cruzar la avenida Garcilaso de la Vega, tuvo la sensación de que solo tenía un par de días de haber arribado a esa ciudad y no era cierto, estaba por cumplir una semana, el sol de ese cielo había perfilado innumerables veces su sombra sobre sus veredas. *Así es como transcurre la vida*, pensó Kumer V. *La gente suele levantarse a diario para ir a su trabajo, convencida de que esa es su misión en este mundo, seducidos por un salario cómplice. Caminan las mismas calles, pisando su propia sombra, soterrando el hecho de que todos llevamos en la frente una fecha de vencimiento. La vida sigue transcurriendo entre aquellos momentos que estúpidamente esperamos que ocurra algo especial porque...*

La voz de la secretaria lo sacó de sus reflexiones. La entrevista fue rápida y efectiva, lo cual le permitió salir raudo a la siguiente cita. Llegó a la oficina de correos y ya lo esperaba el director, un simpático señor que lo sorprendió al saberse de memoria el íntegro de las calles de la ciudad. Su nombre era Iván Lizárraga, se inició como cartero y llegó a aprenderse de memoria las calles de toda la ciudad e incluso las callejuelas de los caseríos de la periferia, y mediante sus méritos y organización en el trabajo había llegado al puesto de director. Dos o tres veces por semana recorría a pie las calles para recordar sus nombres y hacer ejercicios que le mantuvieran su excelente memoria.

Aquel día Kumer V realizó siete entrevistas. No almorzó. El vacío que sentía en su estómago lo compensó comiendo de forma fugaz un sándwich y bebiendo un jugo. La última entrevista fue a las seis de la tarde. Estaba agotado. Caminó hacia la alameda en búsqueda de alguna banca para descansar y evaluar el resultado del trabajo esa jornada. Deseaba avanzar en su investigación y, si tenía tiempo, buscaría a Milagros en el hotel para salir y pasar con ella un momento agradable.

Se sentó debajo de una palmera que, por el grosor, la altura, y cantidad de anillos en su tronco, podría tener unos ochenta a cien años. Mientras descansaba y revisaba sus apuntes lo abordó una joven de unos veintiocho a treinta años y se sentó a su lado. Dijo llamarse Heidi de la Cruz, ser dominicana, haber nacido en el pueblo de San Francisco de Macorís y ser trabajadora social en su país. Había llegado a la ciudad esa mañana y estaba en plan de turismo. Mientras se presentaba cruzó las piernas mostrando sus muslos trigueños debajo de su corta falda amarilla. Ella lo observaba desplazando sus ojos desde la cabeza a los pies.

—Te veo solo y triste, creo que necesitas compañía —le dijo mientras sus labios dibujaban una sonrisa y con sus manos acomodaba su largo cabello negro que caía sobre sus hombros desnudos—. Podemos ir a bailar, cenar, o pasar la noche juntos, la cosa es llegar a un acuerdo. Solo voy a permanecer en la ciudad este fin de semana pues regreso a la capital y de allí a mi país —terminó diciendo.

Kumer V le agradeció su propuesta manifestándole que no estaba triste y prefería tener de compañía a su soledad.

—Te lo pierdes —le dijo, poniéndose de pie. Antes de marcharse le pidió le invitara un cigarro. Estiró el brazo izquierdo para cogerlo y Kumer V distinguió algunas cicatrices de punzadas en el antebrazo, evidencia de las constantes inyectadas por uso de drogas ilícitas. Le encendió el cigarro y la joven le sujetó la mano para protegerlo de un viento que no soplaba. Dio media vuelta y echó a andar. Mientras se alejaba volvió de nuevo la cara para mirarlo y le preguntó expulsándole el humo en pleno rostro—: ¿Estás seguro? ¿Me voy? —Este bajó la cabeza sin contestarle y continuó revisando sus apuntes mientras escuchaba el taconeo de sus zapatos al alejarse. Reconoció que había avanzado lo suficiente, pero le faltaba aun confeccionar los histogramas por población y sector productivo. Se propuso realizarlos el fin de semana. Debía evitar que se acumularan.

Cinco jóvenes hablando en voz alta y riéndose pasaron delante suyo llevando dos bolsas con latas de cerveza. Mucha gente, sobre todo jóvenes, se iban agrupando en las esquinas. Los transeúntes caminaban deprisa, como pretendiendo llegar puntuales a alguna cita imaginaria. Era evidente que el viernes de diversión había comenzado.

Sentado en aquella banca le incomodaba tener incompleta la historia para identificar a aquel visitante fantasmal de la madrugada, eso lo lograría tal vez aquella tarde, explorando los libros y diarios en la biblioteca, o inclusive podría recurrir a la señorita Gloria, la bibliotecaria. Transcurrieron cerca de diez minutos en ese breve descanso. Volvió a pensar en Milagros, en el exquisito aroma a flores que emanaba de su cuerpo cada vez que estaba cerca de ella, se imaginó sus ojos color caramelo, sus piernas deliciosas, y su forma cadenciosa y agradable de conversar. La consideraba una mujer bella, diferente, hasta interesante. Se levantó y se propuso dejar la cita con Milagros pendiente o tal vez para el sábado, que también era un día propicio. Aun no oscurecía y enrumbó a la biblioteca.

Eran las seis y treinta de la tarde cuando Kumer V ingresó. Muy pocas personas había sentadas. La señorita Gloria Álvarez levantó la cabeza y lo reconoció de inmediato. Le esbozó una sonrisa desde su escritorio siguiéndolo con la mirada. Esta vez estaba diferente, llevaba su cabello negro suelto, un pálido maquillaje cubría sus mejillas y un tenue labial dibujaba sus labios. Se había desprovisto de aquella ropa negra y holgada del día anterior. *Tendrá quizá una cita con algún caballero o quizá una reunión social*, pensó mientras se aproximaba para saludarla.

—Buenas tardes, señor Kumer V. ¿Viene a completar su información? Hoy es viernes, la gente suele salir a divertirse y usted sigue trabajando. Nuestra ciudad le ofrece muchas alternativas para divertirse, ¿las conoce? —fue el recibimiento de la directora.

—Sí, comprendo lo que me dice, pero el deber es primero. Necesito completar hoy la información que quedó faltante. En un inicio pensé que iba a ser más sencillo pero cada vez descubro más datos que son interesantes y a la vez importantes para mi trabajo.

—¿Recuerda usted el código de los diarios y el número de los volúmenes de los libros o requiere mi ayuda? Hoy no tengo mucho que hacer, los lectores casi no vienen los viernes, prefieren el karaoke o la disco. Inclusive podría hasta contarle acerca de mi niño y que me dé su opinión o hasta tal vez algún consejo al respecto —acotó.

—Sí, tengo anotados los códigos de los libros. Sin embargo, la vez pasada al retirarme me quedé pensando cuando me mencionó lo de su niño. ¿Qué tiene de especial su hijo? Hábleme brevemente de él.

—Oh, claro, desde luego — contestó—. Pero por favor tome asiento, es solo por un momento. Es mi hijo, yo soy madre soltera, él tiene en la actualidad ocho años y cinco meses, es retraído y no socializa.

—Por favor, señorita Gloria, deseo sea más precisa con la información. Los psicólogos necesitamos la precisión y la descripción exacta, la escucho.

—Él se llama Niccolo, no Nicolás sino Niccolo. Mi papá deseó que se llamara así, como aquel famoso violinista italiano. Desde muy niño demostró tener una excelente memoria, recordaba hechos que ocurrieron antes de que él cumpliese el año de edad. Él recuerda con exactitud el viaje que hicimos a la capital para que conociera a mis padres, Niccolo recién tenía diez meses y tiene grabados en su mente todos los detalles. Dos meses después, se produjo un incendio en su casa y ellos fallecieron. Él recuerda a mi papá tal cual era, lo describe con sus lentes negros y su chaleco. A mi mamá la recuerda en la cocina, con su mandil azul, preparándole su biberón. Uno de los sucesos más extraños fue que cierto domingo, cuando había cumplido los cinco años, al salir de la iglesia vimos en la plaza mayor a un grupo de jóvenes músicos interpretando canciones folclóricas y él se quedó impresionado con el sonido del violín, desde allí insistió en que le compre uno; pero como es un instrumento muy caro, recién le he podido comprar uno de segunda mano, como regalo de cumpleaños, al cumplir los siete. Apenas lo tuvo entre sus manos comenzó a interpretar las canciones que le escuchó a esos jóvenes aquella vez al dejar la iglesia. Nadie le enseñó nada, él recordaba exactamente las melodías. Niccolo fue quien me dijo que usted vendría a la biblioteca en busca de información de la Guerra del Salitre y de la historia de Los Tres Gritos, y además me dio algunos de sus datos personales. Niccolo duerme solo de tres a cuatro horas diarias y se levanta muy temprano a leer. Viene a la biblioteca y se lleva tres o cuatro libros. Él mismo se ha impuesto leer todos los libros que hay en la biblioteca desde la A hasta la Z, como hacían antes los enciclopedistas, por eso duerme poco y lee bastante y eso a mí me preocupa. Otro de los sucesos sorprendentes fue cuando Niccolo se despertó llorando aterrado una noche gritando: «Se quema mami, se quema papi», y al otro día nos informaron de la capital que en la madrugada hubo un incendio en un mercado a espaldas de la casa de mis padres y ellos murieron quemados, junto con otras personas, en el siniestro. Niccolo lo soñó esa madrugada; llorando después me dijo que los vio entre las llamas y el humo, que intentaban salir y, al no poder hacerlo, se abrazaron. Y eso es cierto, pues los hallaron carbonizados supuestamente abrazados. Cierta vez llegó de la escuela, me quedó mirando y me dijo: «Mami no has dormido bien pues has estado pensando en mi abuelita, no llores, anoche soñé con ella, la vi sonriente y me dijo que está en un lugar muy tranquilo y hermoso y que no estemos tristes por ella». Ese día celebrábamos su cumpleaños y había llorado pensando mucho en ella. Otra de las cosas que me preocupa mucho es que un domingo, que salimos a comer, durante la cena me quedó mirando y dijo: «Mami yo voy a morir joven, no voy a llegar a los treinta y cinco años». Lo reprendí diciéndole que no diga eso, que es feo, y me contestó que no era imaginación puesto que soñó que yo lo tenía abrazado en el suelo y lloraba mientras gritaba: «No te mueras, no te mueras Niccolo». Eso también me tiene muy preocupada. En la escuela Niccolo está en el cuarto grado de primaria, pero la junta de profesores dice que la información y cultura que tiene es para que esté en tercero o cuarto de secundaria. Yo me he opuesto a que lo suban de grado, deseo que cumpla los ciclos escolares que le corresponden y además viva su infancia de forma natural. Tampoco se relaciona con los niños de su edad, ni le agrada ningún deporte. Lo que me tiene aterrada es que se pueda volver loco y sobre todo eso que dice de morirse a los treinta y cinco años. ¿Qué piensa usted de Niccolo, señor Kumer V?

—Según esos datos, se trata de un niño excepcional, con un aparente coeficiente de inteligencia mayor que el normal y que además existe una alta tasa de probabilidad que posea facultades parapsicológicas. Pero necesitaría realizarle una entrevista clínica, evaluarlo con una batería de pruebas y además aplicarle la prueba de Rhine, la cual sirve para explorar facultades paranormales. No me atrevería a opinar nada más por temor a equivocarme y alarmarla. La próxima semana estaré más desocupado y podremos reunirnos aquí en la biblioteca, que parece un sitio tranquilo. ¿Estaría de acuerdo?

—Desde luego que sí, señor Kumer V. —La bibliotecaria sonrió y agregó—: Hoy por la mañana, antes de irse a la escuela, Niccolo me dijo: «Ese señor hoy te va a decir para evaluarme para ver si estoy o no loco».

—Ya ve, eso es precisamente lo que hay que evaluar — sonrió.

—Sí, señor Kumer V. Todo es muy extraño y a la vez muy preocupante para mí —la bibliotecaria terminó diciendo.

—Bueno, ahora sí, a lo mío —contestó elevando la voz, después de haber transcurrido cerca de quince minutos en esa conversación—. Esta vez voy a revisar los diarios de la hemeroteca de los años 1880 y 1881. Acudiré a usted si requiero ayuda, gracias por su gentileza.

Kumer V enrumbó a la hemeroteca. Ella sonriente lo siguió con la mirada hasta que ingresó en la habitación.

Había transcurrido cerca de hora y media en su recopilación de información. Cada vez descubría más datos útiles y sentía que el rompecabezas de su historia iba tomando forma. Pero aun carecía de la identidad de aquel personaje. Retornó los diarios a sus estantes y, paso seguido, revisó en su cuaderno la organización cronológica e histórica de la información.

Los esposos Reenn retornaron con sus dos hijos de la capital porque, según las noticias, los robos, violaciones, incendios, y asaltos de la soldadesca chilena a los ciudadanos peruanos y extranjeros, violando los tratados internacionales, era incontenible. Los titulares de los pocos diarios de circulación abierta o restringida de la capital y locales eran aterradores: *"¡Incendian el balneario de Chorrillos!"*. *"¡Saquean la catedral!"*. *"¡Roban libros e incendian la* biblioteca nacional*!"*. *"¡En el puerto del Callao fusilan a bomberos italianos!"*. *"¡Soldados chilenos ingresan a convento y violan a alumnas y monjas!"*. *"¡Saquean el* museo de arte*!"*. *"¡Roban piezas y tejidos* precolombinos *del* museo arqueológico!*". "¡Gran cantidad de piezas robadas del museo son regaladas al inglés Anthony Gibbs, presidente del Banco de la Gran Bretaña!".* Según narraban en sus crónicas, cuando realizaban sus saqueos o ataques a la población civil los soldados chilenos repetían las consignas enviadas por el político más sanguinario y racista que tenía Chile, Diego Portales: *"Todo el Perú para los chilenos"* y *"muerte al cholo peruano".* A fin de interrumpir la información que provenía de la capital acerca de la crítica realidad del país, el *Diario La Voz,* que circulaba en San Arturo de los Caballeros, fue clausurado por orden del capitán Urrutia. En consecuencia, su director, el periodista Augusto Marco Sánchez, comenzó a imprimirlo en su domicilio y a hacerlo circular de forma clandestina, igual ocurrió con el *Diario La Última Noticia,* que fue saqueado e incendiado por la soldadesca. A ambos periódicos, sus dueños y directores, los acusaron de incitar a la desobediencia del reglamento de ocupación dictado por el gobierno chileno.

El periodista Ricardo Pérez Torres relató en un editorial de *La quinta columna* que mientras continuaba la ocupación extranjera en el territorio nacional, la familia Reenn seguía compartiendo con sus peones los galpones y caballeriza como vivienda y el capitán Urrutia y sus soldados continuaban en su saqueo de las arcas de la familia Reenn, usando el tesoro en borracheras, comilonas y mujeres. Los hijos, por aquel entonces, ya habían cumplido diecisiete años. Un jueves muy temprano una sorprendente noticia conmocionó a la población de San Arturo de los Caballeros. El sargento mayor chileno se colocó en el centro de la plaza mayor y leyó un bando militar, firmado por el capitán Urrutia, acusando a uno de los hermanos Reenn de haber asesinado de dos puñaladas a uno de sus soldados, aprovechando que estaban de patrullaje. Por ser la muerte a un militar chileno ocurrida ajena a un enfrentamiento bélico y ser el autor un civil fue considerado flagrante delito, sometido a juicio sumario y sentenciado a fusilamiento. Además, en el bando militar se informaba que iban a ser fusilados también el ciudadano peruano-austriaco, Robert Reenn, y su hijo, José Alfonso Reenn, acusados de actos de espionaje y colaboracionismo con el coronel Andrés Avelino Cáceres, apodado El Demonio de los Andes. La ejecución se realizaría al mediodía en la plaza de armas en presencia de la población. La noticia conmocionó a la ciudad y repercutió en los lugares aledaños. Los habitantes de las comarcas y caseríos vecinos iniciaron una movilización y comenzaron a bajar a la ciudad provistos de hachas, guadañas y machetes con la intención de presionar a los militares para que la ejecución no se realizase. Los peones de los Reenn y parte de la población invadieron la plaza mayor liderados por el párroco, reverendo Eduardo Leva, los profesores Raúl Olarte y Vicente Rodríguez, y el boticario Jorge Marchena, y se sentaron en el centro de la plaza. El capitán chileno Urrutia, al ser informado de lo que ocurría y que la situación de parte de la población civil se estaba saliendo de su control, solicitó refuerzos del regimiento de infantería Talcahuano, acantonado a treinta kilómetros fuera de la ciudad. La ejecución de los Reenn tuvo que diferirse para el día siguiente ya que los chilenos prefirieron esperar a que llegaran los refuerzos militares y con ese mismo paso del tiempo tratar de aniquilar los ánimos de la población que cada vez era mayor en número.

Al día siguiente la plaza mayor amaneció rodeada de soldados. Numerosos pobladores y la peonada de los esposos Reenn pernoctaron allí. El sacerdote Eduardo Leva, los profesores Raúl Olarte y Vicente Rodríguez, y el boticario Jorge Marchena, por orden del capitán chileno, fueron encarcelados esa madrugada por incitar al desorden y desobediencia a las leyes chilenas y al reglamento de ocupación. Los soldados intentaron desalojar a los pobladores que cada vez aumentaban en número ocupando el centro y las bocacalles colindantes a la plaza de armas, lo cual condujo a feroces escaramuzas, en donde los soldados chilenos golpeaban con sus armas a los peruanos, disparando a la vez sus fusiles al aire usando las culatas de estos como instrumentos para la golpiza. En un intento de controlar a la población, luego de una orden del sargento mayor aparecieron los soldados a caballo por una de las bocacalles, atropellando a la gente, pisoteándolos y golpeándolos con su armamento. La población, sorprendida, se replegó detrás del cordón de soldados que estaban formados en línea de a dos con sus fusiles a bayoneta calada. La caballería se abrió paso hasta el centro de la plaza arremetiendo contra los pobladores y peones que se hallaban sentados en el suelo, pisoteándolos con los cascos de sus caballos y golpeándolos con sus fusiles.

Al marcar las diez de la mañana en el reloj de la catedral, ante el griterío de la población y los disparos al aire de parte de la soldadesca, aparecieron en la plaza los dos jóvenes Reenn y su padre con las manos atadas a la espalda y el pecho descubierto. Los tres presentaban evidencias físicas de haber sido golpeados. Seis soldados los condujeron al lado izquierdo de la plaza donde estaba izada la bandera chilena. El sargento mayor dio orden de disparar si alguien de la población cruzaba la línea de la plaza que circundaba la bandera. No obstante, eso no contuvo a algunos pobladores que se abalanzaron intentando rescatar a los sentenciados. Los soldados abrieron fuego y cayeron fulminados por sus proyectiles once civiles, entre ellos una joven de dieciséis años que resultó ser la novia de Víctor Hugo Reenn. La gente se resistía a irse, agitando en alto sus hachas y machetes. A otra orden, aparecieron más soldados a caballo y arremetieron contra los pobladores que sostenían en brazos los cadáveres de los recientes acribillados. Se replegaron al observar que los soldados volvieron a cargar sus fusiles y apuntarles, no obstante, continuaron los gritos e insultos contra los soldados invasores.

Siendo las diez y cinco apareció el capitán Urrutia impecablemente uniformado con dos medallas colgando del lado izquierdo de su polaca, escoltado por tres de sus soldados. Se dirigió al centro de la plaza, se ubicó junto a la bandera chilena, le hizo el saludo militar y uno de sus soldados le alcanzó un papel con la sentencia la cual leyó:

—Estando en la ciudad de San Arturo de los Caballeros y a nombre del presidente de Chile y jefe supremo de las fuerzas de ocupación en el Perú y Bolivia, Sr. Aníbal Pinto Garmendia, se ha sentenciado por juicio sumario a la pena de muerte por fusilamiento al homicida peruano-austriaco, Víctor Hugo Reenn, por dar muerte de dos puñaladas a un soldado patriota chileno con ensañamiento, alevosía y ventaja. Así mismo, se ha sentenciado a la pena de muerte por fusilamiento a los ciudadanos peruano-austriacos, José Alfonso Reenn y Robert Reenn, por los delitos de complicidad en el homicidio, colaboracionismo con el coronel rebelde peruano, Andrés Avelino Cáceres, por espionaje, oposición, confabulación y complot contra el gobierno chileno, sus leyes y reglamento de ocupación.

Mientras los soldados hacían esfuerzos por contener a la población, apareció a paso ligero por una de las bocacalles el pelotón de fusilamiento conformado por siete soldados. Llegaron y se cuadraron en la mitad de la plaza ante los sentenciados que formaban la línea de a tres. El capitán Urrutia gritó:

—¡Sargento, proceda a la ejecución!

El militar se dirigió al pelotón de fusilamiento y ordenó a uno de los soldados que le vendaran los ojos al primer sentenciado, pero este se opuso. Robert Reenn gritó:

—¡Quiero morir mirando el sol de mi ciudad! ¡Viva el Perú libre! —Se escucharon siete disparos y su cuerpo cayó con el pecho y el rostro destrozados.

El segundo en caer abatido fue Carlos Alfonso Reenn, quien también se negó a que le vendaran los ojos. Antes de caer el joven gritó:

—¡Muerte a los invasores chilenos! ¡Viva el Perú libre! —Se escuchó la voz de «¡Fuego!» y su cuerpo se desplomó convulsionando mientras una mancha rojinegra crecía en su pecho desnudo.

El último en caer fulminado por las balas fue Víctor Hugo Reenn, quien también rechazó ser vendado. Antes de caer por los disparos de sus verdugos, alcanzó a gritar:

—¡Viva el Perú libre! ¡Viva el amor! —Y se derrumbó con el cráneo destrozado y un forado en el pecho que lo atravesaba hasta la eternidad.

Cuando cayó el último de los Reenn el pueblo se desbordó a la plaza. Los soldados no pudieron contener a la multitud. Se abalanzaron sobre los ajusticiados, peleando cuerpo a cuerpo con los militares que pretendían secuestrarlos, rescatando los tres cadáveres. Se escuchaban disparos, llantos, gritos, maldiciones, al pueblo de San Arturo de los Caballeros nada le importaba, llegaron hasta los Reenn y cargaron los cuerpos sangrantes; y como si se hubieran puesto de acuerdo, se encaminaron hacia la iglesia. La gente se acercaba a ellos de forma incontenible, deseaban tocarlos, mojarse con su sangre. La multitud, con la madre de los Reenn a la cabeza y con el brazo en alto, haciendo flamear la bandera peruana, recorrió el trayecto e ingresó a la iglesia cantando el himno nacional del Perú, el cual lo repitieron innumerables veces. Lady Sophie Reenn vio como colocaban los cuerpos de su esposo e hijos sobre el altar mayor y los cubrían con la bandera de su patria. Impertérrita, los observaba, sin derramar una sola lágrima, se acercó a sus cuerpos y con su sangre se hizo una cruz en la frente. Los cadáveres se velaron en dicho recinto durante tres días. El himno nacional fue cantado incontables veces por los asistentes esa madrugada. Desde los lugares más remotos bajaron los pobladores a velar los cuerpos y hacer guardia de honor ante los ajusticiados durante el tiempo que se mantuvieron expuestos.

La multitud que llenaba la iglesia, la plaza de armas y las calles aledañas era cada vez mayor. Transcurridos los tres días, el capitán Urrutia vio que esa situación no la podía controlar; en consecuencia, envió un destacamento de soldados para secuestrar los cadáveres y enterrarlos en un lugar secreto. La población se opuso, protegiendo con sus cuerpos los cadáveres. Los soldados a caballo pretendían a toda costa cumplir la orden de su superior, intentando ingresar con sus cabalgaduras al interior de la iglesia. El pueblo estaba decidido. «¡Los Reenn son del pueblo! ¡Los Reenn son del pueblo!», gritaban al unísono. Uno de los más ancianos escaló la corta escalera hacia el púlpito de la iglesia y estando arriba pidió silencio y calma. Dirigiéndose al sargento mayor y a sus hombres se comprometió a enterrar a los Reenn en las próximas horas. El militar aceptó, dándole seis horas máximo para hacerlo; a continuación, bajaron sus armas y se retiraron en silencio. Los cadáveres, por decisión de la población y de Lady Sophie Reenn, fueron enterrados bajo el altar mayor. Una sola lápida cubrió después los tres cuerpos con la inscripción: *"Los Tres Gritos del Pueblo, nunca se callarán"*. Según dicha crónica, al sacerdote Eduardo Leva, a los profesores Raúl Olarte y Vicente Rodríguez, y al boticario Marchena jamás se les volvió a ver, ni sus cadáveres fueron encontrados.

Después de ese acontecimiento, por orden del capitán Urrutia los soldados desalojaron a los peones y a las personas de los galpones y caballerizas, hubo mayor concentración de soldados en la casona de los Reenn y esta fue convertida en el cuartel general y depósito de armas del ejército. Los invasores necesitaron reforzar con un mayor contingente militar ya que el pueblo de San Arturo de los Caballeros se convirtió en uno de los más rebeldes y oposicionistas de la región, integrando sus pobladores en mayor número las huestes del Demonio de los Andes, ayudándolo en las constantes incursiones y enfrentamientos que realizaban contra el ejército invasor. Son célebres las incursiones y los enfrentamientos en la quebrada de Río seco, La mina, Sendero del pedregal y el Picacho blanco, donde agrupados con la gente del rebelde patriota, José del Carmen Rodríguez Bautista, y los seguidores del connotado bandolero, Luis Pardo, mermaron al ejército invasor que se resistió ingresar a la región de la sierra norte.

Estaba tan absorto en la lectura que no se percató cuando se le acercó la señorita Gloria Álvarez para informarle que en diez minutos cerraba la biblioteca. Colocó presuroso los diarios en su lugar, guardó sus apuntes y enrumbó hacia el pasillo central. Durante el trayecto observó que en ninguno de los cuatro salones había usuarios de la biblioteca. Caminó hacia la dirección para despedirse y no la encontró. Se hallaba parada a la entrada del local. Al verla, Kumer V aprovechó para agradecerle su gentileza.

Ella intentó conversar algo acerca del eclipse de luna que iba a ocurrir la noche del sábado, pero Kumer V la interrumpió comentándole que tenía prisa y abandonó la biblioteca. Mientras se alejaba, escuchaba el sonido de sus intestinos como si se tratara de una pelea de gatos. El hambre que sentía era voraz. Se dirigió al Restaurante Las Cinco Cucharas, su plato favorito lo esperaba. Durante el trayecto seguía impactado por los hechos históricos que habían ocurrido en ese pueblo. Tenía grandes deseos de visitar el sepulcro de Los Tres Gritos del Pueblo. Se propuso hacerlo en la primera oportunidad, incluso esa misma noche si es que la suerte le fuese favorable.

Al llegar al restaurante observó que había más clientes que lo habitual. Pidió su plato preferido y mientras esperaba reinició la lectura del libro de la escritora Dani Vasot que lo tenía atrapado. El mozo trajo su fuente de comida, la cual abordó de inmediato. No se percató en qué momento se acercó a su mesa la dueña del restaurante, doña Rosita Morquencho, para preguntarle si estaba satisfecho con su comida y si deseaba un postre a cuenta del restaurante. Ese fue el inicio de una entretenida conversación que se prolongó por espacio de dos horas.

A ese restaurante, por poseer un ambiente familiar, servir comida agradable y a precios módicos, acudían una gran cantidad de clientes, tanto de la misma población como foráneos, esto le permitía a Rosita acercarse a los comensales durante su comida e iniciar una agradable conversación, lo cual le servía además para informarse de ellos y ser más expansiva en los servicios del restaurante.

Ella era viuda. Tenía cuarenta y siete años y estuvo casada durante ocho años con un ingeniero petrolero asentado en el norte del país. Su esposo, jefe de operaciones en una plataforma de extracción de petróleo en altamar, falleció a raíz de una explosión en aquel lugar, junto con tres de sus colegas que estaban de turno. Las investigaciones policiales concluyeron que se trató de un ataque terrorista sindicando a la célula de sediciosos que realizaba atentados por la sierra norte y ceja de selva. A consecuencia de la pérdida súbita de su esposo, ella cayó en una depresión tan severa que ni siquiera salió de su casa por semanas. Rosita Diaz, su amiga íntima, la visitaba cada dos o tres días para motivarla a salir a caminar juntas, a fin de superar su pérdida, pero cada vez la estadía en dicha ciudad se le tornaba más insoportable porque las calles, restaurantes, cines, y hasta las amistades, estaban vinculadas a su esposo muerto y esto la atribulaba. Como no tenía hijos, la soledad se hizo más mordaz. Con el cuantioso dinero que le proporcionaron por el seguro de vida de su esposo se dedicó a viajar por Brasil, Argentina, España y Eslovenia. Al retornar se vio en la necesidad de controlar el abuso de alcohol, manejar su soledad de la mejor manera y superar los ciclos de depresión que la agobiaban y la estaban conduciendo a una segura adicción al trago. No tenía hermanos, sus padres estaban fallecidos, jamás le había interesado aproximarse a la familia de parte de padre o madre y, es más, ni siquiera los conocía a cabalidad, se sentía realmente sola. En algún momento tuvo intenciones de quedarse en España pues el valle de Salardú le hacía recordar las campiñas de su ciudad, al igual que la sierra de Béjar, pero la comida era diferente y su paladar exigente, así que retornó y se dedicó a viajar por el interior del país. En uno de sus viajes hacia la Amazonía pasó por San Arturo de los

Caballeros, y se sintió de inmediato cautivada por los atardeceres, la atmósfera social y la tranquilidad que encontró. En poco tiempo decidió quedarse a radicar en ese valle andino que colindaba a la vez con el océano Pacifico. En un inicio tuvo planes de abrir una escuela, aprovechando su título de profesora en la especialidad de Historia, pero desistió debido a la extensa lista de requisitos que le exigía el departamento de Educación, así como las coimas que le solicitaban para agilizar la licencia, planos, organigramas, planillas, inspectoría del local y un sinnúmero de requisitos; intentó por lo tanto probar otra de las áreas que siempre le había apasionado, el arte culinario y repostería. Para tal objetivo compró una antigua casona, la acondicionó y abrió el Restaurante Las Cinco Cucharas. La prosperidad del negocio le fue benéfica y tenía proyectado ampliarlo, construyendo en el segundo piso un hotel y, para más adelante, un casino en la parte lateral del edificio.

En su juventud Rosita fue una atractiva joven que estudió Educación, trabajando luego de profesora de Historia en un colegio de nivel secundario en la capital. Los estudios y sus relaciones sociales le permitieron obtener una mediana cultura con la cual tenía la capacidad de mantener una atractiva conversación. Uno de los secretos en la vida de Rosita era que mantenía una oculta relación con Manolo Estremadoyro, hombre joven, divorciado, de treinta y ocho años, natural del norte del país, quien trabajaba como conductor de taxi interprovincial, durmiendo algunas veces en casa de ella, y otras en los lugares donde fuera su destino o lo cogiera la noche. Cuando permanecía en San Arturo de los Caballeros, ella lo contactaba con clientes para que lo contrataran como chofer de auto de lujo a fin de trasladar a los novios durante su ceremonia matrimonial de la casa a la iglesia y de allí al lugar de recepción.

Cierta vez que Manolo se quedó a pernoctar en su casa, entre sábanas le narró la historia de Evelyn, aquella joven cuyo novio jamás se presentó a la ceremonia nupcial, quedándose en la puerta de la iglesia vestida con el traje matrimonial, rodeada de familiares e invitados. Uno de ellos, que resultó ser primo en segundo grado de Manolo, le refirió que, ante la ausencia del novio, y después de haber esperado un tiempo prudencial, Evelyn y su comitiva optaron por dirigirse por la puerta lateral de la iglesia a los amplios salones del Club El Encanto, donde tenían programada la recepción. Ella y su familia, en forma de agradecimiento, dado que muchos de los invitados habían venido desde lejos, realizaron el ágape según lo proyectado. Su primo le narró que durante el transcurso del evento Evelyn no derramó una sola lágrima ni profirió palabra alguna en referencia a sus frustradas nupcias. En lo que duró la recepción, la vieron sonriente, bailando, departiendo y agradeciendo a los invitados por su concurrencia; inclusive se atrevió a cantar en inglés, acompañada por la orquesta, una de sus canciones favoritas, *Sobreviré*, que popularizó la cantante Gloria Gaynor. Cuando sus primas y damas le pidieron que lanzara el ramillete de novia entre el grupo de solteras, ella se opuso, manifestando que no deseaba darle mala suerte a la chica que lo cogiera. Ante la insistencia, Evelyn fue al baño y destrozó el buqué. Cada vez que alguno de los invitados iniciaba alguna conversación referente a lo sucedido, ella lo interrumpía, diciendo que para ella no había ocurrido nada significativo y mejor que hubiese sido de esa manera, porque lo hubiera lamentado más si esto sucediera en el futuro estando ya casada. Concluida la fiesta y habiendo despedido y agradecido a los últimos invitados, regresó con su familia a casa de sus padres, con quienes vivía. Al día siguiente, desde muy temprano inició la devolución de los regalos matrimoniales a sus remitentes, con una tarjeta de agradecimiento y sus disculpas, tarea para la cual ella y su familia invirtieron cerca de dos días y medio. Al terminar de devolver el último regalo, y siendo cerca de las once de la mañana, Evelyn ingresó a su dormitorio y cerró la puerta mientras decía: «Ahora por fin voy a descansar después de tanto ajetreo». A la hora del almuerzo sus padres le pasaron la voz y al ver que no respondía a sus llamados forzaron la cerradura. Al abrir la puerta la encontraron vestida con el traje de novia, pendiendo de una viga del techo con una soga al cuello. El certificado de defunción del médico legista leía: *"Muerte por paro cardiorrespiratorio debido a estrangulamiento por mano propia"*. En apariencia un suicidio debido, tal vez, a una severa depresión. La realidad era otra. Hubo muchos elementos extraños que no coincidían. Uno de ellos era que tenía pintado con lápiz labial de color púrpura la forma de unos labios en la mejilla izquierda, como si hubiera recibido el beso de una mujer. En ninguna parte del dormitorio ni de la casa hallaron el labial del cual procedía. Las conjeturas al respecto fueron diversas y contradictorias en su círculo de amistades; los especialistas policiales tampoco llegaron a un acuerdo lógico después de realizar los peritajes criminalísticos. En la opinión de los detectives de homicidios, este era un mensaje cifrado que había dejado al fallido novio, pero no profundizaron la investigación acerca del significado del gráfico en la mejilla ni la procedencia ni destino de dicho instrumento labial. Según comentarios de la gente, el impresentable novio huyó de la ciudad de madrugada, luego de que un reducido grupo de amigos muy íntimos le diera su despedida de soltero en los salones del Hotel Las Jarras, situado en las afueras de la ciudad. Según comentaron dos mozos y tres empleados de ese lugar, al llegar la medianoche los trece amigos que lo acompañaban fueron a sus habitaciones y se vistieron todos de negro con pañuelos rojos cubriéndoles la cabeza. Dicho personal no supo lo que sucedió en el interior de la gran sala que ellos ocupaban, puesto que cerraron las puertas. Al amanecer se marcharon todos, dejando las puertas semiabiertas. Solo escucharon risas, gritos y música de un violín gitano a muy alto volumen a la medianoche. Según se supo, el novio no era de la ciudad y ninguno de sus amigos que llegaron para su despedida de soltero tampoco, el grupo en su integridad se alojó en el mismo hotel donde ocurrió la despedida. Mucha gente de la localidad, sobre todo la que había acudido a la frustrada ceremonia nupcial, fue al sepelio. Al parecer la noticia de la muerte traspuso los límites de la ciudad, pues desde fuera de San Arturo de los Caballeros llegaron algunos de los invitados que estuvieron presentes en la fallida ceremonia. Sus cinco amigas íntimas, que iban a actuar de damas de honor, acudieron vestidas de rosado, tal como se presentaron en la iglesia aquel día. Después de que su padre dijese las palabras de despedida en el cementerio, sus siete primos y el único hermano de Evelyn formaron un círculo alrededor del ataúd, se tomaron de las manos y a una sola voz juraron buscar al exnovio y vengarse. Una de sus damas de honor, compañera desde sus años de escuela, de nombre Milagros, sufrió un desmayo y estuvo a punto de caer dentro de la fosa antes de que esta fuese cubierta por la lápida. Felizmente los presentes la socorrieron de inmediato.

Transcurrieron tres años desde aquel trágico suceso y cierta vez corrieron rumores de que uno de los primos de Evelyn, que pertenecía a la Policía, tenía localizado al exnovio trabajando en un banco en el sur del país. Compatible con eso, los siete primos y el hermano se ausentaron de la ciudad por espacio de seis días desconociéndose su paradero. Luego de transcurrido ese lapso reaparecieron, retornando a sus labores guardando estricto mutismo acerca de su ausencia. Los tíos y demás integrantes de la familia se fueron marchando de la ciudad en breve tiempo. Los padres fueron los primeros en irse. Al final solo quedó Alberto, el hermano, quien hasta ese momento vivía con el perro pastor de Evelyn en la última casa del pueblo, cerca al camino pedregoso que conduce a la playa.

Rosita continuó con la conversación que a Kumer V le resultaba interesante, sin embargo, esperaba un momento oportuno para formularle preguntas acerca del asunto que le venía intrigando los últimos cinco días. Estaba casi seguro de que ella tendría información relevante para ayudarlo a completar su rompecabezas. Rosita bebió un sorbo de vino y prosiguió:

—San Arturo de los Caballeros, es un pueblo muy especial y el habitante sanarturiano se siente orgulloso de pertenecer a este lugar debido a los acontecimientos históricos que tantas generaciones han vivido desde tiempo ancestrales, intensificándose el amor a la tierra por la forma heroica como respondió la población ante los hechos que ocurrieron durante la Guerra del Salitre. Esta es una ciudad pacífica, casi no existe delincuencia y la corrupción política no ha llegado a niveles tan complejos como en la capital. Desde su fundación se han producido, como es lógico, innumerables defunciones por muerte natural o causadas por alguna enfermedad. A diferencia de otras ciudades, aquí solo han ocurrido dos suicidios, tres muertes por fusilamiento, y un extraño caso de desaparición de una joven que nunca hallaron su cadáver, ni la vieron abandonar la ciudad. Pero el caso de esa joven, Evelyn de la Puente, que acabo de contar, está como para escribir una pequeña novela. Que yo sepa, solo el escritor Francisco Rodríguez ha investigado con profundidad el caso. Él escribió un artículo en la revista de misterio *El ojo secreto*. Sin embargo, los otros dos casos también son muy interesantes.

Uno por lo enigmático del acontecimiento y el otro por lo misterioso e insondable.

Rosita se levantó dos o tres veces de la mesa para solucionar algunos impases en la administración y retornó para continuar narrando otro de los casos que, según ella, obligaba a una investigación mucho más profusa y seria de la que realizó la policía local de aquel tiempo.

—Es el extraño caso del director del Colegio Nacional Capitán Víctor Ulloa. Escucha, Kumer V, a ver qué es lo que opinas. Comenzaré diciendo que el pueblo estaba tan conmocionado con la extraña muerte del profesor que, a medida que avanzaban las investigaciones y se iban descubriendo más elementos, cada poblador iba elaborando su propia versión de los hechos; y eso complicó el caso, pues los testigos que eran convocados formulaban declaraciones muy subjetivas y al extremo contradictorias que desconcertaban a la policía. Sin embargo, a través del tiempo, y haciendo acopio de información proveniente de mis múltiples amistades, he logrado integrar los elementos de manera bastante coherente y aproximarme a cómo sucedieron los hechos de forma real. Creo que ni la misma policía lo tiene tan claro como yo. Hasta los hijos del suicida, profesor Enrique Carbajal, durante las entrevistas llevadas a cabo por los diarios y la radio local, se inhibieron de dar detalles de la muerte de su padre, porque o los ignoraban o tal vez no deseaban manchar su imagen. Pero con lo que trascendió a través de los vecinos, la policía y los periodistas, logré reunir muchos detalles y armar un aproximado al suceso de lo que pudo ser el caso del profesor —acotó—. Sucedió que —continuó Rosita— un día a mitad de mañana, el profesor Carbajal interrumpió sus funciones de director y acudió al consultorio médico del colegio debido a fuertes dolores abdominales. El médico, Roland Lema, le diagnosticó colitis aguda y como parte del tratamiento le prescribió hidratación oral, medicación y descanso por veinticuatro horas. Según constó en su historia clínica, los síntomas fueron dolores abdominales, flatulencia severa y cámaras diarreicas recurrentes. En esa condición de salud llegó a su casa a una hora que no era la habitual y halló a su esposa en su dormitorio manteniendo relaciones íntimas con un señor que resultó ser un policía de la comisaria de la ciudad. Recuerdo muy bien que ese día, a mitad de mañana, lo vi ingresar a mi restaurante —aseveró Rosita—. Estaba parada frente al mostrador cobrándole a un cliente y el profesor Carbajal pasó frente a nosotros sin saludarnos, lo cual era muy extraño. Se dirigió con la cabeza gacha hacia el fondo del restaurante y se sentó en la última mesa, allí donde te sentaste tú, Kumer V, hace dos días, y pidió para él solo una botella de pisco. V, Venancio, el mozo que solía atenderlo cada vez que llegaba le preguntó: «¿Qué marca, profesor?». Su respuesta fue corta: «Cualquiera». Resaltaba en su rostro sus oscuras y no frecuentes ojeras, cara grasosa y sus ojos vidriosos, como si hubiera llorado. Mantuvo la cabeza agachada durante el tiempo que permaneció sentado. Miraba la botella y daba la impresión de que le hablaba. Por momentos se secaba los ojos y sonaba la nariz con las servilletas que había sobre la mesa. Al marcharse quedaron desperdigadas en el piso como diez o doce de ellas. Se bebió el pisco puro, casi la mitad de la botella; y eso era extraño, pues las pocas veces que venía a almorzar, acompañaba su comida tan solo con una copa con vino rojo o a veces nada. Recuerdo muy bien su forma tan extraña de beber aquella mañana, lo recuerdo porque en un momento pidió un segundo vaso, lo llenaba a la mitad y bebía; era notorio el temblor de su mano al coger el vaso. Luego llamó a Venancio y pidió un tercer vaso, bebiendo de los tres de forma alterna mientras murmuraba algo. Yo lo observaba con disimulo detrás de la caja registradora, no me atrevía a acercarme. Luego de unos cuarenta y cinco minutos a una hora, tal vez, se puso de pie y se marchó sin despedirse de nadie, nada más dejó el dinero de la cuenta sobre la mesa y la botella de pisco a medio consumir. No se le notaba embriagado, pero sí tenía los ojos hinchados, el cabello algo revuelto, el nudo de la corbata desarreglado y se le veía muy demacrado. Al llegar a la puerta titubeó, decidiendo si ir a la derecha, a la izquierda, o cruzar la avenida, al final decidió caminar por la vereda derecha. Yo salí a observarlo y lo seguí con la vista. Él caminaba con la cabeza agachada y se perdió entre la gente. Según manifestó su secretaria, el profesor estuvo ausente durante tres días antes de que nadie considerase su desaparición sospechosa. Eso sí, debo decir que hubo algunos que desde el segundo día ya estaban extrañados, en especial los del personal administrativo del plantel pues no se había comunicado para ofrecer una excusa y él era de los que no faltaban. Sus tres hijos iniciaron una búsqueda por toda la ciudad y caseríos circundantes. Al no hallarlo, iniciaron las presunciones; el mayor asumió que se marchó a la capital por alguna misión oficial, lo cual fue negado por la secretaria del plantel. Otra posibilidad fue que hubiese respondido a alguna emergencia familiar; algo inusual con este profesor, pero probable. Su anciana madre sufría de diabetes, presión alta y tenía altibajos en su salud, habiendo sido internada de urgencia en un par de ocasiones. Otra incidencia pudo haberla ocasionado su hermana soltera que estaba en tratamiento psiquiátrico por bipolaridad y dos intentos de suicidio. Al comunicarse con familiares de la capital, negaron su presencia por esos lares. Esto obligó a efectuar la denuncia a la policía local, que inició su investigación recién a las cuarenta y ocho horas de desaparecido, de acuerdo con el reglamento policial que aplica a la búsqueda de personas desaparecidas. Durante esos días, ese era el tema diario en las conversaciones de los pobladores de San Arturo de los Caballeros. Muchas fueron las hipótesis que formularon al respecto, desde las más inverosímiles hasta las más probables. Algunas de ellas eran que había fugado con su secretaria, con quien mantenía una excelente relación laboral, coincidiendo que por ese tiempo ella estuvo dos días de licencia. Otros decían que había viajado con destino desconocido al haberse ganado una cuantiosa cantidad de dinero de la lotería de la suerte, basados en que el profesor Carbajal tenía el hábito de comprar cada semana un boleto de lotería de San Silvestre. Hasta alguien desconocido filtró la posibilidad de un suicidio porque cuando fue al consultorio médico el día de su desaparición, el galeno le informó que había sido contagiado con SIDA. Tal como reza el dicho: *"Pueblo chico, infierno grande"*. Demasiadas fueron las conjeturas que corrieron por San Arturo de los Caballeros acerca de su desaparición las cuales llegaban a oídos de la policía tornando más engorrosa la investigación. Alguien se atrevió a barajar la probabilidad que, por ser una persona proba y muy inteligente, pudo haber sido abducido por alienígenas para estudiarlo pues no había ya personas como él, sobre todo en la administración pública o en política. Cinco días transcurrieron desde su misteriosa desaparición. Un domingo, muy de mañana, unos jóvenes que se estaban bañando en las aguas del río San Duprez, en las afueras del pueblo, descubrieron su cuerpo destrozado entre los peñascos de un acantilado. Según lo que difundieron las crónicas policiales, se estimaba que saliendo del Restaurante Las Cinco Cucharas, casi al mediodía y en estado de embriaguez, el profesor caminó hasta las afueras del pueblo, trepó el cerro más alto, que forma un acantilado con el río, y se lanzó al vacío motivado por una severa depresión. Sin embargo, el asunto no era tan simple. Existían varios elementos que no coincidían y que ni la policía, ni la familia, ni la opinión pública pudieron aclarar hasta la actualidad. Uno de ellos fue que a pesar de que era casi mediodía y el tránsito es muy profuso a esa hora, no encontraron ningún testigo que lo viera caminando por la carretera que conduce de la ciudad hacia los acantilados. Los pescadores que inician sus labores a medianoche y retornan al mediodía tampoco lo vieron caminando por los alrededores, ni trepando el cerro que bordea el acantilado, el cual es muy visible desde altamar. El otro elemento que no encajaba era que el cadáver del profesor estaba desnudo, a no ser por algunas prendas que aún vestía, las cuales no eran consonantes con sus hábitos conservadores. La policía jamás halló la ropa que usaba al momento de su desaparición. La hipótesis que barajaron fue que al haberse desnudado previamente para lanzarse al vacío, dichas prendas fueron sustraídas por ocasionales ladrones que pasaron luego por el lugar, lo cual era también posible pero no probable. La población seguía de cerca las investigaciones tanto periodísticas como policiales y observaba que de manera forzada se intentaba colocar piezas de aquel rompecabezas donde no correspondía y más aún inventarlas cuando no las había. Podían ver un sinnúmero de elementos que continuaban sin coincidir. El sitio desde donde supuestamente se lanzó al vacío el profesor no es transitado por la gente común y corriente, por lo difícil de su ascenso y porque en dicha zona no existe atracción turística alguna, solo afiladas y peligrosas rocas; por consiguiente, si subió hasta esa altura se presume que fue con la intención de suicidarse. Otro de los elementos extraños que sorprendió a la familia fue que el cadáver llevaba colgado al cuello, con una cintilla de cuero trenzado, un pequeño colmillo de tiburón que nunca se lo vieron puesto su esposa ni ninguno de sus tres hijos. En dicho colgante la policía tampoco halló huella dactilar alguna, la procedencia era de una de las Antillas menores, posiblemente de las islas de Barlovento. El quinto elemento extraño era que el cadáver vestía medias de colores diferentes en ambos pies, una de ellas era de color negro con rayas blancas y la otra morada, lo cual según sus familiares y los que lo conocieron no era lo habitual debido a lo conservador en su vestir. El sexto elemento que integraba el extraño mosaico en esta muerte era que el cadáver del director tenía completamente afeitada la zona genital, lo cual tampoco era lo habitual, según lo manifestado por la esposa. Y, por último, el cadáver tenía amarrado a la muñeca izquierda un pañuelo de color rosado con tres nudos que inclusive fue muy difícil desamarrarlos para efectuar el peritaje forense, algo también inusual en él. Hubo muchas especulaciones acerca de la muerte del director y de las extrañas circunstancias que circundaron este hecho. Conforme transcurría el tiempo las investigaciones llegaron a un punto de entrampamiento. Tuvieron que recurrir a peritos provenientes de la capital para sumarse al equipo forense y de criminalística local. Se logró descubrir la infidelidad de la esposa y la identidad del policía, aunque no gracias a los investigadores policiales ni a los periodistas, sino por unos niños que solían escaparse de la escuela para jugar pelota en un campo baldío cercano a la casa del profesor. Ellos manifestaron que generalmente los lunes, miércoles y viernes de cada semana, pasado el mediodía, veían salir a hurtadillas, por la puerta trasera, que daba a un descampado, al efectivo policial. El policía identificado fue el cabo Jaime Mendoza Seminario. Al momento de descubrirse su identidad y estar implicado de forma indirecta en la muerte del director fue reasignado por orden superior a otra dependencia policial, con destino desconocido, según manifestaron los periodistas en sus crónicas. Una vez que la policía dio por concluida la investigación, sin haber encontrado, según ella, indicios de que la muerte hubiese sido causada por mano ajena, consideró que se trataba de un suicidio ocasionado por una severa depresión del occiso al ser descubierta de manera fortuita la infidelidad de su esposa. No obstante, el caso no fue cerrado por completo si no que fue asignado al detective Antonio Soto para que investigara los extraños elementos no compatibles en la investigación. La familia del director abandonó en definitiva San Arturo de los Caballeros, trasladando el cadáver del infortunado profesor a la capital para ser enterrado en el mausoleo de su familia junto a su padre. La población de San Arturo de los Caballeros reaccionó de manera elocuente ante este misterioso suceso. Durante casi dos semanas aparecieron inscripciones en las paredes de algunas casas de la ciudad pidiendo cárcel para el cabo de policía Jaime Mendoza y algunos otros grafitis proponían de forma drástica la pena de muerte. La esposa del profesor no quedó exenta de la sanción moral de la población. Durante algunos días en las paredes de la que fue su vivienda aparecieron inscripciones que decían: "¡*Ofelia, culpable!*". Y otra inscripción en los muros del cine de la ciudad: "¡*Ofelia, Puta!*". En la pared frontal del colegio nacional donde laboró el director, escribieron: "¡*Ofelia, puta, profesor Enrique, un caballero*". El director era una persona muy estimada por los alumnos, comunidad educativa y la población; y este hecho conmocionó a los habitantes de San Arturo de los Caballeros. Estas dos extrañas muertes, sindicadas como supuestos suicidios, son muy recordadas. La tercera es también muy singular, pero no tanto como las anteriores, y tuvo como protagonista a una joven muy bonita. Pero esa ya te la contaré en otra oportunidad, para no cansarte —concluyó diciendo.

La conversación con la dueña del restaurante se le hizo muy entretenida y la forma en que narraba los hechos lo atrapaba. Mientras departían, Rosita le explicó que ella tenía conocimiento de historia nacional y local, no solamente por sus estudios sino porque a la ciudad llegaban un sinnúmero de personas muy interesantes con las cuales contactaba en el local de su negocio y de quienes obtenía información suficiente como para escribir más de cinco tomos. Durante la entretenida velada Kumer V se bebió siete exquisitas copas con pisco sour que el muchacho del bar, el pana Marcelino, preparaba excelente, eso, sumado al cansancio, hacía que el cuerpo le pidiera acostarse de manera imperiosa. Le agradeció la amena conversación y salió rumbo al hotel. Eran las once y diez de la noche, reinaba en el cielo la luna llena, y según las noticias, al otro día se produciría un eclipse. Antes de entrar al hotel se fumó su último cigarrillo del día. La gente bulliciosa transitaba por la calle, sobre todo jóvenes de ambos sexos. Pudo divisar tres o cuatro grupos dispersos por el parque, algunos de ellos bebían cerveza y conversaban en voz alta y por momentos soltaban sonoras carcajadas. Lanzó el cigarrillo a medio fumar al basurero, el agotamiento lo tenía secuestrado. Al entrar al área de recepción del hotel se dio cuenta de la inmensa diferencia en los ambientes, venía del bullicio callejero al reino del silencio y la penumbra. Le hizo una seña el joven de recepción para que se acercase al mostrador. Lo saludó y le entregó cinco cartas recibidas de la capital. Pasó frente al comedor y vio sentada en la última mesa a su amiga Milagros. Le sorprendió ver como estaba vestida. Lucía una elegante falda negra corta con un grueso cinturón gris, dejando al descubierto parte de sus muslos y sus pantorrillas torneadas. El cabello recogido en una cola, y, ante la famélica luz del comedor, parecía que sus facciones estaban talladas en cera. Sentada, apoyando los codos en la mesa, tenía entre las manos una taza con café y la mirada perdida en el vacío. *¿Qué hace Milagros por aquí a esta hora? ¿Iba o venía de algún compromiso? Siempre la he visto sola, ¿esta vez espera a alguien?* No deseaba importunarla. Se le veía estupenda. Comprendió que detrás de esa actitud mojigata ocultaba una gran belleza. Estuvo tentado de renunciar a su preciado descanso para proponerle salir a bailar o beber un trago y conversar. Ingresó al comedor y la saludó. Le dio la impresión, por la posición de su cuerpo al estar sentada de espaldas a la puerta, en la zona de mayor penumbra y menos tránsito del comedor, que buscaba la soledad.

—Mily, buenas noches. No te veo desde hace un par de días. Te contaré muy breve que conversé con el reverendo Baldovino D'Antonio. Me pareció un curita muy radical y lo que me dijo y recomendó me agradaría conversarlo contigo cuando puedas.

Deseaba conversar con ella, disfrutar de su compañía, pero las palabras comenzaban a pesarle demasiado en la lengua y no soportaba una sílaba más. Se decidió a renunciar a Milagros, que esa noche lo impresionó, parecía una imagen extraída de una pintura de Marc Chagall. Se despidió y literalmente huyó de ella como si, irresponsablemente, escapara de un beso de Afrodita. Apenas entró a su habitación, se desvistió y a duras penas llegó a la ducha. En un supremo esfuerzo alcanzó a leer una de las cinco cartas que le habían entregado en la recepción. Ya no soportaba el agotamiento y se durmió.

OCHO

Cuando Kumer V abrió los ojos ya había amanecido. Los pisco sours, la extensa conversación con Rosita y el agotamiento acumulado durante la semana le causaron un efecto fuerte. Ese sábado se despertó renovado. Eran las diez y veinticinco de la mañana y él seguía dando vueltas en la cama, sentía pereza de levantarse. Realizó un inventario mental de lo ocurrido esa semana desde su llegada y todo lo avanzado en su trabajo. El lunes a primera hora enviaría por fax sus reportes, los cuadros estadísticos e histogramas aún faltaba elaborarlos, a eso le agregaba la investigación personal en la biblioteca, sumado ahora al compromiso de evaluar al hijito de la bibliotecaria, señorita Gloria Álvarez a fin de darle su apreciación de psicólogo. Planeaba abordar con mayor detalle ese caso apenas concluyera su pesquisa histórica. Ignoraba en qué momento se volvió a quedar dormido. Al abrir los ojos ya era casi mediodía. Recién reparó en que esa madrugada ni cuenta se dio si vino o no el personaje de la medianoche. *¿Habrá aparecido? ¿Se habrá levantado de su silla, acercado a mi cama y observado de cerca mi rostro?*, se preguntó. El solo imaginarlo le escarapeló el cuerpo. Se quedó observando el rincón junto a la puerta donde descansaba, indiferente, aquella silla de madera, perteneciente a un pasado que cada noche invadía su habitación, poseída por un ser de probable y extraño sufrimiento. Semejaba la famosa silla pintada por Vincent Van Gogh en 1888. *¿Qué misterio existe en esta habitación? ¿Qué secreto se activa cada madrugada como una granada de guerra a punto de explotar? Y de ser así, ¿por qué no explota? ¿Hasta cuándo continuará esto?*, su mente siguió llenándose de temas por indagar. De pronto se percató que estaba usando un lenguaje militar en sus disquisiciones y se sorprendió.

Sentado al borde de su cama Kumer V esperaba un impulso, aunque fuera un diminuto soplo de alguien sobre su espalda que lo instara a ponerse de pie. Hizo un supremo esfuerzo y lo logró. Después de ducharse se vistió, cogió su maletín y salió hacia el comedor del hotel. Se sentía reconfortado por esa ducha fría, ahora solo necesitaba su reparador y clásico café negro con limón. La biblioteca cerraba a la una de la tarde, calculó y no le quedaba tiempo suficiente para transitar las páginas de esos libros y descubrir aquel misterio que aún conservaba el color del enigma. Era inevitable, se lamentó, tendría que esperar hasta la siguiente semana para completar ese rompecabezas que tenía bastante avanzado, pero al cual le faltaban las piezas más importantes.

Ese fin de semana pondría en orden sus reportes para su envío el lunes. Ya en el comedor solicitó su café negro con limón, eso despejaría más su mente. Mientras escribía sus reportes sentía la boca seca debido al licor ingerido la noche anterior. Cada media hora solicitaba una soda helada, la sed lo consumía. Unas voces hicieron romper su concentración. Siete huéspedes franceses llegaron y se sentaron en la zona que daba al jardín, juntaron dos mesas y colocaron encima un gran mapa. Tres de ellos descansaron sus mochilas en el piso. Los dos varones pidieron en un español con acento francés cuatro cervezas. Iniciaron una discusión en su idioma. Al parecer no se ponían de acuerdo acerca de algún lugar que deseaban visitar. Kumer V se volvió a concentrar en su trabajo y no se dio cuenta en qué momento se marcharon. Un poco después se detuvo para tomarse un respiro y al girar la cabeza vio en una de las sillas un teléfono celular que, por la funda y dibujos con flores, presumió pertenecía a una de las francesas. El tiempo transcurrió rápido, eran las cuatro y quince y había avanzado lo suficiente. El resto lo concluiría a su regreso o tal vez el domingo. Guardó sus documentos en su habitación. Se dirigió al mostrador y esperó al recepcionista, cinco personas lo antecedían en la cola, deseaba entregar aquel celular de la francesa y a la vez preguntar por Milagros. Le iba a proponer ir al cine y luego ya verían qué resolvían hacer. La noche anterior lo sorprendió con su gran transformación, la ropa que llevaba puesta parecía estar diseñada en especial para ella. Como el recepcionista demoraba demasiado, optó por dejarle un mensaje en un sobre a su amiga. Mientras escribía su nombre cayó en cuenta de que ignoraba su apellido y el número de su habitación, recién allí reparó en que ella nunca los mencionó, y él tampoco se los preguntó. Para subsanar el impase colocó con letra grande su propio nombre y el número de su habitación, lo dejó en el casillero de recepción, garabateó una breve nota acerca del celular y salió. Era ya más de las cuatro de la tarde, al retornar volvería a intentar contactar con Milagros. Apenas transpuso la entrada del hotel un sábado de sol resplandeciente iluminó su cara. Cruzó el parque, se detuvo a observar aquella higuera que de noche le causaba inquietud, pero que de día y a pleno sol se le veía frondosa, de grandes hojas verdes y grueso tronco marrón, bella. Enrumbó hacia el Cine Apolo. Tenía pendiente ver la recomendada película, *Blow Up*. No encontró mucha gente en la boletería, se dijo que tal vez preferían ir a la playa, al parque o estar bebiendo en algún bar. Compró un gran vaso con soda helada e ingresó a la sala. La película lo enganchó con rapidez, la dirigía uno de sus directores preferidos, Michelangelo Antonioni. La trama lo tenía cautivado. Se trataba de un joven fotógrafo que regía su vida basándose en la filosofía del absurdo y un existencialismo fundamental de tipo sartriano. De pronto su concentración fue interrumpida por un fuerte ronronear de sus tripas, sintió un gran vacío en su estómago y recordó que solo había bebido un café negro con limón y varias sodas. Salió y compró una Pepsi y un gran paquete de palomitas de maíz y retornó rápido. La película lo tuvo atrapado hasta que concluyó. Le agradó tanto que comenzó a aplaudir y, motivados tal vez por él, algunos otros también lo hicieron. Al encender las luces de la sala voltearon a mirarlo. *¿Qué creerán de mí? Tal vez piensen que estoy tan loco como el personaje de la película*, se dijo riendo para sus adentros. Sintió que la gente lo observaba de lejos mientras se dirigía a la puerta de salida, él continuaba riéndose hasta que cruzó la pista. Halló al personaje de la película compatible con lo que él pensaba de los aspectos absurdos de la vida y de la sociedad. Se enrumbó hacia el restaurante de su amiga Rosita. Le daba la impresión de que sus pies caminaban solos hacia aquel lugar, tal era el hambre que tenía. Apenas se sentó pidió una leche de tigre, una fuente mediana de jalea mixta y una cerveza negra, super helada. Era sábado y él tenía como tradición comer pescado y mariscos los fines de semana. El local estaba ocupado a medias, unas quince mesas tenían comensales mientras el resto se mostraba vacío. Una melodiosa salsa de la Orquesta La Fania en la voz de Peter Conde flotaba en la atmósfera. Algunos parroquianos situados en las primeras mesas del salón bebían cerveza, mientras que los de la izquierda jugaban billar. Le trajeron su cerveza solicitada y mientras la bebía reinició la lectura de un libro que no podía avanzar porque con frecuencia algo inesperado ocurría que lo hacía detenerse y, encima, en los momentos más interesantes. Le trajeron su comida y al comenzar el segundo plato llamó al mozo:

—Deseo que la siguiente cerveza esté más helada que la primera y la tercera más helada que la segunda.

—Es muy interesante su forma de pedir cerveza, señor.

—Es la manera fina de pedir el trago cuando eres un borracho con clase —respondió.

El mozo, después de lanzar sonora carcajada, agregó:

—Esta conversación me hace recordar a mi tío Carmelo que, al llegar los sábados de madrugada a su casa, después de estar bebiendo con sus amigos, al ser increpado por su esposa ante su condición le advertía: «¡No te aproveches de verme ebrio, para llamarme borracho!».

Luego de ese intercambio, Kumer V se dejó abstraer por su lectura. Estaba tan metido en las páginas de su libro que no se percató del momento en que Rosita se presentó con la botella de cerveza solicitada.

—Tu cervecita, Kumer V, y bien al polo —le dijo sonriente, arreglándose el cabello de forma coqueta. Acto seguido, le pidió permiso para sentarse en su mesa. A él no le quedó más que aceptarla.

De inmediato comenzaron a platicar. Su forma de presentarse lo hacía tan cordial que él consentía su presencia de buenas ganas.

—El sábado, el sol, el calor, la música salsa incita a un par de cervezas heladas —dijo risueña mientras le servía el vaso evitando que se formara espuma.

Esta vez él deseaba conducir la conversación, así que comenzó:

—Rosita, he estado en la biblioteca de la ciudad leyendo libros y diarios de periodistas e historiadores de la localidad, para recopilar información acerca de hechos que ocurrieron en San Arturo de los Caballeros durante la Guerra del Salitre, pero hay algunos detalles históricos que no se mencionan y esos vacíos aun no los puedo completar. ¿Tienes alguna información acerca de la historia de los Tres Gritos del Pueblo?

—No sabía que tenías interés por la historia nacional y, menos aún, por la de nuestro pueblo. Yo más bien iba a terminar de narrarte el caso de aquella joven que desapareció sin dejar huella que dejamos inconclusa la noche pasada, pero ya que estás interesado en la historia de nuestro pueblo, trataré de saciar tu curiosidad.

No quiso contarle que su interés estaba vinculado a todas las vicisitudes que en su habitación continuaban ocurriendo. No deseaba que cambiase la opinión que tenía de él o correr el riesgo de que lo tildase de chiflado. En su profesión nada de eso convenía, ni de broma. No necesitaba ser desprestigiado justo cuando estaba realizando una importante actividad, así que agregó:

—En mi profesión toda la información que se pueda obtener de una localidad puede ser útil para la mercadotecnia y, en esta oportunidad, San Arturo de los Caballeros es mi objetivo.

—Fíjate, estimado Kumer V, este pueblo tiene una historia muy interesante que por desgracia ha sido soslayada por los historiadores oficiales y los investigadores sociales. Yo, como profesora de Historia, he logrado acumular información gracias a los libros oficiales, folletos y documentos que tuve la suerte de obtener pues fueron impresos con difusión limitada. Además, he podido conseguir piezas del rompecabezas de la historia a través de conversaciones con antiguos pobladores nuestros ya que son ellos verdaderas fuentes orales. Sin embargo, hay algunos elementos que aún me faltan, pero me he propuesto en algún momento conseguirlos y hasta tal vez logre escribir un libro de este interesante episodio histórico ocurrido en esta generosa ciudad. Hasta ya creo tener el nombre: *Vida, pasión y suerte de un pueblo: San Arturo de los Caballeros*. ¿Qué te parece?

—Creo que está magnífica la idea, Rosita. La información que tienes no se puede desperdiciar y tienes que plasmarla, no en uno sino en varios tomos, comenzando que el nombre que tendría el libro le vendría bien. Pero ahora cuéntame, por favor, ¿qué sabes acerca de los Tres Gritos del Pueblo?

—Ese episodio de nuestra historia es muy interesante, pero a la vez trágico. Esto ocurrió durante la ocupación de nuestro territorio por los invasores chilenos durante la Guerra del Salitre. Uno de los hechos sociales importantes fue el fusilamiento por parte de ellos de Míster Robert Reenn y de sus dos menores hijos, Víctor Hugo y José Alfonso, sucedido hace cien años, en esta misma fecha. Algunos periódicos de la época informaron de un hecho extraño y es que el día mismo de su fusilamiento llovió sin cesar, lo cual no era común en la ciudad, y por la noche hubo eclipse de luna y, por un momento, se oscureció toda la ciudad, mientras la población estaba en la iglesia durante el velorio de los ajusticiados. El motivo de la ejecución fue que Víctor Hugo, uno de los hijos de la familia Reenn, mató a puñaladas a uno de los militares que vivía en su casona familiar y que el ejército chileno les había incautado y convertido en su cuartel, asignándoles para ellos el lugar donde vivían los caballos.

—Pero, Rosita, debió de haber algún motivo para que ese muchacho causara esa muerte o tal vez era un psicótico y de pronto le dio su crisis y lo atacó. Recordemos que por aquel tiempo la psicología y la psiquiatría no estaban tan adelantadas como lo están hoy en día.

—No, no, de ninguna manera, ese muchacho, según las versiones, era completamente normal, inteligente y buen atleta, era el mejor de los dos hermanos. Ayudaba en la contabilidad a sus padres, era maestro voluntario en la enseñanza de los hijos de los peones y aficionado a la fotografía. La realidad fue que un tal Panchito y su hijo Aurelio, peones de los Reenn, que trabajaban como sirvientes de esa pequeña guarnición chilena, escucharon cierta tarde que su servicio de inteligencia había descubierto que Míster Robert Reenn estaba ayudando desde hacía tiempo con provisiones a los patriotas peruanos comandados por el coronel Avelino Cáceres, más conocido como El Demonio de los Andes, y además les proporcionaba información de la cantidad de armas, pertrechos y movimientos militares que realizaban.

—Pero... ¿Por qué no apresaban de manera directa a los integrantes de la familia Reenn y a sus peones identificados?

—No podían hacerlo porque toda la familia se había nacionalizado como austriacos, pertenecían a un país neutral y no intervenían en la guerra nuestra. Los chilenos deseaban no solo liquidar a la familia Reenn, sino aniquilar a la quinta columna de la resistencia formada por los patriotas peruanos. Una forma disimulada de ejecutar su plan era asesinarlos y de esa forma desarticular las líneas de resistencia en cuanto a la información, comunicación y logística, pretextando el asesinato de su soldado. Ese fue el verdadero motivo del fusilamiento de los Reenn, claro está que de por medio estuvo también la muerte de su soldado.

—Pero todo lo que me estás diciendo, Rosita, debe de estar documentado y no lo he leído hasta el momento en los tres tomos de la historia de San Arturo de los Caballeros... ni en los diarios de aquella época.

—Tienes razón, Kumer V, eso no lo publicaron los diarios porque en esa época muchos fueron incendiados o clausurados y otros eran editados y difundidos de manera clandestina. Pero el hijo del periodista Morante, don Abelardo Morante, historiador, antropólogo y profesor universitario, investigó a profundidad el caso de los Tres Gritos del Pueblo y escribió un pequeño libro de corta circulación llamado *Tres asesinatos detrás de una máscara*. En él narra la realidad de los homicidios de esos tres patriotas peruanos.

—Rosita... y ¿dónde podría obtener ese interesante libro de Morante?

—Yo veré si lo consigo directamente de su familia, pues la conozco y nos hemos reunido alguna vez en su casa para celebrar fiestas patrias u otra festividad. Cosa extraña, hoy estamos conversando de estos hechos y un día como hoy, hace una centuria, sucedieron todos estos acontecimientos y lo más sorprendente es que hoy también habrá eclipse de luna, como lo hubo en aquel entonces.

—Tienes mucha razón, Rosita, es muy extraño y más aún es coincidente con lo que está sucediendo en la habitación donde estoy hospedado... algo que no te conté para que no me tildes de supersticioso. Sucede que en el Hotel Los Tres Gritos desde que me hospedé el domingo pasado esa...

Kumer V no pudo proseguir su relato. La conversación fue interrumpida por las sirenas de los vehículos de bomberos, ambulancias y autos de policías que pasaban raudos al frente del restaurante. Desde la calle alguien gritó:

—¡Se quema el hotel! ¡Se quema el Hotel Los Tres Gritos!

Como impulsado por un resorte, Kumer V se levantó de la mesa y corrió hacia el hotel que distaba ocho cuadras. Llegó exhausto. Un cordón de policías lo rodeaba e impedía que nadie se acercase a la construcción que ardía en llamas, semejando una gigantesca antorcha que iluminaba el cielo de un color rojo entintado por momentos de amarillo. Se abrió paso entre la gente, necesitaba saber. Se acercó a un bombero de uniforme rojo y una pequeña placa de metal en el lado izquierdo del capote con el nombre Paola V.C. y le preguntó:

—Bombero Paola, ¿tiene información si alguno de los huéspedes del hotel está herido o muerto?

—No señor. Los últimos huéspedes del hotel han sido evacuados y no hay informes hasta el momento de ninguna víctima.

¡Milagros está a salvo!, suspiró aliviado, *pero ¿en dónde estará ella? Ojalá encuentre a algún empleado del hotel para preguntarle por ella*, pensó ansioso.

Detrás del cordón policial, Kumer V observaba las lenguas de fuego que adoptando diversas formas alumbraban las siluetas de los bomberos, quienes aparecían y desaparecían detrás de una intensa cortina gris de humo, semejando figuras fantasmales y deformes. Hasta donde él estaba ubicado llegaba el calor del fuego, obligándoles a retroceder dando sucesivos pasos hacia atrás. El chasquido de los objetos que se chamuscaban en el interior y el crujido de maderas desplomándose o quebrándose como gigantescos huesos se escuchaba desde afuera. El humo gris oscuro, que se tornaba por segundos blanco, se elevaba por el lado izquierdo del edificio y desaparecía en lo alto. El viento a veces lo traía hacia los que allí estaban y les causaba lagrimeo y tos. Bocanadas de fuego aparecían por los vestigios de lo que fueron antes los grandes ventanales superiores. Voces y gritos de los bomberos, que se llamaban por sus nombres o apellidos, ordenando una nueva conexión en las mangueras o solicitando que dirigieran el pitón de la manga con agua hacia los laterales para evitar que el fuego se expandiese a las construcciones vecinas. Desde donde estaba, escuchó una gran explosión en el interior que produjo una enorme bocanada de fuego y el derrumbe de la parte lateral izquierda.

Estaba de pie mirando el dantesco panorama, cuando de pronto reaccionó: *¡Carajo, todo mi trabajo perdido! Y la única ropa que tengo es la que llevo puesta.* Se sintió extraviado en un campo de leños y ceniza. *¿Qué hacer? ¿Dónde ir?* Optó por regresar al restaurante, parado frente a ese desastre no tenía ya nada que hacer. Mientras caminaba halló entre la gente que permanecía aun viendo el siniestro a seis de los empleados que trabajaban en el hotel. Ellos, todavía vistiendo sus inmaculados uniformes azules con botones dorados, observaban lo que fue por años su centro de trabajo. Se acercó al grupo para expresarles su pesar por lo ocurrido y a la vez aprovechar para preguntar por Milagros. Le sorprendió que cuatro no la recordaran, el quinto de ellos, que era el encargado de llevar la estadística de los huéspedes y, según sus compañeros, impresionaba por su excelente memoria, mencionó que en los últimos seis meses no tuvieron registrada a ninguna huésped que se llamara Milagros. Les causó extrañeza cuando Kumer V les narró que varias veces se encontró conversando con ella en el pasillo muy tarde de la noche, otras veces en el comedor y luego en el salón central del hotel y que a pesar de toda aquella actividad ningún miembro del personal la hubiese visto. El empleado de seguridad del hotel manifestó que era imposible que algún extraño ingresara al hotel y, más aún, transitara sus instalaciones de noche sin estar registrado y que ninguno lo viera.

Kumer V estaba consternado. *¿Tal vez Milagros esté registrada con otro nombre?*, se preguntó. *¿Otro misterio más para agregar a mi rompecabezas? No, no, y no, es inconcebible, yo la vi, conversé con ella, besé dos veces su tersa mejilla, aspiré el delicioso aroma que emanaba de su cuerpo, me dio información interesante acerca de los fantasmas, me recomendó entrevistarme con el padre D'Antonio, me encontré con ella en la calle un par de veces.* Luego de pasar por un momento de negación, se dio cuenta de que en realidad sí existían elementos con referencia a su existencia que coincidían con lo que dijeron los empleados del hotel. *Ninguno de ellos me vio conversando con ella. Recuerdo aquella vez que la encontré en los pasillos y me acerqué a la recepción a pedir un café para beberlo juntos, ella se quedó en el comedor mientras el encargado me respondía que estaba cerrada* *la cocina, por lo tanto, no la vio. Las veces que intenté concretar con ella una cita, algo interfería y jamás se produjo. Otro de los elementos importantes es que jamás me mencionó en que habitación se hospedaba ni dijo su apellido, aunque yo tampoco se lo pregunté. ¿Qué sucedió entonces? ¿Existió o no Milagros? ¿Soy yo el que está mal? Con esto de las confabulaciones políticas y sociales, estoy por pensar que hasta hay una conspiración en mi contra, y eso no es posible.* Mientras reflexionaba acerca de todas esas disquisiciones se había quedado mirando en el cielo el humo que se elevaba dibujando extrañas formas. Uno de los empleados lo sujetó del brazo y le preguntó: «¿Está usted bien, señor?». No le contestó. Enrumbó hacia el restaurante.

NUEVE

Muchas cosas acudían a su mente en tropel. Caminaba consternado por la avenida Colón, tropezándose con los curiosos que continuaban amontonándose en grupos que se convertían en espectadores de la dantesca hoguera. Más unidades de bomberos llegaban al hotel provenientes de varias direcciones. Ya Kumer V tenía avanzadas cerca de dos cuadras y hasta allí percibía el olor a humo. «¡Esto es muy extraño!», dijo en voz alta, casi gritando. Los transeúntes que caminaban a su costado voltearon a mirarlo y se apartaron. *Debo de olvidar por ahora a Milagros y rescatar los importantes elementos que son compatibles con el caso de los Tres Gritos del Pueblo, el eclipse de luna, el fusilamiento de la familia Reenn, la muerte de aquel soldado chileno, todo esto ocurrido hace cien años. Sin embargo, creo que ahora otro personaje se ha sumado a este rompecabezas, presumo que la tal Milagros también integra este laberinto de hechos. Pero me queda algo que está incompleto. Ella me dijo que existen espíritus que no tienen su descanso eterno y se transforman en fantasmas por que algo importante dejaron pendiente cuando estaban en vida y su muerte les impidió realizar. Entonces, este ser que visitaba mi habitación cada madrugada, ¿tenía algo por finalizar que le impedía descansar en paz de forma definitiva? Y, ¿qué sería aquello que tenía que terminar? ¿Todavía continúan faltándome piezas importantes en este rompecabezas?*

Divisó el restaurante media cuadra antes. Un grupo de gente reunida en la entrada miraba el siniestro y comentaba. Al pasar a su lado, cerca de la puerta, encontró a Rosita y los mozos formulando conjeturas acerca del incendio. Se encaminó a paso lento hasta la última mesa, acercó la silla y se sentó. Deseaba estar solo y pensar.

El trabajo truncado de cinco arduos días en esa ciudad, y sin tener duplicado de los documentos, le preocupaba; y ahora surgía otro elemento más para su consternación, la existencia o no existencia de Milagros. Súbitamente volvió a aparecer en su mente la historia de Los Tres Gritos del Pueblo, la que intuía asociada a aquel ser de su habitación. Necesitaba atar los cabos sueltos de esa historia y concluirla. Le faltaba información, datos, pero ¿dónde hallarlos? Llamó al mozo, necesitaba beber algo fuerte que le ayudara a pensar con claridad y pidió un chilcano de pisco, doble. Lo bebió rápido, se quedó mirando el fondo del salón como si intentara hallar en esa penumbra respuestas o, aunque sea, aproximaciones a ellas. El sabor del chilcano lo sintió reconfortante y hasta le pareció que le acomodó el cuerpo. Al terminarlo, pidió dos más, bebiendo solo uno de ellos con rapidez mientras acariciaba el otro sintiendo el leve adormecimiento del vaso helado en la yema de los dedos. La información la tenía semiorganizada en su mente, pero le faltaban datos. Rosita lo divisó desde el grupo de la entrada, terminó de dar varias indicaciones a sus empleados, se acercó a su mesa, arrastró su silla y se sentó, esta vez sin pedirle anuencia.

—¿Todos los documentos de tu trabajo se han quemado en el incendio? —le preguntó en voz baja, casi susurrando.

—Sí, todos por completo… y no tengo duplicados... Pero no es eso lo que me tiene preocupado. Es la historia de los Tres Gritos del Pueblo. He descubierto que mientras más información obtengo me surgen más preguntas y menos respuestas. Tengo demasiados vacíos que no he podido completar.

—¿Qué deseas saber, Kumer V? Como sabrás, yo he vivido en San Arturo de los Caballeros por muchos años y tengo suficiente información que no recogen los libros de historia y quizás pueda ayudarte.

—Te lo agradezco anticipadamente, Rosita. Cuéntame lo que recuerdes de los comentarios de la gente del pueblo y lo que descubrió el historiador Abelardo Morante, en específico, acerca de la muerte del soldado chileno que mató Víctor Hugo Reenn aquella noche de eclipse.

—Kumer V, estoy intentando ordenar la información en mi mente. Como diría mi abuelo, separar la paja del trigo. Según lo que se supo, había un único soldado de infantería especializado en explosivos y demolición, un tal Portales, Antenor Portales. Morante en su libro relata que la gente de aquella época contó que cierta vez, mientras bebían licor en la pequeña cantina de un tal Anselmo Cruz, en la periferia de la ciudad, cuatro soldados chilenos borrachos comentaron que Portales no había podido cumplir las órdenes de su comando de incendiar los galpones y la caballeriza con todos los ocupantes dentro, incluidos los Reenn. Los soldados agregaron que, si ese muchacho no los mataba, lo iba a hacer el capitán, por haberle fallado y dejado en ridículo ante el comando. Los soldados comentaron en aquella borrachera que su compañero de armas fue descubierto por el joven Reenn antes de cumplir la orden de su capitán, porque él habituaba hacer rondas nocturnas alrededor de la caballeriza. Víctor Hugo Reenn era el más corpulento de los dos hermanos, y además deportista, así que al sorprender al soldado se trabó en una lucha cuerpo a cuerpo después de que el militar derramara la gasolina en la parte delantera y trasera de la caballeriza y galpones y estaba a punto de encenderla. Aprovechando su corpulencia, Reenn le debe de haber arrebatado la bayoneta a Antenor, se la clavó en el pecho y huyó, tal vez creyendo que Portales estaba muerto. A la mañana siguiente, cuando llegó el capitán Urrutia, no halló el incendio y, por el contrario, encontró a su soldado moribundo. Antes de morir, delató a Víctor Hugo como su victimario. «El mismo capitán nos contó entre maldiciones», dijo el soldado en aquella borrachera, «que Antenor murió en sus brazos».

—Entonces, Rosita, ¿el soldado muerto era Antenor Portales?

—Exacto, Kumer V, ese era su nombre y su misión, el asesinato masivo de la familia Reenn con el íntegro de la peonada. Cuando el capitán Urrutia descubrió el homicidio de su subalterno, de inmediato reunió a la familia Reenn y a todos los peones y los amenazó con fusilarlos, uno cada hora, si es que el asesino de su soldado no se entregaba. Al ser informado de la amenaza por uno de los peones, que lo tenía escondido en un bosquecillo de los alrededores, Víctor Hugo se entregó. Sin ser soldado, y a pesar de tener la nacionalidad austriaca y ser menor de edad, al joven Reenn se le hizo un juicio militar sumario, sentenciándolo a él, a su hermano y a su padre a ser fusilados por delito de asesinato, complicidad, colaboracionismo y conspiración contra el gobierno chileno. El fusilamiento se produjo en la plaza de armas de la ciudad un jueves al mediodía. Para más drama y dolor de la familia, cada cinco minutos caía uno. Los cuerpos de los ajusticiados fueron rescatados por la población que previamente se había amotinado en la plaza. Esta fue amenazada por los soldados que habían venido como refuerzo de otros cuarteles con dispararles masivamente si es que no obedecían las órdenes de los soldados. Pero al pueblo no le importó las amenazas y cargando los cadáveres los ingresaron a la iglesia, donde fueron velados durante tres días ante una gran multitud y sepultados bajo el altar mayor. La madre de los jóvenes, Lady Sophie Reenn, pidió que los tres cuerpos fueran colocados en una sola tumba y que escribieran en la gran lápida que los cubría, *"Los Tres Gritos del Pueblo nunca serán silenciados"*. Luego de enterrarlos, ella se marchó a su país para siempre. El *Diario La Palabra*, que en verdad no era un periódico sino un pasquín que imprimía la hija del profesor Vicente Rodríguez, y que comenzó a circular de forma clandestina, informó que el cadáver del boticario Marchena fue hallado semi enterrado en una chacra en las afueras del pueblo. Sus restos presentaban las macabras huellas de haber sido torturado y abaleado por la espalda. Aprovechando ese acontecimiento, los pobladores se reunieron y realizaron una misa por el alma de los cuatro patriotas, el sacerdote Eduardo Leva, el boticario Jorge Marchena y los profesores Vicente Rodríguez y Raúl Olarte.

Kumer V la escuchaba atento, no perdía un solo detalle. De pronto dio un salto de su silla, se bebió el vaso con chilcano en dos sorbos y exclamó:

—Escucha Rosita, aquel fantasma que se presentaba todas las noches en mi habitación era aquel soldado chileno muerto por el joven Víctor Hugo, llamado Antenor Portales, cuando intentaba asesinar por orden superior a la familia Reenn y a toda su peonada simulando un incendio. Tal sangrienta orden había sido dada porque el servicio de inteligencia chileno había detectado que Mr. Robert Reenn y su hijo integraban un grupo secreto de resistencia patriota, imprimían un periódico clandestino en su caballeriza y el joven Víctor Hugo era quien leía los documentos y descifraba los planos robados por dos de sus peones al servicio de dicha guarnición castrense. Además, debido a su contextura atlética, entrenaba a los peones jóvenes en técnicas de lucha cuerpo a cuerpo y sabotaje de caminos. Como era lógico, debido a las características físicas del joven, el soldado estaba en desventaja y, al trabarse en una lucha a muerte, en algún momento le arrebato la bayoneta y se la clavo en el pecho huyendo luego.

—Continúa Kumer V, por favor, creo que la historia la tienes casi completa, sigue... sigue... entonces...

—Al retornar el capitán Urrutia al día siguiente, no halló incendio alguno, tan solo a su soldado herido de muerte, pero aún con vida, quien delató a su victimario antes de morir. El militar chileno, para presionar a que el pueblo entregue al joven Reenn, amenazó con fusilar gente y allí es donde se entregó Víctor Hugo Reenn para evitar una masacre. La intención del comando chileno era aniquilar la resistencia de los patriotas peruanos, conformados por algunos campesinos del lugar, habitantes de la ciudad, peones y, sobre todo, la familia Reenn. Esta resistencia estaba comandada por el Demonio de los Andes, coronel Andrés Avelino Cáceres, al cual a veces se sumaba el célebre Luis Pardo y su lugarteniente, José del Carmen Rodríguez Bautista. En consecuencia, para debilitar a la resistencia patriota tenía que fusilar no solo al autor del asesinato sino al hermano y al padre de ellos. El pretexto fue acusar a uno por asesinato y al hermano y al padre por complicidad en el homicidio, además de espionaje, complot, desobediencia y conspiración contra el gobierno chileno. La noche en que el soldado de artillería iba a causar el asesinato masivo era un día como hoy, hace exactamente cien años. Aquella noche se produjo un eclipse de luna como el que ocurrirá esta noche.

—Tienes razón, Kumer V, tienes mucha razón, todo coincide como las piezas de un increíble rompecabezas.

—Rosita, ese ser fantasmal que se presentaba cada madrugada en mi habitación estaba encadenado a permanecer con nosotros en esta vida. Su asunto pendiente era el no haber cumplido la orden dada por su capitán de incendiar los galpones y la caballeriza y asesinar a la familia Reenn y su peonada. Esta noche, a los cien años de haber ocurrido ese suceso histórico, por fin ha concluido. El fantasma del soldado chileno, Antenor Portales, ha sido el que ha incendiado el Hotel Los Tres Gritos para cumplir su orden asesina. Aunque felizmente no hubo muertes. Tal vez logre en definitiva su liberación y pueda descansar en paz. Pero ya que tengo la historia completa, aún hay una segunda pregunta… y no sé si tú sabes algo de esto, Rosita.

—Terminas una historia e inicias otra, Kumer V, eres incansable.

—No, no. Es solo una secuencia de eventos que se han ido desarrollando durante mi permanencia en el Hotel Los Tres Gritos para lo cual no tengo respuesta y que me ha generado otro misterio que desearía develar.

—¿De qué se trata, Kumer V? Ya ves que a mí también ya me tienes intrigada.

—Durante mi permanencia en el hotel, conocí a una joven muy bonita, de unos treintaicinco a cuarenta años. Me dijo llamarse Milagros, con ella me he reunido cuatro o cinco veces y hasta me propuse tener una cita romántica con ella. Hoy, al producirse el incendio, estuve muy preocupado pensando que tal vez le hubiera sucedido algo. Pero lo extraño del caso es que al encontrarme con los empleados del hotel que miraban el incendio les pregunté por ella y nadie la recordaba y, es más, el joven encargado de los registros de huéspedes y estadística, que sus compañeros consideran tiene una excelente memoria, me refirió que en los últimos seis meses no han tenido registrada ninguna huésped con ese nombre. Entonces una posibilidad es que tal vez se registró con otro nombre y apellido.

—Pero, Kumer V, ¿tú la has visto, tocado y conversado con ella?

—Claro que sí, Rosita. Nos dimos la mano y, en varias oportunidades, besos en la mejilla. Recuerdo que cada vez que nos encontrábamos su cuerpo expelía un agradable aroma a lavanda.

Milagros me dio mucha, pero mucha información acerca de lo que llamó fantasmogénesis y el por qué cuando una persona muere se puede convertir en un ser fantasmal. Además, me insistió que vaya y consulte al sacerdote de la parroquia acerca del fantasma de ese soldado.

—¿Y los empleados del hotel te vieron alguna vez con la tal Milagros?

—Bueno, eso es también lo extraño, los empleados del turno de mañana y noche me dijeron que jamás me vio alguno conversando con ella. La descripción que les di tampoco se ajusta a ningún huésped del hotel. Para los empleados, ella nunca estuvo hospedada o ingresó en el hotel y, lo que es más, creen que nunca existió y que estoy muy confundido. ¿Qué es lo que ha ocurrido, Rosita? ¿Acaso se trata de otro de los personajes como el del soldado chileno Antenor Portales? o ¿la historia de Los Tres Gritos me está causando alucinaciones?

—¿Y quién te dijo que se llamaba Milagros?

—Ella misma me lo dijo, pero jamás supe su apellido.

—Recordarás, Kumer V, que ayer comentamos que esta es una ciudad pacífica y que además de los fallecimientos por muerte natural, solo hemos tenido dos muertes en extrañas circunstancias. Una de Evelyn, la novia frustrada, y la otra del director de la Escuela Enrique Carbajal. Sin embargo, existe un caso que quedó inconcluso la noche pasada y no te alcancé a narrar y es el de la misteriosa joven que se llamó Milagros y sucedió precisamente en el Hotel Los Tres Gritos. Ocurrió que esa joven se hospedó allí cerca de una semana. Al sexto día, el recepcionista de turno la vio salir muy de mañana con un vestido rosado muy elegante, como si fuera a una fiesta. Dos testigos manifestaron haberla visto a mitad de mañana en el cementerio, poniendo flores en la tumba de Evelyn de la Puente, la novia que se suicidó. Luego, un empleado del turno de tarde del Hotel Los Tres Gritos la vio retornar e ingresar a su habitación. Transcurridos dos días, la mujer de la limpieza informó al administrador que el huésped que ocupaba dicha habitación no abría la puerta para realizar el aseo. El personal del hotel llamó a la policía. Al ver que no había respuesta, y al verificar que estaba con seguro por dentro, forzaron la puerta. Al ingresar hallaron la habitación vacía. La ventana que colindaba con el pasillo lateral estaba también asegurada por dentro. En el clóset no encontraron ninguna prenda de vestir y sobre la cama se halló el elegante vestido rosado que vistió por la mañana y, junto a este, los zapatos negros de charol. Nadie la vio abandonar la habitación. En otras palabras, daba la impresión de que Milagros se había esfumado. La policía barajó varias hipótesis; secuestro, fuga por evitar pagar la cuenta del hotel, suicidio; pero nunca se halló el cuerpo. El caso siguió abierto por meses mientras continuaba la investigación. Sin embargo, uno de los trabajadores más antiguos del hotel, que frecuentaba nuestro restaurante, llamado Héctor Balmaceda, en una de las veces que se quedó bebiendo hasta tarde me narró los pormenores de este extraño caso. Detalles que no aparecieron en los diarios ni noticieros porque el administrador y el dueño del hotel lo prohibieron. Resulta que el nombre de la joven era Milagros Lucero y, según Héctor Balmaceda, que estuvo de turno en aquella oportunidad, fue él mismo quien registró su retorno e ingreso a su habitación. Héctor me contó, de una manera muy confidencial, que después de transcurridos dos días desde su llegada, una de las empleadas reportó a la administración que la huésped no abría la puerta para el aseo de su cuarto. Ningún empleado la había visto salir, ni estaba su llave colgada en el llavero general de recepción, así que se presumió que la mujer estaba todavía adentro. Al no responder a las insistentes llamadas por el intercomunicador y los fuertes golpes en su puerta, dieron parte a la policía. Al llegar los agentes, interrogaron al señor Balmaceda y él les dijo lo que sabía: que después de entregarle su llave, se fue a su habitación a tal hora y que no la vio salir. Al no abrir ella la puerta, precisaron forzarla porque estaba con seguro interior. Cuando entraron no encontraron a nadie, el clóset estaba vacío y sobre la cama yacía el elegante vestido rosado que tuvo puesto al regresar. Ese día el hotel se conmocionó, tomaron huellas, interrogaron a todo el personal e inclusive a los huéspedes y no hallaron indicios de lo sucedido a Milagros ni las causales de su desaparición. El caso quedó abierto e irresuelto. Hubo transcurrido cerca de seis meses y un detective retirado, de nombre Nicolás Salvatierra, para quien los casos pasaron a ser su pasatiempo, se puso a investigar de forma casual el caso de Milagros Lucero. Después de recopilar información, descubrió que hacía veinticinco años, en la misma fecha de la desaparición de la joven Milagros, había ocurrido en San Arturo de los Caballeros la muerte de una joven, en cuya investigación también él participó y que el caso nunca se cerró, aunque se presumía que se tratase de un suicidio. Se trataba de Evelyn de la Puente que, ante la inasistencia de su novio a la iglesia el día de su boda, se quitó la vida en su dormitorio. Sus damas de honor, que eran amigas íntimas y estudiaban en la misma facultad, vistieron de rosado para la ceremonia. Compatible con esto, sobre la cama de la desaparecida Milagros Lucero había un vestido con similares características y presumiblemente era el que vistió para visitar y llevarle flores a la tumba de Evelyn aquella mañana. Salvatierra identificó los nombres de las damas de honor en el frustrado día de la boda, y encontró a una Milagros Lucero, compañera de estudios desde primaria de Evelyn y amiga íntima. Transcurrido un tiempo prudencial desde la desaparición de la joven Milagros Lucero, ninguno de sus familiares o amigos se presentaron para preguntar por ella. ¿Qué había ocurrido? ¿Acaso Milagros Lucero no tenía familia? ¿Ella llegó a la ciudad por una semana solo para llevarle flores a la tumba de su amiga? ¿Fue su manera de conmemorar un aniversario más de su muerte? ¿Cumplido su objetivo, se marchó de manera secreta de la ciudad? ¿Cómo logró salir de su habitación si la puerta estaba con seguro por dentro? Y, más aún, era la única entrada, ya que la ventana estaba a la vez asegurada desde adentro y colindaba con el pasillo lateral interior del hotel. Ninguno de los choferes que en ese entonces se dedicaban a trasladar pasajeros desde la ciudad a sitios aledaños manifestaron haberla visto. ¿Puede una persona esfumarse o desaparecer sin dejar rastro? ¡Es inconcebible! Salvatierra, a pesar de los años de experiencia como policía, estaba consternado y, tan igual como ocurrió con el caso de Evelyn de la Puente, con Milagros Lucero tampoco tuvo respuesta, tan solo hipótesis, las cuales, a medida que intentaba probarlas, eran negadas por la realidad. El trabajador del hotel, Balmaceda, terminó diciendo antes de retirarse que el detective Salvatierra se llevó ambas interrogantes a la tumba dado que no halló respuestas y falleció el día de nuestro santo patrono, San Arturo, un primero de setiembre.

Kumer V la escuchaba en silencio mirando el vacío. Antes de dar su opinión, pidió al mozo la cuenta del licor y luego acotó:

—Pero ahora, Rosita, la realidad social es otra, no existen aún respuestas para ciertos acontecimientos físicos que ocurren, aunque con el transcurrir del tiempo tal vez la ciencia pueda explicarlos.

Kumer V se bebió el último vaso con chilcano de pisco, dejó un par de billetes sobre la mesa y se levantó sin despedirse. A su espalda Rosita lo llamaba, invitándolo a quedarse en el restaurante para que duerma allí esa noche. Sin embargo, él continuó su camino hacia lo que quedaba del Hotel Los Tres Gritos. Al llegar, halló lo que se suponía encontraría: cenizas, trozos de madera todavía ardiendo, paredes, techos desplomados, vidrios rotos, alfombras calcinadas, charcos de agua, objetos no identificables chamuscados, carbón, un olor insoportable a incendio. Pero lo que no se esperaba, y le sorprendió, fue ver en medio de todas esas cenizas y tizones de madera carbonizándose, en el lugar donde supuso fue la habitación número diecinueve, la silla intacta, muda, testigo de una ignota historia que encadenó durante cien años a un soldado. Dio media vuelta y siguió su camino hasta que se perdió en sus pensamientos y en la densa neblina de la noche.

II
Relatos oníricos

"Puede que no tengamos corazón, pero tenemos ojos y éstos nos bastan para atormentarnos".
--Jane Austen.

"Te habitúas a caminar por la realidad y descubres que no es suficiente. Es asfixiante. Te limita. Comienzas a ser libre cuando inicias la construcción de tu propia realidad y entonces tu pasado se convierte en ficción. Predecir el futuro es demasiado fácil. Mira la gente a tu alrededor, la calle donde te encuentras, el aire visible que respiras. Esa es realidad, pero a la vez ficción. La ficción nos la hacemos nosotros a nuestra medida, a nuestra urgente necesidad".
--Patrick Rothfuss, *El Temor de un Hombre Sabio*.

SANDALIAS DE AZUFRE

La fogata aún ardía cuando la descubrí en la playa. Angustiada buscaba entre las rocas una piedra con una extraña inscripción. Me acerqué sigiloso y noté que de su cabello pendían esqueletos de pescado y en sus tobillos se enredaban delgados listones de algas. Sus uñas eran afiladas y bajo la luna llena su cuerpo brillaba por la sal. Esa noche yo tenía puestas mis sandalias de azufre y un cordel de cuero trenzado colgaba de mi cuello con tres llaves.

Me aproximé un poco más y me agazapé, escondiéndome detrás de mi silencio y de algunas rocas que habían caído esa madrugada desde el cielo. Yo la observaba como un psicólogo obsesivo, indiferente a la noche que siempre fue mi compañera fatal y salvadora. Al girar mi cabeza hice sonar de forma irresponsable mis cabellos. Entonces me descubrió. Comenzó a acercarse con pasmosa lentitud e intentando guardar el equilibrio. Quedé estático. La sorpresa me paralizó hasta hacerme sentir como una estatua de granito. La fogata ardía, semejaba una flor amarilla de estambres rojos. El viento del sur esparcía las cenizas con manos que arañaban la arena. A mi izquierda, una columna de cangrejos caminaba rauda hacia su centro mientras ella se aproximaba más y más, similar a una tierna y venenosa araña marina.

Su cuerpo se balanceaba sobre sus pies diminutos y sus manos se movían con el viento, semejando descuartizar esqueletos de insectos. En un momento crucial intenté retroceder espantado y me desplomé al tropezarme con unas rocas y algunas preguntas sin respuesta. Ella se lanzó sobre mí. Era una delgada sombra que caía aplastándome con su cuerpo huesudo y su mirada húmeda. Me clavó sus ojos amarillos y de inmediato me exigió beber de su saliva espesa, espumosa, maravillosa. Por primera vez probé sus labios con sabor a misterio y resignación. Por mis ojos se filtraban sus ojos y alguno que otro pedazo de luz de luna. Sentí que mi pecho se untaba de su sudor pegajoso y amoniacal. Su fatal aroma ingresaba por mi nariz y un vahído me invadió, no me quedaba más recurso que abandonarme a la enredadera de sus piernas en mis piernas. Sus afiladas uñas penetraban en mi espalda abriéndome la carne, causándome un delicioso dolor inhumano. Su lengua de científico lascivo comenzó a escudriñar tiernamente mi garganta. Colocó una de sus largas uñas sobre mi pecho. Mi piel se abrió vociferante y procedió a besarme la herida. Presentí que estaba condenado a vivir con ella y su alma, que a la vez intuía que tampoco le pertenecía.

Intenté separarme de su cuerpo frío, de sus piernas que me tenían sujeto. Busqué desesperado a la noche en mi conjuro. Aprovechando ese abrazo, acerqué mi boca y casi desfallecido le susurré al oído que me dejara marchar. Pero fue en vano. Mis palabras se extraviaban en la oscuridad, semejando las huellas que dejan los peces en el corazón de un ciego. Había caído prisionero de sus besos sin forma, de su ternura esquizofrenógena. A mi alrededor la oscuridad seguía destilando chasquidos y penumbras

El tiempo transcurría a cuentagotas. Ella continuaba abrazada a mí, mirándome con su pupila en línea. Sentía su respiración cancerígena enfriando mi rostro. De forma inadvertida inició un movimiento leve de su cuerpo y por momentos ligeras convulsiones sacudían lo que parecía su cintura; y mientras suspiraba profundamente, me salpicaba con su saliva sagrada. ¡Estaba atrapado! Su aroma me impedía responder, mi esqueleto parecía de humo. Presentí haber perdido definitivamente la batalla, si es que en algún momento la hubo. De pronto, un temblor sacudió su lengua y se prolongó hasta la entrada de su prodigio. Sentí que sus agudos pezones se clavaban en mi asombro. Un grito rasgó la madrugada de este a oeste. Algo similar a un tibio sueño mojó mis piernas y las de ella.

A lo lejos, docenas de pelícanos chillaban pareciendo ser despedazados por hechiceros malvados. La madrugada se resistía a abandonar su húmeda boca de penumbra. Su cuerpo y el mío trenzados sobre la arena semejaban una mancha de carne informe. No sé cuánto tiempo transcurrió. Al despertar, la barba me había crecido. Un manojo de algas cubría la herida de mi pecho y en mi mano izquierda conservaba un mechón de su cabello rojizo. Descubrí además que algo viscoso cubría parte de mis piernas. Mi cuerpo exhalaba un olor a angustia. Me hallaba desnudo y en mi garganta quedaban pedazos de su lengua brillante. Me incorporé con dificultad. Más allá yacían los restos de la fogata y algunos signos raros, escritos en la arena, que no pude descifrar. Un poco más lejos, trozos de madera procedentes de naufragadas barcazas, pescados secos y plumas de alcatraces mezclados con el sonido de las olas.

El sol escupía sus primeros rayos, el viento del sur bofeteaba de forma leve mi rostro. Vestí mi cuerpo con los retazos de ropa que me quedaban y eché a andar por la playa. Me crucé con algunos pescadores que me miraron y huyeron al descubrir las profundas heridas expuestas en mi espalda. Extraviado, caminé entre las piedras, los embarcaderos y las rocas negras de los muelles.

Más allá, por el camino pedregoso que rodea las palmeras, me encontré con algunos hombres dorados por el sol que me informaron habían visto a un ser con sus características, la cual arrastraba hojas de palmera pretendiendo borrar sus pisadas en la arena. Me dijeron, además, que ella llevaba un collar con tres llaves colgado al cuello y su cuerpo exhalaba el olor que emana de la desesperación.

Ese fue mi primer y único encuentro con ella. Lo demás son nada más que leyendas que inventaron los habitantes del puerto. Pero lo que sí es cierto es que en la playa, cuando se ausentan las aves marinas y la madrugada corona a los erizos con su espuma, se escuchan sus lamentos, su agitada respiración. Por las tardes, mientras los pescadores zurcen sus redes, se ven obligados a taparse los oídos para no escuchar los extraños gritos que provienen desde atrás de donde comienzan las grandes rocas y que ellos no se atreven a traspasar. Los vendedores de mariscos, que salen a ofrecer sus productos los domingos, han comentado que la vieron cierta vez al anochecer, caminando de la mano con un ser pequeño, vestido con algas, y que llevaba una llave colgada al cuello.

Las noches se han ido sucediendo y son varias las veces que la he soñado recriminándome en su extraño lenguaje, culpándome de ser yo el que inventó la despedida. Despierto con una melancolía similar a una tormenta de arena en el corazón y una herida cubierta con algas en el pecho.

PERFUME DE CANGREJA

Viernes de septiembre de un día no definido, la tarde era incierta. Acababa de ingresar a estudiar en la universidad. Caminaba de forma despreocupada entre los eucaliptos del parque mayor, con mi mochila repleta de libros, algunas frutas, y mi botella con agua. No percibí cuando una mirada inquieta se desprendió de una de las bancas de madera ubicadas en el pasadizo de la ciudad universitaria. Mis pasos trastabillaron al sorprenderme por alguien que pronunciaba mi nombre. La voz era gruesa, su mirada delgada. Un ligero temblor me sacudió sin saber si era de alegría o miedo. La amebosa sombra se acercaba sigilosa, casi en puntillas, aproximó su boca a mi oído desatendido y murmuró palabras ininteligibles, luego sonrió. Sin darme tiempo para reaccionar, ya había entrelazado su mano fría entre la mía caliente. Minutos después caminábamos cual pareja que parecía conocerse desde hacía años. Los jardines interiores estaban cercados por altos eucaliptos del tipo Gunnii Hook y los floripondios centrales que rodeaban la gruta despedían un aroma que, de tan agradable, escarapelaba el cuerpo. Nosotros conversábamos acerca de la vida que se repite como un viento sucio que se cuela entre los huesos cual si fuera puerta giratoria. Durante el trayecto me iba sacudiendo de los fantasmas que tenía encerrados en mi memoria y paso a paso fui renunciando a los fusiles escondidos en mi clóset. Me sentía liviano a su lado y desde entonces no pude separarme de ella. Como si fuera un dictamen mortal, me condenó a vivir en su presencia de por vida e impregnarme de ese olor que emanaba de su cuerpo y que me perturbaba hasta la insinuación de un orgasmo.

Estar a su lado me causaba una maravillosa embriaguez, desencadenándome punzadas que me atravesaban el tórax de sur a norte. Aprendí a intuirla a cierta distancia. Mi cuerpo respondía con estremecimientos y sensaciones similares a tostadas que se quebraban en mi pecho. Una contradicción me surgía muy dentro. Un conflicto infernal que no podía dilucidar. A menudo me planteaba si debía huir de su lado, cual perdido espermatozoide, o quedarme. Momentos de incertidumbre que me hacían transpirar mientras una oscura congoja manchaba mi camisa. Pero a pesar de esa lacerante disonancia, de forma irremediable retornaba a sus labios secos, sedientos y hermosos.

Desde que la conocí aquella tarde en los pasadizos de la universidad, mi rutina cambió por completo y no por propia voluntad. Ella me obligaba a levantarme muy temprano para realizar insólitos rituales. Trepaba a los árboles para escoger las mejores lianas de ayahuasca. Eso le causó muchas veces cortes en las manos y los pies; yo solía esperarla bajo el guayacán mayor para curarle las heridas, untarle secreción de ojos de kambú y reconfortarla con masato fresco. Hubo veces en que, ante esa espera de largas horas yo leía pasajes del *Talmud*, eso me ayudaba a descifrar sus besos e interpretar su corazón aterido y voraz.

Su despertar matutino no era fácil y yo me convertía en su acólito de otra de sus tantas ceremonias impías. Cada tres cortas estaciones algo extraño le sucedía mientras dormía: una membrana pálida de crisálida cubría su cuerpo. Al despertar, la rasgaba con sus largas uñas, me miraba con su único ojo rojo y me entregaba un beso a quemarropa para después pronunciar aquella palabra impenetrable que nunca me atrevía a repetir y que me hacía sentir, en el fondo del pecho, que la amaba. En medio de todo ese carnaval de maledicencia, teníamos también intensas noches de magia y encanto en que salíamos a recorrer de la mano los caminos aledaños. Atravesábamos el pequeño riachuelo y llegábamos hasta la laguna de las sombras y recogíamos en nuestra canasta fascinantes alacranes de ojos amarillos o *ungurahuis* maduros. Otras veces, echados en la ribera, nos entregábamos en abrazos, mordiscos y besos desenfrenados y a veces hacíamos el amor ante la mirada vidriosa de los lagartos que bostezaban de tedio a nuestro alrededor.

Como si fuera un barco abandonado en los labios del sueño, así estuve varias estaciones, secuestrado por el encanto de esta mujer que no se agotaba día a día de sorprenderme. Como aquella vez en que se tatuó en la palma de la mano izquierda un ojo y al anochecer me instaba a que lo besara con unción.

Cierta noche la sorprendí dibujando insólitos signos entre las cenizas de los leños y ella sin inmutarse me dijo que estaba apagando el fuego y desde entonces se cuidó de graficar sus homéricos signos siempre realizados a media luz.

Como si fuera el dictamen de una bula papal, cierta vez me prohibió que continuara vinculado a mis hermanas. Desde entonces me alejé de ellas y de mis amigos de la universidad y sobre todo de los que más amaba y que pertenecían al taller de los escritores. Aislado y con un evidente sentimiento de secuestro amoroso debido a un amor a cadena perpetua, me vi obligado a permanecer a su lado durante las catorce estaciones siguientes.

Mientras tanto ella continuaba con su teófobo ritual, obligándome a cumplir rutinas, escarmenar sus pocos cabellos, cantar melodías que había compuesto, danzar bajo las epifitas, besar sus labios secos y verdosos, y que le dijera en su extraño idioma que la amaba. Toda esa presión psicológica me impulsaba a esconderme dentro de los árboles.

Como parte de la celebración de su cumpleaños, me obligó a que le regalara corales negros que me vi precisado a extraer del fondo del mar. Al cumplirse la tercera estación, nos mudamos a una pequeña cabaña cerca de un mercado chino. Desde la primera noche cruentas pesadillas comenzaron a torturarme, eran seres amorfos que salían de las ollas de la cocina y precipitándose sobre mí, me levantaban en vilo para después lanzarme contra el suelo. Al despertar, yo yacía en el piso con oscuros moretones dispersos por el cuerpo y algunos pequeños que semejaban besos insaciables. Ella jamás me creyó y eso provocaba fuertes escenas de celos. En sus habituales arrebatos me lanzaba acusaciones sin sentido. Me acusó de haber agotado el aroma que emanaba de su cuerpo, por suspirar demasiadas veces cuando caminaba a su lado, lo cual había a la vez ocasionado disminución para captar el sabor ácido de las cerezas viéndose obligada a elevar la cantidad de jugo de *ungurahui*.

Desconcertado y en el límite de la desesperación, cierto día exploré mis recursos y, no hallando otra alternativa, hui intentando rescatar el tiempo perdido, en busca de mis amigos y mis hermanas. Las estaciones habían transcurrido de forma inexorable y había caído en una oquedad. Algunos de mis amigos estaban muertos, desaparecidos de circulación o viajando a los diferentes puntos cardinales. El tiempo continuaba transcurriendo mientras envejecía vértebra tras vértebra mordisqueado por los recuerdos. Más nubes se fueron disolviendo detrás de las madrugadas. Dormía bajo los árboles, me enrolé con los cazadores de serpientes, recorrí los puertos y sentí el sabor de las olas reventando detrás del paladar. El amanecer me sorprendió sediento innumerables veces, con las estrellas congeladas en mi frente o cubierto de aguacero, pero me sentía libre.

Después de haber transcurrido un par de estaciones pude manejar todo esto hasta encontrar un cuartito en el ático de una antigua casona, que desde entonces se convirtió en mi vivienda y a la vez en atelier, cuarto de música, gofinoteca y catedral de los sueños. Los días seguían rodando y cada amanecer ingresaba a una decisión y a una despedida. Nadaba contra la corriente, intentaba liberarme de mí mismo. Evitaba hallar en los cruces de los caminos un amor plástico, o, al mediodía, fragmentos de hombres sentados en los parques, escaramuzas de sueños. Cada mañana mi pecho era atravesado por el viento que me había enseñado el vicio de olvidar.

No recuerdo cuántas estaciones más transcurrieron. Creía estar en paz, muy lejos de ella y de muchas cosas que detestaba, estaba redefiniendo mi dolor. Cierta mañana que descansaba bajo un árbol de lupuna, y mientras unos monos jugaban pretendiendo morder su sombra, me pareció percibir su aroma, el sonido de sus cabellos y su voz fantástica. Escuché, como aquella primera vez en los pasillos de la universidad, que a mi espalda alguien pronunciaba mi nombre con ternura. Sin voltear la vista la reconocí:

—¡Tú eres mi amor, cangreja, la del tatuaje eterno! —Me abrazó con dulzura. Sentí ese sentimiento que únicamente sienten los suicidas por la muerte. Me pidió que nuevamente la tomara por la cintura y besara sus maravillosos labios verdosos y cuarteados.

Ella vestía una corta falda de yute, una delgada cadena de cobre enredada en el tobillo izquierdo, de su lengua pendía una diminuta argolla y llevaba el cabello amarrado con una cinta de cuero.

Con su voz susurrante, similar al sonido que produce el viento arrastrando las colillas de cigarrillo, me dijo que me había buscado incesante, consultando a chamanes y santeros. Haciendo acopio de sus artes de encantamiento y adivinación, ellos habían leído en la taza del café, el humo del tabaco y las hojas de coca; sin embargo, sus prácticas no dieron con mis huellas. Recorrió pueblos ignotos, llegando hasta sus límites, donde viven comunidades nativas que practican el canibalismo. Alguien le dio informes difusos acerca de mí, pero todo fue en vano. Entonces, resignada, abandonó su objetivo como quien abandona una ternura salvaje que se escapa de los brazos. Agregó que nunca dejó de pensar en mí. Esperando algún día encontrarme cumplió uno de sus grandes anhelos: comprar para nosotros un cementerio y colocó en la entrada de la puerta el nombre de Triabo, recordando el pueblo donde nació.

Mientras me narraba su vida me miraba con su ojo bello, único y enrojecido. Sus labios temblaban al igual que sus manos huesudas y hermosas. Me hablaba, lanzando sobre mi rostro briznas de escupitajos y sueños. No transcurrió mucho tiempo y ya estaba de nuevo en sus brazos. Sus uñas buscaban mi carne intentando clavarse en mis nalgas en un abrazo feroz y tierno. Comenzó a olfatear mis cabellos como lo hacía antes.

—Tengo que confesarte algo —le dije—, lejos de ti descubrí que el mundo de la gente es un absurdo. Son hormigas que sin saberlo trepan y bajan en un mismo tallo y así transcurre su vida. Por momentos paladean la dulce sabia del tallo en el que giran y giran incansables y creen que ese es el significado de la felicidad. Reencontrarte ha sido como hallar una cereza en el granero, me estaba muriendo en ese mundo. Ahora que reingresé al nuestro no sé si podré reintentarlo. Tengo más arrugas en el rostro, el cabello se me está cayendo, estas pobres alas cansadas ya no pueden más. Déjame descansar en la ribera del río por un momento. Coloca tu dedo sobre mi frente como lo hacías diez estaciones atrás y apaga por un momento el tiempo. Me es urgente recobrar el sonido del tambor, abrir lo inasible, recomponer los pedazos de nuestras madrugadas, porque esa es la verdadera historia nuestra. Sanar estos mordiscos que me ha dejado tu ausencia, hacer que chorree de nuestras bocas aquel beso increíble que inventamos solo para nosotros. Permitamos que derrame esta primera noche sobre la herida de mi cuello la corteza de sangre. Untémonos las manos con la espuma del delirio y la ayahuasca. Me he convertido en un fragmento de un sueño que cae, donde la respiración está en constante lucha contra la asfixia. Escuchemos juntos la reinvención de tu voz a través del croar del kambú. Deseo escapar, pues todas las puertas me conducen al mismo salón de los espejos. El milagro de nosotros está en lo que esos pobres diablos no ven en la periferia de la noche, en la belleza que nos dan los sueños. La felicidad no existe, cangreja, hay que amarnos sin piedad, para ser felices y seguir viviendo este misterio impidiendo que crezcan flores de ceniza en nuestros pechos.

www.ingramcontent.com/pod-product-compliance
Lightning Source LLC
Chambersburg PA
CBHW020955180626
46814CB00003B/1098